四十岛骑士

РЫЦАРИ СОРОКА ОСТРОВОВ

СЕРГЕЙ ЛУКЬЯНЕНКО

[俄] 谢尔盖·卢基扬年科 著

萧桐 秦岭树 译

新星出版社

NEW STAR PRESS

РЫЦАРИ СОРОКА ОСТРОВОВ
copyright © Sergey Lukianeko
This edition arranged with Andrew Nurnberg Associates International Limited.
Simplified Chinese edition copyright © 2021
by Chengdu Eight Light Minutes Culture Communication Co., Ltd.
All rights reserved.
著作版权合同登记号：01-2020-6542

图书在版编目（CIP）数据

四十岛骑士 /（俄罗斯）谢尔盖·卢基扬年科著；萧橲，秦岭树译. -- 北京：新星出版社，2021.5
ISBN 978-7-5133-4393-0

Ⅰ. ①四… Ⅱ. ①谢… ②萧… ③秦… Ⅲ. ①幻想小说－俄罗斯－现代 Ⅳ. ①I512.45

中国版本图书馆 CIP 数据核字(2021)第 039982 号

光分科幻文库

四十岛骑士

[俄] 谢尔盖·卢基扬年科 著；萧橲 秦岭树 译

责任编辑：黄 艳
特约编辑：杨禽如 礼佳怡 姚 雪
责任印制：李珊珊
装帧设计：付 莉 张广学

出版发行：新星出版社
出 版 人：马汝军
社　　址：北京市西城区车公庄大街丙 3 号楼 100044
网　　址：www.newstarpress.com
电　　话：010-88310888
传　　真：010-65270449
法律顾问：北京市岳成律师事务所

读者服务：010-88310811　service@newstarpress.com
邮购地址：北京市西城区车公庄大街丙 3 号楼 100044

印　　刷：北京天恒嘉业印刷有限公司
开　　本：910mm × 1230mm　1/32
印　　张：9.125
字　　数：205 千字
版　　次：2021 年 5 月第一版　2021 年 5 月第一次印刷
书　　号：ISBN 978-7-5133-4393-0
定　　价：48.00 元

版权专有，侵权必究；如有质量问题，请与印刷厂联系更换。

致中国读者

亲爱的中国读者：

非常高兴能在拙作中译版中说几句话。

我曾多次踏上中国这个美丽的国家，也参观过中国的书店，亲身感受过读者对文学的热爱、对科幻文学的热情。

若干年前，我的作品曾经在中国出版，但此次的出版机会非同寻常。今年，在我的诸多类型作品中，唯独科幻小说受到中国出版方的青睐。

这对我来说意味着什么呢？

我看到，中国的读者正在仰望星空。他们对空间、知识和技术发展的兴趣与日俱增。我深信，人类的未来将不限于我们的地球。如今，中国当之无愧地在航天、电子等科研领域占据领先地位，科幻更有望成为点亮前路的灯塔。

如果拙作也能成为这座灯塔中的一簇亮光，我将不胜荣幸。

谢尔盖·卢基扬年科
2021年2月

献给古拉

……孩子可能与成年人作战。

成年人也会和孩子作战,他们已经变得野蛮。

但在任何星球上,孩子永远不会和孩子作战,

因为孩子的心智还健康![1]

——弗拉季斯拉夫·克拉皮温

---

[1] 出自苏联著名儿童幻想作家弗拉季斯拉夫·克拉皮温的中篇小说《橙色斑点肖像》。小说讨论了青少年之间的爱情和友谊、忠诚与背叛。"孩子永远不会和孩子作战"是小说中的金句。

目 录
ОГЛАВЛЕНИЕ

I
城堡和桥 001

II
联 合 075

III
破 裂 147

IV
骑士和外星人 239

致 谢 283

I
城堡和桥

"游戏很简单。主要有三条规则:

桥分开后不玩儿;不妥协让步;不抬头看日落。"

Рыцари Сорока Островов

引 子

黎明时分

从前，我很喜欢黎明。不，不是日出。日出已经不再是黎明，而是早晨的开始。我爱的是夜色褪去的那一刻：东方阴暗的天空在瞬间变成透明的淡紫色，略带粉红。但是，这一刻如同入睡前的困意一般难以捕捉。

片刻之前，夜幕还挂在四周，沉重又阴暗。凌晨时分的夜色仿佛更加浓郁。但一些无法察觉的变化会在顷刻间发生——随着时间一分一秒地过去，你会发现空气变得透亮，骇人的树影变成普普通通的树木；天空逐渐清晰，透出温柔的紫色。这就是黎明。它似乎要等到你无法忍受黑夜时才会现身。但还不是早晨，只是黑暗的结束。

这就是黎明。

拍 照

这不是我的地盘。

我走在将人行道与马路分开的狭窄石头路沿上,伸开双臂,保持平衡。是挺幼稚的,但我的心情实在太差了。

真是个糟糕的夏天。其实一开始还算不错,我以优异的成绩从七年级毕业,直接升入九年级。

我不是那种能在一周内学完八年级课程的神童,只是学校正在进行一项愚蠢的改革,规定孩子们从六岁开始上学,学制十一年。所以我们从七年级直接升到了九年级。我们当然没有意见。现在,如果有人问到年龄,我可以得意地回答:"上九年级了。"十四岁——还是九年级,这两种回答区别很大。

但这之后就全是倒霉事儿。我所有的朋友,就像约好了似的纷纷离开,要么去夏令营,要么跟父母去度假。其中一个甚至参加了国际计算机夏令营,还发来了照片。照片上的他挽着两个美国人。美国佬看上去相当疲倦,也许是因为有很多人想跟他们拍照。但不管怎么样,我还是有点儿羡慕。总之,朋友中就只剩下我一个留在城里。

我跳下路沿,站在十字路口。独自一人走在从小就熟悉的街道上——没有比这更无聊的事了。况且我们的城市很小,和周围一些小镇没什么区别。唯一的特别之处在于,这里有制造太空卫星和各种秘密设备的工厂。不过,也只有外国间谍才对这些感兴趣。

我只能无聊地在城里闲逛,维护我们小团伙的权威。简单来说,就是和其他帮派的男孩们打架。

我从两个比我小一岁半的男孩身旁走过。透过余光,我看见其中一个一边咂舌,往人行道上吐口水,一边白眼看我。他们竟然敢轻蔑地吐口水。就算我是个侵犯他们领地的不速之客,这两个小子也没到向我找碴儿的年纪。

我停了下来,转向那两个小男孩,低声问道:

"怎么,想较量一下?"

较量,意味着打一架。但这俩小子明显不想。一定是我看起来太好斗或是太强壮了。

其实我也不想打架。

我笑了笑,继续往前走。那两个小男孩在我身后,似乎还想挽回些自尊心,小声嘟囔着什么。周围很安静,他们说话可以听得一清二楚,不必再多费口舌。

我想去公园转转,或许在那儿可以遇到些认识的伙伴。他们经常一大早去湖边享受日光浴。最不济,我也可以自己游个泳。

城里有一处环境优美的公园,林木参天,许多树至少有一百年的树龄。当年建城时,没人动过这片林子,只是清理了老树的枯枝,把灌木与杂草连根拔除。公园环湖而建,布置得井井有条,沿湖还填了一片很棒的沙滩。在沙滩上飞速脱掉衣服扔到长椅上,然后跑进水里——我想到这幅场景,心情立刻好了起来。有什么能比得上假期里炙热阳光下的凉爽湖水呢?还能指望真有什么令人振奋的奇遇不成?

这时候,我听到一个响亮的声音:

"小孩儿！小孩儿！"

我转过身，一个陌生的高个子小伙儿匆忙朝我跑来。他穿着深色格子衬衫和肥大的短裤，胸前挂着一个皮革相机盒。他很胖，脸由于快跑而涨得通红。我默默地看着他向我跑过来。此刻，耳边是街上汽车的噪音，夹杂着长椅上老太太们絮絮叨叨的交谈声。这地方绝不会发生任何稀奇事！炎热的夏日午后，在公园石头大门旁，在几十个人的眼皮底下，任何古怪事都不会发生。不过，这只是我当时的想法。

小伙儿已经站在了我面前，用手理好自己的头发，露出甜腻的笑容。

"小朋友，想上报纸吗？"

说实话，对于这样的问题不会有别的回答。但这家伙甚至没有等我同意，就开始匆忙转动相机里的某个东西，嘴里一直说着什么，一秒钟也没有停下来。

他是都市报社的记者。

报社想刊载关于城市青年的长篇文章，为此要拍摄一些年轻人的照片。不知道我身上的哪点特质吸引了这个记者，让他决定在报纸上刊登我的照片。

我从来没有见过真正的记者。但不知何故，我觉得记者看起来不应该是他这个样子——满身大汗，不修边幅。如果他邀我出去玩儿，我一定会毫不犹豫拒绝的，毕竟坏人很多……但这位记者却不打算去别处，他对这里相当满意——公园嘈杂拥挤，不远处站着碍眼的警察和好奇的大妈。我可能真的像我的同学英嘉所说的那样，很上镜。英嘉是个好女孩，但有时候，我分不清她的话到底是玩笑，还是出自真心。我们甚至偶尔会为此闹别扭。

那家伙架好相机后停下了动作,笑得很奇怪。我也会这样笑,但通常是在我犯错却没有勇气承认的时候。此时,我心中充满了莫名的恐惧。然而记者的手指已经轻轻摁下了按钮。

相机发出巨大的咔嚓声。一般的泽尼特相机的拍摄声比这要小得多。

黑暗降临了。

猩红色盾牌城堡

黑暗从四面八方向我袭来。我想尖叫,却发不出声音。我猛力向旁边一挣,才意识到自己动弹不得。周围寒气袭人,除了黑暗,别无他物,我甚至怀疑自己是否还活着。

有什么东西爆炸了,强光打破了黑暗,巨响冲击着耳朵。我栽倒了,满心以为自己仍在公园里,但后来发现,我早已身在别处。

我悬在距离地面约十米处的半空中……准确来说,不存在什么地面。下方是一座直径约两公里的粉红色小沙岛,中心有一个小小的圆形湖。岛屿周围明亮而欢腾的蓝色海面一直延伸至地平线,泛起白色泡沫的波涛汇聚在一起滚向岸边。突然间,整个世界抖动了一下。海浪猛然震颤起来,咆哮着在沙滩上翻滚。这里不冷,比夏季还炙热的空气夹杂着咸咸的水花扑在脸上。我开始极速下坠,刚一伸出双臂,就侧身摔落在三十六号岛的岸边。

我疼到无法忍受,噙着泪醒了过来。有冰冰凉的东西碰了一下我的额头,随后,一个轻柔的声音响起:

"克里斯,如果他死了,那都怪你。我昨天就说过,场地太小了。"

这是一个单薄的女声,语气有些不满。一开始,我没反应过来,后来意识到她说的是我。我会死?不!我使出浑身力气睁开了眼睛。

我身下的沙子柔软而炽热,抬头是万里无云的晴空,太阳像个黄色的圆盘。一群陌生的孩子弯着腰看我,其中一个伸出湿漉漉的手按在我额头上。我睁开眼睛,看见一个满面笑容的女孩。

"你感觉好点了吗?"

"是的。"我机械地答道。

起初,我只是觉得这一天如白纸般枯燥乏味,可转眼就从天上扑通跌落在一座不知名的小岛上,此刻被吓得浑身僵硬……

我怎么会在这里?我明明站在公园的门口,一个笑嘻嘻的摄影师在给我拍照……

我本来吓得半死,此时却看到一群孩子毫无恶意的笑脸。不管怎样,他们脸上的笑容沉着冷静。也就是说,他们知道这一切是怎么回事!也就是说,我迟早也会弄明白的。恐惧感立刻消失了。我站起来,视线从这帮小孩儿身上移开,环顾四周。

海岛真的很小,中心还有一个湖,整座岛看起来就像一个巨大的粉红色甜甜圈。细沙环的直径不超过八百米。沙滩上一些地方露出锋利的岩石和粗糙弯曲的珊瑚枝。万一我跌落在那儿会怎么样?一想到这儿,我不禁后怕,庆幸没有发生什么更不幸的事情。

远处海岛的尽头有个微微突起的沙岗,上面长满了稀疏的灌木,间或夹杂着发黄的小草。观察完海岛,我转过身,惊叫起来。一座城堡从四十米开外的沙滩上升起。它非常小,很精致,紧贴着海岸,好像悬在水面上。这是座真正的城堡!粉红色大理石高墙,十到十五米高的瞭望塔,狭窄的风孔式窗户,灰色的金属门。可这些都不是最令人惊讶的。城堡三面环海，细细的粉红色桥梁弯曲成弧线，在海面上延伸，向上升到令人头晕目眩的高空，通向远处的另一座岛，隐隐约约落在同样美妙的其他城堡附近。这太美了。但在那一刻，我无暇顾及这美景，也没空思考，一座迷失于大海中的小岛上面，怎么会出现这样一座美丽的城堡和这样神奇的桥？不知怎么，我生起气来——糊里糊涂地跌落在此处，现在又像个白痴一样站在这里被围观。我恼怒地对围在身边的孩子们粗声吼道：

"够了，能不能别看着我？我不是橱窗展品！"

但他们并没有生气。一个年龄稍大些的孩子开了口，他看起来比我大三岁，可能有十七。

"你真是好样的。一点都不害怕，"他伸出手说，"我叫克里斯。"

"狄马。"我含糊不清地嘟囔着。

周围每个人都晒得黝黑，也难怪，太阳在天空烤着，而他们几乎赤身裸体，只穿了泳裤或短裤——泳裤和短裤显然是自制的，裤角已经起了毛边。只有两个人穿着褪了色的足球衫。年龄小一些的女孩们也穿着短裤和针织背心，只有那个年纪最大的、帮我苏醒过来的姑娘穿着一件水洗短裙。克里斯看起来最体面，他身穿破洞牛仔裤和黑色足球衫。但与其他人一样，他的头发就像豪猪身上的针状硬毛。这么厚的头发，就连我们班上的女孩也没有。我忍不住笑了，不敢去想自己在这荒岛上生活几个月后会是什么样子。还有个与我同龄的男孩子，一头短发修剪得很笨拙，牛仔短裤的细腰带上挂着一只小小的音乐播放器。他戴着耳机，拿掉一边耳塞听别人讲话。后来，我得知他的外号叫"音乐疯子"，很有道理。

最小的男孩大约十一岁,穿橙色泳裤,头戴一顶很滑稽的白色太阳帽,大声说:

"我们的城堡,猩红色盾牌城堡!是群岛上最好的!"

他说完后退了一步,好像被自己刚才的勇敢吓了一跳。

大家都笑了起来。我也忍不住微笑了一下,因为我意识到,没什么可害怕的,周围有一群好伙伴。

游戏规则

城堡里的房间不多。形状狭长的那一间是竞技室。男孩住满六间小卧室,每两人一间。还有两个大房间,第一间里住了三个女孩。第二间里住了一个,是年龄最大的丽塔。岛上不算我,总共十六个人,年龄最大的是克里斯,最小的是那个戴帽子的小家伙,大家叫他马廖克[1],像对待小弟弟一样爱护他。另外还有几间屋子,其中一间用作厨房,丽塔和几个年龄小一点的女孩——塔妮娅、列拉[2]和奥丽雅在里面做饭。其他几间存放各种东西。最大的房间叫作王座大厅。我刚到岛上时,伙伴们就把我领到这儿来。王座大厅里没有任何宝座,也几乎没有什么像样的椅子。不过,屋子中间有一张已经老旧发黑、残破不堪的巨大圆桌。圆桌四周紧挨着一些倒放的空木桶,孩子们就坐在上面。从陈列上看,这里更像是一艘古船的客舱,而不是什么骑士城堡。房间里相当明亮,三面墙上各有一扇宽大的玻璃窗,窗户里层是粗大的栅格。没有窗户的那面墙上,挂着一块直径至少两米的圆形大盾牌,上面包覆着猩红色珐琅。很明显,这不是武器,只是一个标志。

伙伴们让我坐在为数不多像样点儿的椅子上,然后开始你

---

[1]. 俄语中,马廖克是"小鱼儿"的意思,也表示小。
[2]. 列尔卡的昵称。

一言我一语,同时向我解释十几件事情。最后,克里斯让大家安静,自己开始讲。听完他的话,我不知道是该笑还是该哭,好像是该哭……

大家的遭遇和我一样,或是为杂志拍照,或只是同意拍照……最后却来到了这座岛上。

要弄清楚发生了什么事并不难,但为了更加确定,我还是问了一句:"所以说,那个人不是摄影师?"

克里斯点点头。

"当然。他只不过是拿了一个伪装成照相机的装置。"

"他是什么人?"

男孩们互相看着对方,犹豫着是否应该向我说出一切。最后,克里斯说:

"是外星人。那个给你拍照的绝不是地球人。而且,这座岛不在地球上,是在另一个星球的某个地方。"

我后背一阵发寒,不是因为克里斯的话,而是因为他说话时平静的语气。我实在难以置信,于是打断他:"你怎么知道?"

"它们自己这么说的。"克里斯把一只手放在我的肩膀上,接着说:"狄姆卡[1],你不要生气。这不关我们的事儿。我已经在岛上生活七年了。"

"什么?!"

我原地跳了起来。七年?也就是说,我也要在这里待很长一段时间吗?爸爸妈妈怎么办?他们会怎么想?他们会找我的,会认为我淹死了,或者发生了什么意外。

其实,克里斯和我当时都不知道,家里人并没有寻找我们,

---

1. 狄马的昵称。

发生在我们身上的事情比普通的绑架案离奇得多。

丽塔小心翼翼地拉起我的手,要领我去另一个地方。

"跟我走。"

我木然地跟着她。克里斯也跟着我俩,其他人则留在原地。我想:他俩也许是这里的头儿。

我突然感到好奇:"克里斯,你为什么有这么奇怪的名字?"

"不奇怪,这是一个英文名字。"克里斯的声音稍微有些变化,"我来自英格兰。"

我完全懵了,但我相信了自己听到的每一个字,彻头彻尾地信了。

"我们中还有一个叫雅努什的,来自波兰。"丽塔轻声说,"其他人全都来自俄罗斯。每个月都有新人到来。但他们通常被抛得不太高,就在沙滩上方一点点,而你是从八米左右的高空跌下。我担心你会摔坏,好在你很结实……"

丽塔和克里斯带我进了一个小房间,里面有两张床。墙上交叉挂着两把短剑,我差点以为是真家伙,但颜色又有点奇怪,后来才知道这些只是玩具。剑是木头做的,做工非常精致。一二年级的时候,我和同学玩骑士游戏,击剑用的就是稍微修剪过一些的棍棒。

"去睡觉吧。"克里斯轻轻说,"明天我们把一切都告诉你。"

我真的很想睡觉,确切地说,只是想打个盹儿,哪怕就一会儿。但有件事我必须先弄清楚……

"克里斯,我们没法回家了吗?得在这儿永远待下去吗?"

我惶恐不安地等待他的回答。克里斯沉默了一会儿,给出了一个我想听到的答案:

"可以回去,狄姆卡,但这非常困难。"

无论如何……我一定要回去,一定要。

床上没有被子,天气这么热,也确实不需要被子。我把外套脱下来,躺到凉爽的白色床上,几分钟就睡着了。

再次睁开眼睛时,我已经很清楚自己在哪里。克里斯的最后一句话仍然回荡在耳边:"你可以回去……"

马廖克躺在旁边的床上。我一坐起来,他立刻跳下了床。他一定早就醒了,在等我睡醒。我们看着对方,一起尴尬地笑了笑。虽然他还很小,但可以从他那里了解一些情况……

"马廖克,其他人呢?"

"在桥上,"他开心地说,"女孩子在做饭。"

"你呢?"

"他们让我留下,"他突然有些害羞,"带你参观,跟你讲讲这里的游戏。"

这是我第一次听到"游戏"这个词。

当然了,我立马问他游戏是什么。可马廖克因我的问题懊丧地皱了一下眉头。

"哦,游戏很简单。主要有三条规则:桥分开后不玩儿;不妥协让步;不抬头看日落。"

这是我第一次了解游戏规则。

说话间,马廖克从墙上取下一把木剑递给我。这剑跟真的一样,我当即拔出欣赏起来。马廖克说:

"这是帖木儿的。你的剑也不会差。克里斯答应可以选……但说实话,我们并不擅长使用武器。"他异常认真地补充道。

就这样,我第一次拿起了游戏所需要的武器。

我拿着剑打量了一番,恳求马廖克:

"现在可以详细说说这到底是怎么一回事了吗?"

南 桥

一切愚蠢而可笑,也有点让人毛骨悚然。

在大海上,或是在大洋中,又或在一个完全被水覆盖的星球上,有四十座小岛。每座岛上都有一个城堡,每座城堡都有自己的名字和象征物。

每座岛,或者说每座城堡都通过三座桥连接到邻近的三座岛。我们的邻居分别是十二号、二十四号和三十号岛,也称作风流兄弟岛、热水岛和黑星辰岛。我们的岛则是三十六号。所有岛上都住着一帮和我们一样流落到这里的男孩与女孩,每座岛上有十到十五个人……

这帮吵吵闹闹的孩子都在玩一场游戏。玩什么游戏?就像骑士游戏一样,他们用这些木剑和匕首战斗,竭力占领邻近的岛。

"战斗是为了什么?"我立刻问。

马廖克平静地解释道:"如果哪座岛上的骑士占领了所有四十座岛,他们的岛就是赢家。所有住在这座岛上的人都可以回家,回到地球。"

"你们已经征服了多少座岛?"我马上转向问题的关键。

马廖克耸了耸肩。

"一座都没有。我们曾占领了十二号岛,但后来奴隶暴动了……"

"什么奴隶?"

"哦,就是十二号岛上的孩子们……我们占领了他们的岛,他们就成了我们的奴隶。他们无论如何回不了地球,但要为我们重返地球而战。"

这也算游戏!为了他人而战,自己却留在岛上!要是我,我也会反抗的!一想到这些,我的脑袋就嗡嗡直响。我不知道接着该问马廖克什么。好在他也已经对这个话题失去了兴趣。

"狄姆卡,"他慢吞吞地说,"我们去游泳吧。"

我突然想起了大海。尽管小岛成了我们的监狱,但大海没有过错!我想起昨天看见的海景,辽阔蔚蓝的大海看上去甚至很温暖,便立刻跳下了床。

"我们走吧!我穿衣服……"

"把你的牛仔裤剪短,"马廖克关切地建议我,"从女孩们那里拿把剪刀,裁成短裤。这里实在太热了。"

这个建议不赖,但我不想照办。因为这在某种程度上是一种屈服,好像我要屈服于海岛,真的打算在这里待很长一段时间似的。我不置可否地耸耸肩,收紧了腰带。

"腰带不错。"马廖克还是用故作聪明的语调说。

有什么特别的吗?一条很普通的橙色皮带,也不是很配破洞牛仔裤。

"皮带扣又厚又重,"马廖克解释说,"如果剑在战斗中断裂,可以用腰带反击。"

我笑了。皮带扣的确很重,如果当作武器,会比薄木剑更有效。

我们走出房间,来到狭窄的走廊,这里与整座城堡一样铺满粉红色大理石。马廖克时跑时停,打开两侧所有的门,冲着屋里怪叫。那是其他孩子的房间,里面都没有人。

"他们在桥上做什么?"我问道。

"守桥,不让敌人进攻……"马廖克的心情很好。我们下到王座大厅所在的那一层,马廖克对着敞开的木门向里面大喊:

"丽塔丽塔!水上印第安人饥饿部落要出海了!"

"去吧,"丽塔平静地回应他,显然已经习惯了他的把戏,"但我一小时后就要清理餐桌了,小心挨饿到晚上。早上好,狄马!"

"早上好!"我喃喃道。

丽塔正站在餐桌旁切面包,她冲我微笑了一下,接着说:

"你们尽管去玩吧。狄姆卡,今天是你来到岛上的第一天,你什么都不用做。"

"第一天万岁!"马廖克喊道,他一本正经地宣布,"我负责陪你到处转转,所以我也不用做任何事情。"

我们漫无目的地向前走。大门敞开着,我们飞奔出宫殿,转眼间就跳入水中玩耍起来。海水很温暖,散发着咸味。挂在天空的太阳在水中颤抖。我们在身体变冷之前爬上了岸。我很担心丽塔不会等我们吃早餐。但马廖克看了看太阳,自信地说,还可以在沙滩上晒一个半小时的太阳。于是我们继续躺在城堡的粉红色墙壁下沐浴阳光,阴影刚好遮住脑袋。

"马廖克,你的真名叫什么?"我问。

"伊戈尔,我们这儿除了我,还有三个伊戈尔。大家一开始都叫我小伊戈尔,现在干脆就叫马廖克,他们想叫我马雷什[1]来着,但我没同意。"

---

1. 俄语"马雷什"意指小孩儿。

"你读过《马雷什和卡尔森》[1]吗?"我问他。

"没有。"他有点羞愧地说,"我刚到这儿时,还不识字。这里也没有这本书。不过丽塔给我讲过……"

"马廖克,再给我解释一下游戏规则吧。"我请求道。

我的同伴叹了口气,活脱脱像一位老师遇到了头脑迟钝的学生。

"是这样的,游戏的目标是占领其他岛屿。"马廖克说的话明显是引用别人的,模仿成年人的用词,听起来有些好笑,"游戏的武器是剑和匕首……大个子伊戈尔还有一架弓弩。"

"发射木箭的?"

"嗯嗯。不可以与外岛密谋;不能故意认输;不能夜间作战……"

"为什么?"

"到了晚上,桥会分开。你明白吗?桥是用石头制成的,中间有一个缺口。早晨,桥体受热膨胀,两边会合,桥变成整体。日落之后或多云的天气,桥立即断开。这个缺口约四米宽,所以你跳不过去,而且不能跳。这时候应当立即结束游戏。"

"如果跳了呢?"

马廖克生气地瞪了我一眼。

"不行,它们会惩罚你的!"

"谁?"

他抬起头看了一眼,不情愿地说:

"就是那些……外星人。我们这儿有个叫罗斯迪克的小男

---

1. 《马雷什和卡尔森》是瑞典儿童文学作家阿思缇·林格伦的作品,又译《屋顶上的小飞人》,书中一个主人公的名字也叫马雷什。

孩，日落桥分开后，他放了一箭，晚上游泳时就淹死了。"

我警惕地抬起头向上看。天空蔚蓝清澈，什么都没有。没有飞碟，没有长着翅膀的怪物。但我，很可能还有马廖克，都觉得有个隐形人在监视我们，无形且可怖。在此之前，我还想逗能，毕竟就是个游戏嘛。一把木剑不过也就打出个包而已……

而这个罗斯迪克真的淹死了。因为什么？就因为一个愚蠢的规则。

"为什么不能抬头看日落？"我突然想起一个更愚蠢的规则。

"我不知道。"马廖克诚实地说，"你只要抬头向上看，就会失明。"

我不再享受海浪拍岸的声音或灿烂的阳光。原来，不仅岛屿和我们对着干，连宁静的天空也在威胁我们。我突然觉得身下的细沙也长满了刺，干燥得令人厌恶，像路边的灰尘一样肮脏。我起身说：

"我们去吃早餐吧。"

"走吧……"马廖克也坏了兴致。我们慢慢向城堡走去，因为不想绕着岸走，所以就蹚水过湖。湖不是很深，只没到膝盖。湖水像开水一样滚烫，但水底有小鱼悠闲地游着。

"我们会在城墙那边钓鱼。"马廖克说，"把鱼竿伸进海里，鱼就上钩了。女孩子们会煮鱼汤。"

城堡在阳光下泛着粉红，像圣诞树上的玩具一样漂亮。要是能打败这帮外星人就好了，我想着，在这里建一个度假胜地该多好……这些想法让我感到很可笑。打败外星人！粉碎把我们带到另一颗星球的外星文明！可它们的技术比地球强百倍，即使所有军队出动也无能为力。不，还是应该按它们的规则赢得这场比赛……

城堡的铁门突然吱嘎作响地打开了，丽塔跳了出来，冲向我们，神色惊慌。我不由自主看向门口，想知道是不是有怪物在后面追她。

"伙伴们，南桥……伙伴们……"丽塔泣不成声，已经说不清楚什么了。不过事情很明白。我跟着马廖克奔向大门。

木与钢

桥很窄，只有两米宽，两侧立着矮矮的护栏，高约一米。整座桥与城堡一样，由光滑的粉色大理石制成。最糟糕的是，大理石桥面光滑得让人站不稳。我尽量沿着护栏跑，那里的桥面看起来粗糙些。可这样更加恐怖——桥面距离微微颤动的平静海面实在太远了。我和马廖克跑了五分钟，城堡被远远甩在了身后，女孩们的临别赠言也已经杳不可寻……

南桥上只有三个男孩站岗，却发生了激烈战斗。今天负责监控桥梁的是塔妮娅，她从瞭望塔上观察情况，再对我们发出警报。

好吧……我想起女孩们把武器拖出来，却劝我不要上桥，也不要去帮助同伴们，因为来这里的第一天可以不参加游戏。没错，我不是剑客，更不是木剑大师。但……难道要当懦夫吗？我跟着马廖克狂奔，今天早上他给我看的那把剑，此刻就别在腰带上晃来晃去。

桥中央微微向上隆起，形成缓坡，虽然难以察觉，但依然有些遮挡视线。我们冲上桥中央才看到战斗场面。风越刮越强劲，这也难怪，我们现在所处的位置距离水面足有百米。我尽量不往下看，但桥身随狂风剧烈摇晃，非常吓人。这座桥不止一公里长，却没有一个桥墩，这可能吗?！我们到达了桥中央最高处，终于将一切看得清清楚楚。

我们的伙伴还没有被击败。桥面非常狭窄，只站得下两对骑士，否则，他们早就被打垮了。敌方来了十多个男孩。进攻者和我们一样晒得很黑，穿着也别无二致，但并不难区分，因为他们手中毫不留情挥动的是钢剑！钢剑货真价实，看起来非常锋利。我呆住了，心脏开始怦怦直跳。这到底是个什么游戏？太欺负人了！他们用的是真正能要人命的武器，而我们用的却是木头玩具！即使很愚蠢，我还是想大喊：这不公平！一个进攻者扬起胳膊，挥剑劈向克里斯，我的心都提到了嗓子眼儿。克里斯独自拦住了敌人的进攻通道，另外两个伙伴——雅努什和托利克不知为何站在克里斯身后。克里斯没有躲避，而是举剑迎击。当闪闪发光的钢刃落向克里斯时，我以为金属剑会把木剑劈成两半，刺中克里斯的脸……

两把剑，钢剑和木剑，相互交错碰撞发出声响，我甚至看见因撞击产生的火花。与此同时，克里斯向前一跳发起进攻。他的剑顺着敌人滑过，击中对方肩部。被刺中的是一个与我年龄相仿的男孩，他突然尖叫起来。那绝望的叫声绝对不是被木棍打中后会发出的声音。克里斯也被吓得后退，在我旁边的马廖克发出了一声惊呼。那个陌生的男孩缓缓坐到桥面的大理石板上。他的胳膊在流血，是真的血……克里斯的木剑上也染上了深红色的血迹。

战斗瞬间停止了。克里斯退后一步，两个小队之间坐着一个浑身沾满血污的男孩。他的同伴冲上前，把他拖了回去。我仔细观察起雅努什和托利克，这才明白过来，雅努什左手拿剑是有原因的，包裹他右手的布因斑斑血迹而变成了暗红色。托利克也不是无缘无故把左手按在肚子上的，而是像电影中的士兵一样，用手按压伤口。可我们并不是战士！

克里斯转过身,我看到他的眼神中满含悲伤。他也注意到了我们,镇静地挥了挥手。马廖克跑向他,我待在原地。

我们根本就不是战士!

二十四号岛的人又挑起了战斗,克里斯和马廖克并肩迎战。看着岛上最小的战士灵巧地挥着剑,我很惊讶。当然,马廖克那么点儿力气根本无法阻挡大孩子们哪怕一次小小的进攻。不过他也没奢望能击退他们。马廖克一直在躲避,敌方的剑有两三次都刺到了他刚刚站立的地方,石屑四溅。但每次剑刺中前的瞬间,马廖克都能以难以察觉的速度滑到一边。

雅努什仍左手持剑,向前迈进。我走近托利克,他看我一眼,点点头,对我来到桥上却不参加战斗并不感到惊讶。他的手一直压在肚子上,暗红色的血滴从他指缝间缓慢又沉重地掉落下来。大小不一的血迹在他那洗得发白的牛仔短裤上洇开,腿上的血干透后形成几条长长的裂纹。

"你伤得……伤得很重吗?"我的声音发颤,但又很快想到,如果托利克伤得很严重,他不会这么平静地站着。

托利克的年纪和我差不多。昨天,我一下子就注意到了他,因为他是岛上唯一的金发小子。他的头发和眉毛几乎是白色的,仿佛漂过。即使皮肤已经被太阳晒成褐色,也看得出他现在脸色苍白。不仅如此,他脸上满是疤痕,有的很明显,有的看不太清。

"小事一桩。"托利克舔了舔嘴唇,平静地看着我,"我就是有点儿渴了。你带水了吗?"

"没有。"

"好吧。看马廖克把剑用得多好!"

的确值得注意。马廖克的剑就和他本人一样小,但对面高大健壮的小伙子现在只能连连后退,躲避马廖克的进攻,束手无策地挥动着手中的剑……不,不是剑,而是一种类似半月形马刀的武器。

"现在该我们反击了。哈,可爱的马廖克太棒了……"托利克非常自然地说出"可爱的马廖克",就像在称呼自己的小弟弟。他紧接着问我:"你不想试试吗?"

我使劲儿摇了摇头,脑中再次闪过那个念头:我们根本就不是战士。他很理解,点了点头:

"刚开始总是很难。没关系,你会习惯的。"

我可不想习惯!我看着在几步之遥作战的男孩子们,难过的情绪涌上心头,那是以前从未有过的痛苦。

"托利克,这是怎么回事?我们的剑是木制的,可是……"

"只是看起来像木头。"他打断了我,"而对于二十四号岛的人来说,木剑会变成钢剑。"

"托利克,"我哽住了,"也就是说,你们在杀人?"

托利克皱着眉头看了我一眼,什么也没说。一切都再清楚不过了。

敌人已经停止了进攻。总的来说,我觉得守桥是个简单的任务。重要的是要有足够多的哨兵,以便能快速替换疲惫的伤员。这样我们就永远不可能被征服。

当然,我们也征服不了任何人。

克里斯走到我们身边,用他潮湿、累得发抖的手拍了拍我的肩膀。他筋疲力尽,但毫发无损。

"你能来就是好样的。"他喘了口气说,"要试试吗?"

"没这爱好。"我皱着眉头答道。

耀眼的黄色太阳挂在空中,圆滚滚的,像个熟过头的柠檬可爱的海浪在远处翻滚着,五颜六色的小岛分布在海上,被薄如蛛丝的桥梁连接成新奇别致的图案。

"克里斯,即使要拿下一个岛也只能靠奇迹。没有人能征服四十座岛,永远不可能。"

克里斯飞快地看了一眼托利克,用不容置疑的语气对我悄声说:

"不要这么快就下结论。我们回家再谈。"

马廖克和雅努什自信满满地击退了对方。敌人的攻势逐渐衰弱,更多是为了做做样子。狭窄的桥面不允许他们蜂拥而上,他们便无法利用数量优势或精湛的剑术技巧取胜。两个小男孩就可以在这里阻挡任何进攻的队伍,就像温泉关之战[1]中的斯巴达勇士一样。雅努什的红色鬈发被阳光照成金色,他作战时冷静又专注,而马廖克则相反,表现得很鲁莽。但二人都很自信。这种战斗对他们而言已经是家常便饭。

在进攻者中,有一个男孩特别引人注目。他个头很高,身材瘦削,十四岁左右。这个男孩一直尝试从马廖克和雅努什之间偷偷溜过来,可不管他怎么努力,都没能成功。他突然停止作战,向后退了一点,轻轻地跳到桥一边的矮护栏上,跑向雅努什和马廖克。我们还没来得及反应过来,他就已经在雅努什和马廖克的身后了。

---

[1] 温泉关之战是西方历史文学经久不衰的书写主题之一。温泉关是从希腊北部南下的唯一通道,其狭隘的关口仅能通过一辆战车。公元前480年,斯巴达以劣势的军队,在狭窄的通道中阻止了波斯大军的入侵。在遭受重大伤亡后,一支波斯军队从小道绕至希腊联军背后。在腹背受敌的形势下,三百名斯巴达勇士拼死抵抗,最后全部阵亡。

英 嘉

他站在护栏上微微摇晃,张开双臂保持平衡。我看着他,怎么也想不明白,他为什么不跳回到桥面上。

显然,激烈的混战不可避免,一定会有人员伤亡。我冷静地思考了一下,竟然对这个男孩产生了钦佩之感。在这儿输掉游戏就等同于死亡,这是我还无法接受的事,但那个男孩深知这一点,也知道他在以生命为代价换取自己小岛的胜利。有人会被杀死,连他自己也会被杀死。或许在激战刚开始时,他没有想到这一点,但现在他害怕了。他突然露出可怜的、带着祈求的微笑,张开嘴要说些什么,可能是想请求休战。但克里斯已经跳向他,举起手中的剑。这把剑在我看来是木质的,但在另一个岛的男孩看来却是锋利的钢剑。

护栏非常非常窄。男孩已经没法跳回桥上了,克里斯的剑已经落了下来。只见男孩微微弯下身子,躲过克里斯的剑,但失去了平衡。

我惊叫了一声,但没有听到自己的声音,因为所有人都在尖叫。男孩瞬间从桥上消失了,好似被一只强有力的大手拉下去了一般。我们不再盯着彼此,立刻把身子探过栏杆向下看,也不在意有人会从背后攻击,甚至忘了谁来自哪座岛。

他下落得很缓慢,好像飘浮在空中一样,令人难以忍受。男孩的剑也掉了下去,在他上方翻滚。下落的同时,钢铁的光泽也迅速消失了,变成了一把木剑。看到这无尽的坠落,我才意识到桥有多高。男孩一直往下坠。也许只有桥上的人才觉得此刻漫长得永无止境。人在极度恐惧时,时间会被拉长。

男孩已经变成了水面上的一个小斑点。这会儿应该已经……我提心吊胆地想。这时,一束耀眼的白色闪光从下方掠过,像镁燃烧发出的光,而且是不止一公斤的镁在燃烧,我的眼睛都被刺痛了。我闭上双眼。但当我睁开眼再次向下看时,那里已经空无一人。

接着,一个熟悉的声音骤起,我猛地一惊。

"伙计们!"

二十四号岛的人再次发起攻势,距离近在咫尺。马廖克站在我旁边,脸上流着血,有人向他扔了一把刀。

我不再认为这只是一场游戏。这里的一切都是真实的,朋友和大海、敌人和城堡。选择也很简单,杀人或是被杀。我一跃向前,手中的剑发出脆响,击退敌人的进攻。三个比我年长也更强壮的男孩同时攻击我。但是有个人,可能是托利克跑到我身旁,同我站在一起。

敌人开始撤退了。我不认为这大部分是我的功劳。只不过所有因素都凑到了一起——敌方同伴悲惨的牺牲、一个半小时的激烈战斗、我和马廖克的出现……或许我那虽不熟练、充满恐惧和绝望的回击也是其中一个因素。常常会发生这种情况,胜利的荣誉归属于战斗打响后很晚才参战的人。

我越过托利克、雅努什和克里斯冲在前面,与一个掉队的敌人单独对峙。

我注意到的第一件事是,他比其他人肤色更浅,晒得不那么黑,头发虽然很长,但修剪得更整齐一点儿。我很快发现,这是一个十四岁左右的女孩。我放下了手中的剑。桥上发生了很多可怕的事，我仍不确定自己是否真的会用剑去击杀那些小伙子，但可以肯定的是，我一定不会去攻击女孩子。

她也放下剑，转身面向我站着，没有打算逃走。她打扮得很得体：牛仔裤剪得低于膝盖，上衣在腰部打了个结，一条宽宽的黑色发带环绕额头，束住头发。关键是，她身上有某种来自地球的熟悉感，来自昨天因相机咔嚓一声而中断的生活。

女孩站着看我，像看着一个老朋友。

"英嘉……"我只能用嘴呼气。

最不可思议的事情发生了，比游戏和外星人更奇妙。这简直是不可能发生的事！两天前我还看到了英嘉。是的，一个人可以在两天内晒黑；如果愿意，还可以磨破衣服、划伤手；也可以把头发打理得看起来更长。但眼睛和脸上的表情不可能改变得这么快！此时的英嘉看起来成熟了很多，所以我才没有立马认出她。

"别出声。"英嘉低声说，"晚上来这里，到这座桥上来。别告诉任何人我的事。"

说完，她转身跑回到自己人身边去了。

马廖克的伤势不重，他甚至信誓旦旦地声称自己一点都不痛，就好像我们没有看到他双眼流出的泪水一样。克里斯和雅努什留在了桥上。我和托利克把马廖克带回城堡。路上，托利克讲了雅努什的情况。雅努什刚来这里不久，就一个月，大家都在教他学俄语，但目前他还是讲得很糟糕。托利克想起雅努什说过的一些可乐的话，哈哈大笑。这太荒谬了。我们刚刚目睹了一个邻岛男孩的死亡，刚刚还在拼死搏杀，而现在他却在大笑。马廖克痛得直哆嗦,但也在笑。可我眼前闪现的,时而是掉进大海的小男孩,时而是呆立在我剑下的英嘉。

那天晚上,大家从桥上回来得比平时早,因为天空突然出现了一大片乌云。天很快变黑了,风也变冷了。我和托利克站在"阳台"上。我把围绕城堡的露台称为阳台,这里是所有三座桥的起点。卧室的窗户也通向阳台,我们便毫不客气地把窗户当作门来用。

当晚,托利克向我介绍了城堡内的布局,我没那么迷糊了。总之,城堡并不大,除了我们住的房间、王座大厅、厨房和竞技室之外(如果是我,我会把这个有着高高的天花板和封闭窗户的狭长房间称为健身房),还有许多狭窄的走廊。城堡下面还有地下室,瞭望塔上也有一些空房间。说实话,从外面看,城堡要大得多。可能厚厚的石墙占据了大部分空间。

托利克全身上下被重新包扎了一遍,伤口处涂了些白色的药膏。他肯定,到了早晨,皮肤上只会留下薄薄的白色疤痕。马廖克也接受了同样的治疗,并被要求卧床休息,而托利克没打算休养。他不顾自己身上的绷带在迅速变成褐色,拖着我沿城堡来到了阳台上。

"你想学听桥吗?"

我点点头,但完全想象不出他打算教我些什么。托利克直挺挺地躺倒在桥头位置,把耳朵贴在光滑的大理石砖上。

"躺下来听。"

我听了他的话躺下来,听到一阵微弱而沉闷的干裂声,这是桥的两半在冷却、分开。我不知为什么觉得害怕。这种感觉我以前只经历过一次。那时候,我和全班同学参观一座真正的矿井。当然,不是在矿井里面,而是在矿井上面。当时,我走到被栅栏挡住的排风扇跟前,它们把半公里深的空气抽送出来。我听到风鸣声从黑暗中、从错综复杂的狭窄通道中冲出来,令人毛骨悚然。我隐约觉得,那些把空气送到地面的几十个钢叶片,带着一股毫无感情的巨大力量和无形的阴冷。

我此刻正经历着这样的感觉。石头冷缩发出的爆裂声中藏匿着绝对非人的钝力。明天早上日出时,桥也会以这种方式合并,仿佛两只石手用尽全力相握,轮番挤压,互为受害者……

"刺激吧?"托利克颇为自豪。

我点点头,站起身来。托利克刚躺过的桥面砖上留下湿乎乎的暗斑,我倒吸了一口凉气。

托利克注意到我的眼神,微微一笑。

"狄姆卡,不用担心。在岛上不会因为受伤而死掉。只有在战斗中才会。你要我解开绷带吗?你看看,伤口已经愈合了。"

"我相信你,"我坦率地说,"不用解开了。"

伙伴们陆续从桥上回来了。克里斯和雅努什从南桥回来,帖木儿和谢尔让还有另外两个我叫不上名字的伙伴从东桥返回。帖木儿无疑是最威风的。他上桥值班时,后背总插着两把剑,剑鞘很特别,长长的剑柄立在肩头。我不知道他是否会同时使用两把剑,但看起来的确很气派。帖木儿至少比我大一岁。谢尔让和我同龄。他们的那两个搭档(我从谈话中得知他们的名字是大个子伊戈尔和罗姆卡)看起来比我小一点。大多数孩子是十二三岁的时候来到岛上的。只有马廖克不满六岁时被"拍照",而我十四岁时成为游戏中的一员,似乎都是规则的例外。

最后回来的是守卫西桥的男孩:另外两个伊戈尔、伊利亚和科斯佳。他们本来想讲讲怎样遭到十二号岛人袭击的,但一看到克里斯讥讽的眼神,就住嘴了。

接下来，我们的指挥官开始讲话了。他简要通报说，他的两个战友在与敌人的战斗中受伤，但他们仍勇敢地继续战斗。我有点吃惊，但没有争辩。之后，他讲了马廖克的情况，这都没什么问题，但是当话题转向我时，按照克里斯的说法，好像是我赶走了所有的进攻者，从死亡线上救出了克里斯，还表现出了罕见的高尚气度，饶恕了一个因恐惧而僵住的敌人。我简直无话反驳他。听到"僵住的敌人"这几个字眼时，我险些忍不住要脱口而出，说自己已经认识她许多年了。当然，如果我没有认错的话。

我一时怀疑是否真的在桥上遇到了英嘉。我想起来，她并没有叫我的名字。提议在晚上秘密会面……对于一个在岛上生活了好几年并且在战斗中幸免于难的女孩来说，非常合理，但对英嘉来说完全不合理。她在这样的事情上一向不主动……

丽塔的出现打断了我的思绪。她在我们中间站了一会儿，低声问了克里斯一些事情，然后大声喊道：

"伙伴们，吃晚饭了！"

她不需要再喊第二遍。我们立刻跑进王座大厅，扑向食物。晚餐有肉、面包、土豆、黄瓜，还有茶和糖果……太奢侈了。好吧，小麦和土豆可以生长在岛上的某个隐秘之处，但糖果——被褪色的包装纸裹起来的、廉价又甜得发腻的硬糖是不会长在树上的！我把包装纸理平整，上面没有一个字，只有一个图案：蓝色海浪之中有一座绿色小岛。我俯下身来，低声问坐在我旁边的托利克：

"嘿，这些食物从哪儿来的？"

"从主人那里。"他平静地答道。

"从谁那儿？"我没明白。

托利克嚼着一块肉,解释道:"从外星人那里。"

我脑子里一定是启动了某种安全装置,因为我不再感到惊讶了。短短一天里,我已经消磨掉了所有的惊奇感,此刻已经能够平静地听着橱柜的故事。

他们每天晚上把剩饭收进橱柜,而第二天早晨却总能在架子上找到新鲜的食物、肥皂、治愈伤口的药膏和蜡烛。有时,还能发现新的剑。

窗外很快就黑了,所有人分散在城堡里。王座大厅里只剩下五个人:音乐疯子伊戈尔戴着耳机在窗户旁发呆。我很想借他的随身听,但我不敢。在所有的孩子中,音乐疯子似乎是最孤僻和沉默寡言的……整座城堡都点上了蜡烛,看起来出人意料的漂亮:变幻莫测的影子在粉红色大理石墙壁上颤动着;天花板在半明半暗中若隐若现;窗户玻璃上反射出舞动的火焰。帖木儿不知从哪里拿出一本破旧的小书,坐在桌子旁,借着一大簇插在玻璃杯里燃烧着的蜡烛发出的亮光读起来。大个子伊戈尔和第四个伊戈尔坐下来下棋。出于好奇,我看了几分钟。其实,和这场棋局相比,我更喜欢这副国际象棋的棋子,外观古旧,非常漂亮。

克里斯走到我身后,搂住我的肩膀。

"喜欢吗?"

"国际象棋?嗯,喜欢。"

"这是我带来的。"克里斯显然很自豪,"这里所有的东西都是我们自己带来的。要玩一局吗?"

"我想睡觉。"这不算是实话。虽然的确很困,但我并不打算睡觉。

"好吧,"克里斯有些怀疑地同意了,"我送你回房间。"

走廊里有许多扇高大的窗户,但没有装玻璃,凉飕飕的。

"'很冷'用英语怎么说?"我问。

"It's very cold."克里斯心不在焉地回答。接着,他停下来抓住了我的一只手,一双灰色的眼睛居高临下,严厉地看着我。

"狄姆卡,你是一个非常聪明的小伙子,但是,永远不要重复你在桥上对我说过的话。永远不要。"

"我说什么了?"

"就是那句'不可能征服四十座岛'。"

"可是……"

"是的,你是对的。没有人能征服得了四十座岛。这一点大家都明白,即使通常不会像你明白得这么快。但不会有人把这话说出来。否则,就没有人想活下去了。你明白吗?"

我明白了。同时也意识到,自己还没能像习惯惊奇一样习惯痛苦和恐惧。无论多么难过,一切都有可能变得更糟。此刻,只有一件事能让我不至于像小孩一样大哭,那就是英嘉。

复制人

所幸我回屋的时候，马廖克已经睡着了。克里斯让我以后住这里，从前住在这间房的帖木儿将换到克里斯的床位。而我们的指挥官会在瞭望塔的某个地方找一个房间。克里斯，我们三十六号岛猩红色盾牌城堡的领袖，是一个好小伙儿。

我上床躺下。夜里很凉爽。有人在床上放了一条被子。被子很厚，一定很暖和。但我为了不让自己睡着，没有把它裹在身上。我躺在床上，想着明天一大早就得去某座桥上值守。这不是单纯地值班，还要战斗，甚至还可能杀人，否则自己就会死。托利克已经告诉过我，有人落在岛上后，不敢动真格儿，想让各个岛讲和，最后死了。

"克里斯很狡猾……"马廖克突然喃喃自语，又说了一些难以辨清的话。我立刻明白过来，他在做梦。马廖克翻了个身，裹着绷带的脑袋因为窗外照进来的微光而发白，他接着说："没必要。即便这样他也不会做什么……"

我小心站起身，俯身盯着睡着的马廖克听了一会儿，他没再说什么。我帮他盖好身上的被子，走到窗边。窗户距离地面很低，轻易就能够到。一阵寒风袭来，我关上窗户，找了一件毛衣穿好，从房间走向露台。

乌云遮天蔽日，却在某处忽然散开，豁口处是一块由灿烂星星组成的平滑圈形光晕，这不知名的星座正熠熠闪光。我不知道在地球的南半球怎么样，但这样的星座在北半球的天空是看不到的。

"就叫你'外星人之眼'吧。"我低声说道，嘿嘿笑了起来。但说实话，我很不安。

城堡的轮廓在夜幕中变得模糊，没有一扇窗亮着灯。几颗星星透过乌云发出微光，看起来像是云朵自身在隐隐发亮。我冒险接近桥的中段，无暇再看乌云和星星，慢慢靠近两半桥之间打开一夜的缺口处。我放慢步子，手紧紧抓住栏杆。细窄的大理石栏杆不再发烫，它此刻在逐渐冷却，与我分享一天积累下来的热量。我扶住前方的栏杆，在黑暗中慢慢走着，随时准备在手一把抓空时停下来。然而，桥一直在上升，没有尽头。

继续前行了一段后，我发现自己白担心了，因为英嘉带了一只灯笼。

她坐在桥的另半段上，双脚悬空。我们之间是一道大约五米宽的悬崖，隐约能听见底部的水流声。英嘉旁边立着一只古老的铁皮灯笼，里面有一根粗蜡烛，旁边还放着一根卷起来的绳子。

"是你吗？"英嘉没表现出一点惊异。她举起灯笼，仔细观察我，然后开始解绳子。

我的怀疑很多余，这的确是英嘉。

"抓住！"

一根光滑的尼龙绳打在我的脚上，然后掉下了悬崖。我抓了两三次才抓住了绳子的末端，把它绑在我这边的栏杆上。英嘉把绳子的另一端绑在她那边的栏杆上。

英嘉扯了几下绳子，显然对绳子的牢固程度十分满意。

"狄马，你还在等什么？还是你打算让我爬过去？"英嘉不解地看着我。

我现在才明白自己应该做什么。

如果把绳子拉在一条水流平缓的河面上,或者软绵绵的泡沫垫上,顺着绳子爬几米当然不是什么英勇行为。但现在是深夜,绳子下方是咆哮的海面和百米高空。

我看了一眼英嘉一动不动的身影,抓住绳子开始爬行。不,我没有感到恐惧,可能是因为在黑暗中无法感知高度,想象不出摔落的后果。

我爬到了桥的另一半上,可手指怎么都不想放开潮湿的尼龙绳。

我紧抓着绳子,默默地盯着英嘉。

"我就知道,你要爬过来很容易。"她说。

听了这话,我不再担心回程,漫不经心地耸耸肩说:

"区区小事,不值一提。这不过是一年级小学生的体操课训练。你不冷吧?"

英嘉穿了一件深蓝色的冲锋衣,比她的尺码大了两个号。

"不冷。"

我们沉默了。我把目光从英嘉的脸上移开,用脚把离桥边太近的灯笼往里挪了挪。

我们谈话的开场很奇怪。如果英嘉是我认识的一个男孩,我们现在会哈哈大笑,大声嚷嚷。哪怕是同班的随便哪位女同学,我都会感到更自在。但英嘉不同,即便我们从小就是朋友。这种莫名其妙的感觉已经持续一整年了。

"太奇怪了,我俩居然都在这儿。"我先开口了。

"奇怪的是'在这儿'。"英嘉纠正我的说法。

我开始有点生气。她怎么就不能至少为我们相见而高兴地尖叫一下呢？她站在那儿，目光落在我的头顶，好像特别无聊。我看着她，突然间意识到，英嘉根本不是心情平静或者无动于衷，而是全身瑟缩，被某种痛苦或恐惧控制住了。

"英嘉……你怎么了？"我不知所措地问。

她的目光终于落到我身上。

"狄姆卡，我家里怎么样？父母……很担心吧？"

"不知道，我很久没去你家了。"

"整整一个月？"

"哪有一个月？"

我在想，英嘉的父母一定会在她失踪后给我父母打电话，问我是否知道她可能在哪里。

"哪有一个月？"我又问了一遍，"我们三天前刚通过电话。去看电影的那周我还去过你家呢。"

"我上周没有去看电影，我在城堡的厨房值班。"

"那和我一起看电影的是谁？"

"我不知道。"英嘉哼了一声，"好好想想，你最好知道。"

我靠在栏杆上，悄声问：

"英嘉，你来岛上多久了？"

"一个月。"

我一点都不惊讶。我开始猜到这是怎么一回事了。

"英嘉，一周前我们去看了电影，之后还通电话聊了几次，在学校里还碰过面。而我是两天前来到这个岛上的。"

英嘉伸出手，碰了碰我的手指。我浑身震颤了一下。

"狄姆卡，你是在说实话，还是为了不让我担心才这样说的？"

"英嘉，没有人从地球上偷走我们。我们被复制了。"

"所以说，我们是复制人？"

"嗯哼。"

英嘉突然笑了起来，自我们见面后，她第一次笑了，笑得愉快又无忧无虑，仿佛所有烦恼都被抛到了脑后。

"这对我们没有任何好处。"我皱着眉头说，"就算家里有另外的'我们'，但我们可是在这儿！"

英嘉眼睛里满是惊讶，轻声说：

"什么叫'就算'？你不考虑父母吗？你忍心让父母担心吗？"

我觉得自己脸红了。当然，如果还有另外的"我们"在家里，那么爸爸妈妈就不会担心，因为他们不知道我去了哪里。英嘉高兴，是对的……但我心里很不是滋味。我不是我，只是一个复制品。虽然实际上连我自己都讨厌自己，可这么伤心还是第一次。

而英嘉很快就变得和以前一样，笑容热切，带着几分狡黠。

"狄姆卡，很高兴你能来……"

"谢谢。"

我们笑了。英嘉用手弹了一下绷得像弦一样紧的尼龙绳，说：

"现在我们可以想想该如何离开这里。"

"怎么做？"

"嗯，基本上只有两种方式，"她解释道，"要么征服所有的岛……"

"不可能。"

"要么找到外星人，打败它们。"

我不住地咳嗽，努力忍住笑意。

"英……英嘉，你真是个天才。打败……你在说打败外星人。你还没试过,对吗?"

"没有。"她非常平静地答道,"我尽量不去冒险。我真不知道家里还有一个英嘉……"

她的语气很坚定,仿佛在解释这一切。从她的这种坚定中,我明白现在她不会再"尽量不冒险"了。

"英嘉,但如果我们在这里发生了什么事,那……可是真实发生的。我们与那位留在家里的,是不同的人。你不害怕吗?"

"害怕什么?岛上没有十七岁以上的人。我们只能活三四年,在那之后……"

她停顿了一下,晃晃头,把眼睛上的一绺刘海儿甩到一边。

"我不喜欢这样。"

我惊讶地盯了她一会儿。她是个勇敢的女孩,但也只是个女孩。她从来都不喜欢冒险,从来都不喜欢。不,岛上一个月的生活不会对她没有影响。

"英嘉,那我们试一试。征服四十座岛,或者打败外星人。"

"但是,我们的行动要完全保密。"

秘密计划

我很惊讶。

"完全保密?对外星人吗?那我们不应该在外面相见,不该在这里谈话。我应该去你们的城堡,征求其他人的意见。"

英嘉讥讽地看了我一眼,说:

"今天你们那儿有个参战的小男孩,个头虽小,但打得很好……"

"他叫马廖克。我和他住同一个房间。"

英嘉哆嗦了一下,说:

"你走的时候他睡着了吗?"

"是的……"

"你确定?"

"当然确定!"她的不安传染了我。

"狄姆卡,你自己想想吧!他为什么能参加战斗?他才几岁?"

"不到十一岁……"我嘟嘟囔囔地说,"可他已经在岛上生活了很长一段时间,所以学会了用剑……"

"这和用剑有什么关系!他十岁半,戴上帽子也才一米高,胳膊和腿细得像火柴棍!可利剑刺在他身上,就像刺在铁管上。马廖克甚至和劳利交过手,连劳利都无法打掉他手中的剑!可劳利已经十五岁了,还在古巴练过举重。他能双手把我和其他三个女孩一起举起来!劳利曾说过,这里有什么不对劲。可第二天,他就在战斗中被杀了。"

"是谁杀的他?"

"就是那个……挥着两把剑的孩子。"

"帖木儿吗?"

"是的,皮肤黝黑,笑眯眯的……怎么会这样呢?劳利再次与马廖克交手时,马廖克突然摔倒了。劳利本想趁机突袭,却犹豫了。之后你们的人就将他团团围住。他们显然都喜欢这个马廖克。结果就……"

马廖克用了下三烂的手段?我以前一直都想不通这件事。但现在一切都说得通了。

"英嘉,你们那儿有这种人吗?"

"没有。不过有个叫庚卡的已经在岛上十年了。"

"我们那儿的克里斯和帖木儿在岛上七年了……"

"问题就在这儿,很奇怪。要知道这里的每一天都很难熬。"

我闭上眼睛,内心一片空虚,就像身处太空。如果让我遇到外星人,我不会用剑,我会直接把它扔下桥。

"英嘉,你经常在桥上值守吗?"

"你是指巡逻吗?不,很少。我们城堡的男孩子偶尔会请我或者洛尔卡来,在现场给他们加油打气。"

我感觉被什么东西刺痛了。我和英嘉很要好,吵完架就和好,再有问题就继续争论,但从来都不是敌人。可在这该死的岛上,我们被一个比断开的桥更残忍的边界分割开了。去她的岛上,我只能做个奴隶,一个永远不能返回地球的囚犯。同样,对英嘉来说,三十六号岛永远不可能成为她的家。我们甚至不能邀请对方去各自的岛。我们知道这是不可能的。英嘉将继续在二十四号岛"巡逻",继续给那些与我和我的朋友们交战的男孩做饭。

"你们的人今天下午怎么溜得那么快?"我嘲笑地问道,"他们留下你掩护他们撤退?"

"我自己要留下来跟你说话的。"

外星人之眼在天上嘲弄地看着我们,乌云时而遮蔽天空,星星似乎在诡诈地闪烁着。聊吧,小孩子们,尽情地聊吧……

"英嘉,你是怎么到岛上的?"

"和其他人一样。"

她显然不想回忆这事儿,但我没有放弃。

"到底是怎么一回事?我是在公园门口被算计……"

"我是在公园里面被算计的,当时我和莱娜在散步。"

莱娜是英嘉的狗,很大,很漂亮,一只毫无攻击性的苏格兰牧羊犬。

"那你们一起来这里啦?"

"没有……公园里的一个白痴走过来,说:'可以给狗拍个照吗?'我同意了。他走来走去,接着牵过我的狗,不让它乱动……"

我注意到英嘉的嘴唇在颤抖。我完全明白过来,这残忍的绑架、这所有的套路都是设计好的。

"接着是一片漆黑,我一头跌进了水里。"

"水里?"

"是啊,我们那儿专门挖了一个水池,这样就不会有人摔坏了。洛尔卡向我跑过来……嗯,那时候我还不认识她。我从水里站起来,还以为是在做梦。"

"英嘉,我们得明确一下接下来该怎么办。"我说得飞快。她的声音已经变了。小人书里,男主人公总是安慰哭泣的女孩,但我实在没把握能想起此刻该说什么。

"我们……"

"我们需要更好地了解这些岛。它们已经存在多少年了?哪些岛上住着哪些人?除了剑和弓弩,还有其他武器吗?大家是否尝试过达成一致联合起来?如果尝试了,结果怎么样?还有,最好能画出一张地图。"

"好的。"

"有没有无人居住的岛?外星人长什么样?谁看见过它们?这里是否有鸟类?如果有,它们来自哪里?指南针是否有效?最好还是我亲自检查一下。岛上有什么可用的东西?比如,我们有一个男孩带了随身听。"

"我们也有一台录音机,但电池没电了……狄马,绳子为什么绷得这么紧?"

我诧异地看了一眼穿过桥洞的绳子,发现它不只绷得紧,绽开的尼龙细线也翘了起来,在风中发出吱吱的响声,就像即将崩断的琴弦。

"英嘉,我们太大意了。"我飞速地说着,扯着已经拉紧成一团的绳结,"这桥还在分开,绳子越拉越紧了。得把绳子松开。"

绳结纹丝不动。抻长的尼龙绳各处都绷得一样紧,没法用手解开。我抓住绳结,使出浑身力气,用上指甲,但毫无效果。

"我爬回去。"

手中的绳子像钢索一样硬。

"狄姆卡,不要!"

英嘉想阻止我,但为时已晚。我迅速顺着晃来晃去的尼龙绳爬行起来。绳子不怎么结实,支撑不了最后几分钟。

"笨蛋!你这不是勇敢,是愚蠢!"英嘉在我后面大喊。而这时我已经站在了对面的桥上。

"没事的，尼龙是不会那么容易绷断的。"我高兴地说，"难道我要等到早上？没准绳子根本就不会断……"

随着一声清脆的声响，绳子断了。系在我这侧栏杆上的一小段破绳子像胶皮带一样抽打在我手上。我叫出了声。

"疼吗？"英嘉吓了一跳，急忙问。

"不疼。"我在空中挥舞着手，忍着痛说，"不太疼。"

"可惜了。"

"别生气……后天晚上我们还在这里见面好吗？"

英嘉蹲下来，开始解她那一边的绳子，轻声说：

"你自己带绳子来。"

"好的！"

"你白天去其他桥上值守吧。万一我又在这里守桥……"

"没问题。"

英嘉转向我，本来打算说点什么，却改变了主意。她做了个鬼脸，拿起灯笼和剩余的绳子，向她的城堡走去。

我耸耸肩。她在生什么气？毕竟是她自己说的，我们必须冒这个险。

我回来时，马廖克似乎还没醒。我一倒在床上，就进入了深沉的梦乡。没过多久，我感到有人在摇我的肩膀。

"狄姆卡！起床了！"

阳光透过窗户照进来，寒冷的夜已经过去了。我在睡梦中把被子甩到了地上。马廖克坐在我的床边。

"我们去吃早餐吧……"

我坐起来，揉了揉眼睛，看了看马廖克。他赤脚跑过来，在地板上留下模糊的脚印。

"你的眼睛怎么红了？"

"洗脸时肥皂水进眼睛里了。今天给我们送来的是腐蚀性肥皂。"

"那不能这样把书送过来吗?或者送点普通的衣服?"

"不能。"

"真遗憾。"我完全清醒了,从床上爬起来,"走吧。"

早餐很普通。这里就像一个军事体育训练营地,只不过把枪换成了木剑,大理石墙壁的王座大厅替代了漏水的帆布帐篷。可没有哪个训练营地会提供黑鱼子酱作早餐。女孩们把鱼子酱摆得郑重其事。桌子中间放了一个巨大的水晶高脚盆,鱼子酱像一座小山似的堆在里面。

"大家看,这次送来了什么?"

每个人都兴奋起来。帖木儿喃喃道:"有一个月没吃到鱼子酱了,这些外星人真的很抠门……"我舀了一勺,转念一想,这个星球上的外星人——其实是我们。谢尔让阴阳怪气,问丰满的金发姑娘列拉为什么如此兴奋,好像这鱼子酱是她自己产的卵。列拉很生气,克里斯走过去轻拍谢尔让的后脑勺,他便立刻向列尔卡道歉。谢尔让不是一个坏家伙,但他的嘴比脑袋跑得快一点,且不知疲倦。对他而言,唯一的权威是克里斯。

那天早上,按军队里的说法,我第一次参加"派班"——就是分配今天的岗位,谁应该保护哪座桥。克里斯立刻表示,科斯佳得留在城堡帮助女孩子,因为她们今天要做大扫除。科斯佳是个瘦小的男孩,他皱了皱眉头,但没有反对。谢尔让、马廖克、雅努什和克里斯本人决定去南桥。显然,克里斯担心会再次遭到袭击,所以把最好的战士分到了自己的队伍。最好的……我不由得看了看马廖克。

英嘉是对的。即便马廖克从摇篮时就学习剑术，也不可能应付得了快成年的男孩。

我同大个子伊戈尔、第四个伊戈尔和罗姆卡去东桥。托利克、音乐疯子伊戈尔、伊利亚、帖木儿在西桥上值守。

克里斯从我们身旁走过，检查我们的剑。我拿到的剑长度适中，剑身宽直。球形剑格可以包裹住整只手。帖木儿说，对于初学者来讲，这是最合适的武器。可爱的木制玩具会成为战斗中货真价实的武器，我还是很难想象。

"看起来都没什么问题了。"克里斯看了看太阳，"呵，已经升起这么高了。走吧，桥该合上了。"

"我们走吧。"谢尔让的语气里带着一种不明的讽刺，"马廖克又不知跑哪儿去了。"

克里斯的脸轻微抽搐了一下。

"真是太不认真了。"

马廖克跑了过来。

"我刚刚去喝水了。"他一本正经地解释道。

克里斯点点头。

"我们走吧。不过……帖木儿，你和狄马换一下位置。我不应该把他安排在东桥，那里比西桥更危险，而他打仗还很差。"

帖木儿没有反对。我也无所谓。最要紧的是不去南桥，因为英嘉可能在那里。毕竟，她岛上的人不太绅士。在我们岛上，尽管女孩子也会用剑，但她们在任何情况下都不会参加战斗。早餐前，我亲眼看到帖木儿与丽塔练习用剑，他们手中的剑仍然是木制的，也就是说，那只是练习而已，没那么认真……

克里斯有些踟躇，不知所措。他拍了一下马廖克的肩膀——

"我们走！"

灾 难

想起昨天桥上的战斗,我做好了准备,随时迎接一场新的战斗。但这回情况有些不同!我们不慌不忙地走到桥中间时,那里已经坐着三个男孩,一个坐在栏杆上,一个直接坐在桥面上,还有一个让我看傻了眼,那是一个黑人,他用相当流利的俄语把我们叫住:

"三十六号!你们睡得也太久了,我们都打算把你们叫起来了!"

托利克友好地向他挥挥手道:

"我们不需要叫早,萨里夫,我们时刻准备着。"

"啊哈,先锋队员时刻准备着……"黑人男孩哈哈一笑。

我们在距离这些男孩十米远的地方停了下来。

伊利亚打了个哈欠,看着天空,喃喃自语:"看来今天很热。"然后平躺在滚烫的大理石板上。十二号岛的两个男孩立刻从栏杆上爬下来,学他的样。只有黑皮肤的萨里夫仍然站着,靠在栏杆上,用一把长长的弯刀敲打护栏。托利克发现我在看他,喊道:

"萨里夫,我们来了个新人,给他看看你的弯刀。我没开玩笑。"

我本以为托利克在说笑。没想到萨里夫蹲下来,把刀沿着光溜溜的大理石板滑了过来,正好停在我脚下,险些削到我的脚趾。我拿起刀，呆住了。刀在我手中直接变成了木制的！白色的骨柄和闪闪发光的钢刃失去了光泽，轮廓变得模糊不清。我把木刀刃在手臂上划了一下，又扎了一下。托利克哈哈大笑起来，我很不快，把弯刀扔了回去。刀差点儿滑到桥下，萨里夫灵活地抓住它，责备地摇了摇头。我有些尴尬，问他：

"萨里夫，你从哪儿弄来的这把刀？"

"这是我们部落的民间武器。"他笑眯眯地答道。

我看了看托利克，问：

"难道这弯刀是非洲武器？"

萨里夫粗声大笑起来，可能所有岛上的人都能听到他的笑声。托利克则嘿嘿一笑，"非洲……你以为他来自非洲？"

"啊……"

"嗨，在你面前的这位是美利坚合众国的公民。据我所知，他的名字叫乔治，他来自芝……"

"托莱克[1]！我要和你拼了！""非洲人"立马回应道，"你暴露了我的军事机密。"

"好吧，萨里夫，我以后不会了。"

托利克看了看我，压低声音说：

"狄姆卡，你得习惯，这里的每个人都无聊到爬墙。"

"爬墙还算好的，爬桥就糟了。"音乐疯子伊戈尔突然说。他半闭眼睛站着，耳朵里半塞着耳机，随身听挂在他胸口，太阳能电池板则放在阳光底下。原来他一直用这个巧法儿听我们谈话。

"是这样的，"托利克接着说，"这里无聊得可怕，一些人可

---

1. 即托利克。

能无聊得想要爬墙；另一些人会无聊得跑到桥上，主动发起进攻；还有一些人假装是来自食人族部落的年轻战士。如果我不阻止萨里夫，他会告诉你很多。至于弯刀，那是土耳其武器。他们十二号岛与十四号岛相连，在那座岛上几乎所有人都来自土耳其。他们要么认为自己会征服所有的岛，要么认为自己能干出别的什么大事。乔……萨里夫和那些人的关系很紧张。但他们来到与我们岛相连的桥上，好比到了疗养院。在这里可以放松下来，享受日光浴。我们也不介意这样。所以，这座桥是一个安静的小空间。"

"可昨天大家说……"

"是伊留什卡[1]和科斯佳说的？你还是更相信他们。"

"可是，可是……"伊利亚回应道，"昨天我们的战斗真的很可怕……"

我渐渐有些发懒，昏昏欲睡。一阵微风夹着热气吹过来，没法儿让人打起精神。我晒了会儿太阳，在桥上来回走了走，又往桥下看了看，没有感觉头晕，大概已经习惯了。

我们岛的瞭望塔闪了两下。

"马上会有午餐送来。"伊利亚解释道，"我们那儿有面大镜子，就像一台发光的电报机。"

我点点头，仔细看着他的眼镜，一条镜腿用细线固定着，两只镜片都裂了。

"伊利亚，你的眼镜戴多长时间了？"我忍不住问他。

"这不是我的眼镜。我刚到这里一个月，眼镜就摔碎了。这副眼镜是战利品，是克里斯一年前帮我弄到的。镜片当然不合

---

1. 伊利亚的昵称。

适,度数低一些,但戴上总比不戴强。"

我没有问克里斯是怎么弄到眼镜的。当然没有人会自愿献出眼镜。

"戴眼镜的人在这里不容易。"音乐疯子伊戈尔说,"眼镜一碎,就完蛋了……病人也很难在这里生存,各种各样的,比如心脏病人和糖尿病人,因为没有药。三十号岛来过一个病人,一个星期就死了。不是死于战斗,而是因为……"

"你没了随身听也会死。"伊利亚反驳道,"你等着瞧好了。什么零件坏了,或者磁带磨破了,就彻底完蛋了。躺在床上一星期,你就得一命呜呼。"

"给我听听。"我对音乐疯子伊戈尔说。他很殷勤地递过来一个塑料小盒。

"给。我总共有三盒磁带,已经没有人愿意听了。"

我戴上耳机,只听到一个嘶哑的男声,说是唱歌,其实更像是往外蹦着短促又紧张的句子:

> 在模糊不清的椭圆形镜中
> 我捕捉自己的动作
> 在破碎的框里
> 我和你被倒影抓住……

"这是《时间螺旋》?"

他默默点了一下头,露出满意的表情。耳机中一直循环着同样的旋律,刚劲有力,我甚至感到紧张,好像马上要开战或跳入冷水中……

> 无处逃遁，无处躲避
>
> 世界陷入了冰冷的边缘
>
> 我们笑容满面
>
> 在布满泪水的银幕
>
> 在镜子的阴影之外
>
> 我们重复这些动作
>
> 情况特殊
>
> 我们被倒影抓住……

磁带转到头了，我想把它翻过来，却突然看到塔妮娅朝桥上走来。她抱着一口巨大的锅，里面装着我们的午餐。我看了看我们的"敌人"，也有一个男孩带着一个看起来很重的袋子向他们走来。

我们悠闲地吃了一顿午餐，与十二号岛的人分享了面包，他们则送给我们苹果。塔妮娅在我们中间转悠，显然想多待一会儿。但托利克毫不客气地赶她回去。他解释说：

"你太小了。再说女孩子不应在桥上值守。"

"可这在二号岛上是天经地义的！"塔妮娅拖长音调抱怨道。

"都是小姑娘的美好想象。"托利克撵走了她，给我解释说，二号岛离这里很远，有传言说那里掌权的都是小姑娘。她们把男孩赶出岛，甚至杀死他们。

塔妮娅走了。我们又开始无所事事。太阳慢慢向水面移动，风仿佛也在等待这一刻，刮得越来越大。我缩成一团，第一是因为天气越来越冷，第二是因为桥开始慢慢摇晃，让人毛骨悚然。

"这就像荡秋千一样。"伊利亚很开心,"暴风雨要来的时候,桥上会很好玩儿。海浪有时会打到桥中间。"

"这可有百米高!"

"快看!"

我们城堡的瞭望塔顶上一闪,太阳的反射光刺入眼中。

"该死……"托利克跳起来,盯着瞭望塔。半分钟后,又闪了一下。

伊利亚微微皱眉。音乐疯子摘下了随身听的耳机。十二号岛的男孩们也开始警觉起来。

"萨里夫!"托利克把他的剑放到桥上,向前走去。黑人犹豫了一下,放下刀,走上前来。二人镇静地交谈了几分钟。随后,萨里夫转身向他的同伴大声喊,好让所有人都听到:

"伙计们,去城堡。看看北桥是什么情况。我一个人在这儿值守一会儿。"

那些人一句话都没说,径直朝自家岛方向走去。托利克迅速握了握乔治·萨里夫的手,走到我们身边。脸色异常惊慌。

"伊戈尔,你能一个人值一会儿班吗?"

音乐疯子伊戈尔默默地点了点头。

"跑起来,全力冲刺!"托利克冲着我和伊利亚匆匆丢下这句话。

我什么都没问。显然,那信号意味着在岛上紧急集合。

奔向城堡时,我在想,在桥上移动,要不就慢慢拖着步子走,要么就得跑得飞快,其他速度都不合适。我们拼命跑着,太阳已经下沉入海,天空变成红色,好像充满了血。

南桥上值班的男孩率先跑到岛上。当我们赶到时,看见东桥附近挤了一圈人。有女孩子,还有帖木儿、谢尔让、雅努什……所有人都在。他们没有作战，没有交谈，只是站着，盯着看躺在人群中的什么东西。我突然双腿发软，一定是因为跑得太快了……托利克粗鲁地把其他伙伴推开，我也跟着他挤进了人群。

罗姆卡和伊戈尔躺在已经变成夕阳般血红的大理石露台上，是第四个伊戈尔。罗姆卡胸口有一道伤，血凝成狭长的一条，伊戈尔的头部则非常骇人。我实在看不下去了，只觉得恶心，想吐。

谢尔让突然抓住帖木儿的双肩问道：

"奥斯塔宾卡在哪儿？"

我没有马上反应过来，谢尔让说的是大个子伊戈尔，他姓奥斯塔宾卡。

"他被打伤了，跳桥了……"帖木儿想挣脱谢尔让的手，没有成功，接着说：

"受了致命伤。"

"科斯佳呢？"谢尔让对帖木儿说的话没有做出任何反应，又问。

"在城堡里。"丽塔答道，"可能也……他胸口中了一箭，我们不敢拔出来……"

"帖木儿，你为什么没事儿？敌人都快杀到城堡了，你倒溜了？"谢尔让大声喊着，声音都变了。

"放开他！"丽塔推开谢尔让，说道，"帖木儿根本没有做错。你冷静点儿。"

"吵什么吵，现在大家都完蛋了……"伊利亚低声说。

疯子船长

我们把同伴们埋在远处的小岛尽头,树林后面。日落时,克里斯和马廖克来了,帮助谢尔让和雅努什挖沙子。那里挖不深,因为沙子下面有石头。我站在一旁,突然产生了一个可怕的想法:我可能也会躺在那个地方。毕竟,本来要去那座桥值守的人是我……

我不太了解那几位死去的伙伴,无论是罗姆卡还是两个伊戈尔,我都还没有来得及与他们交朋友。但我们本可以成为朋友的,我能感觉到。大个子伊戈尔与我同龄,罗姆卡和伊戈尔稍小些,但他们都是有趣的伙伴,今天早上还在和大家开玩笑。只是当时我还没有意识到,我对他们一点都不了解。

我不想撒谎说自己有多痛苦。如果这次被杀的是克里斯、托利克或马廖克,那么我会哭,不是出于恐惧,而是出于心痛。现在我只觉得惋惜,就好像有人当着我的面被车撞了,我会可怜他,会惊慌失措想去帮忙。但你知道,过了一两天,这种痛苦就会消失。我对自己产生这样的想法很生气,我尝试去捕捉真正的悲伤情绪,却一无所获。我心中只有恐惧,以及对站在我旁边一言不发的帖木儿的同情,但这份同情也转瞬即逝。我无颜直面罗姆卡和伊戈尔,因为我没法像托利克一样号啕大哭。我们又站了一会儿,拿不定主意是否要离开,好像把他们单独留在这儿是一种背叛。雅努什轻声低语,我想他一定是在祈祷,很多波兰人都信仰上帝。

城堡里，帖木儿讲述了事情的经过。一大早，他们就感到有些不大对劲儿。通常三十号岛只有三四个人守桥，但今天来了七个。直到傍晚，三十号岛的人都没有挑起战争，可能是在等待我们的人放松警惕。最终，他们得逞了。

当时距离守桥结束只剩下一个小时，三十号岛的一个男孩开始返回他们的城堡。这是个诡计。他走了大约五步，等大家不再注意他时又突然转身，搭弓射箭。击中了大个子伊戈尔的肩膀，伊戈尔射箭还击，他差点成功了：敌人重伤倒地，生死不明。但三十号岛那帮家伙里还有一个弩手。他朝伊戈尔射箭，击中了他的头部。伊戈尔立刻倒下失去了知觉，然后脸部又一次被剑刺中。此时罗姆卡冲上前，刺死了其中一名袭击者。其他袭击者开始撤退，罗姆卡追上去，可没有想到会是一打五的局面。罗姆卡被刺中了胸口。帖木儿及时赶到，把罗姆卡拖了回来。当时的情况十分可怕。一个伊戈尔手臂受伤，另一个伊戈尔昏迷不醒，罗姆卡的血不断从伤口中往外涌，可能被伤到了血管，他虽然还有意识，但身体却越来越虚弱。大个子伊戈尔左手拿起剑，叫帖木儿带走伤员。伊戈尔必须由人背着走，罗姆卡起初自己走，后来彻底没力气了，帖木儿就拖着他俩，好在他们走的是下坡路。帖木儿回头，看到大个子伊戈尔仅用左手作战，几乎被逼到桥栏杆上，于是他扔掉剑，抓住一个袭击者，带着他一起翻过了栏杆。

帖木儿把两个伙伴拖到城堡附近的时候，罗姆卡已经永远告别了这场游戏。科斯佳跑向帖木儿，帮忙拖拽同伴。女孩们想要给伊戈尔包扎，但他突然喘不上气来，女孩们也束手无措。

二打四，帖木儿和科斯佳尚且还能击退敌人，但更多小伙子正从另一座桥跑过来,二人急忙向后撤退。敌人们几乎没有瞄准,只放了一次箭,科斯佳便倒下了……

天色很快暗了下来,窗外的黑暗仿佛不可逆转,凉气开始从缝隙渗进来,连墙壁都透着冷。海浪愈发猛烈地拍打海岸。走廊里漆黑一片,令人不适。我在走廊里打转,想进科斯佳的房间看一眼,但被丽塔赶了出来。我只听到了科斯佳的呼吸声。他嘴边冒泡,声音嘶哑。我明白,大家已经无力回天。

渐渐地,所有人都聚集到了王座大厅,至少这里有一只烧着火的壁炉,虽然不能为整个大厅提供足够的热量,但火光明亮,让人安心些。每面墙上都点着火把,将地上的人影拉得狭长扭曲。我想着,大家的影子应该也瑟缩又难受,因为城堡的地板一直是冰冷的。况且与平时相比,现在的状况更是堪忧。

我走到一扇窗户旁边。大海在露台边咆哮,整个露台被浪花打得湿漉漉的。天空中,密密的云幕迅速铺满天空,星星偶尔依稀可见,但转眼就消失得无影无踪。幸好今天不需要与英嘉会面。

风骤然间刮得特别猛烈,头顶上空传来了玻璃破碎的声音。托利克愤怒地骂了一句,不知怎的,还往墙上踢了一脚。墙当然不会有什么事儿,托利克一瘸一拐地朝沙发走去。音乐疯子伊戈尔叹了口气,走到窗前,站在我旁边。

"我们得想想,该做点什么。"克里斯说。他坐在壁炉旁的指挥椅上,腿上放着一把剑。

"做什么?"谢尔让问,"我们要安慰安慰帖木儿,他那么难过,可怜巴巴的。或者应该感谢感谢托利克,他那个星期在东桥上值班时没有放过敌人,激怒了三十号的人……"

"闭嘴!"

托利克猛地扑向谢尔让,从腰间拔出一把剑。我惊恐地发现,木刃开始变成银色的钢刃。

谢尔让跳到墙边,也伸手拿出了自己的武器。

此时,帖木儿出现在他们中间。只一瞬间,托利克和谢尔让就躺在了地板上,痛苦地蜷缩着,变得弱小无助。帖木儿站着,摆出空手道的架势,一只手放在腰部,另一只手护着脸,像是在等待下一轮交手。

"好了,骚乱平息了。谢谢你,帖木儿。"克里斯平静地说,"我要再给谢尔让重复一遍:这件事上我们都没有过错。我也杀死过敌人,也退缩过。这样吧,你明天去东桥,去那里发疯吧。"

谢尔让和托利克慢慢走向房间的不同角落,坐了下来。帖木儿则直接坐在他俩之间的地板上,好像感觉不到寒冷。他正在与克里斯交换眼神。我突然意识到,他俩才是决定这座岛命运的人。

"伙伴们,我们今天失去了四名战士。"

"三位!科斯佳还活着,没必要这就为他唱挽歌。"托利克跳起来说。

"但他没法再打仗了。我们失去了三位朋友,和四名战士。我们目前的处境非常艰难。如果再发生一次这样的交战,我们只能待在城堡里闭门不出。"

"不!"帖木儿语气坚决,"绝不能!"

大家一下子炸开了锅。把自己锁在城堡里,让敌人占领桥和岛,这是极大的耻辱。连音乐疯子伊戈尔也摘下耳机,加入了争论,讨论如何更好地部署我们薄弱的武装力量。我没有参与讨论,只是站着听。

"最糟的是东桥,"克里斯总结道,"明天他们可能会再次发动进攻,哪怕他们不这样做,忍气吞声也不是我们的作风。我和帖木儿、托利克去那里。"

"人太少了。"音乐疯子伊戈尔干脆地说。

"我知道,但是没办法。你和马廖克、雅努什守卫南桥……"

"遵命。马廖克将不辱使命。"

"我们这儿不再有小孩儿了,大家都是成年人。明白吗,马廖克?"

马廖克点点头。他整个晚上再没说过一句话。

"至于西桥,由狄姆卡和谢尔让值守。"

我被派到了最安全的桥。

"我呢?"伊利亚委屈地喊道,"你们把我忘了?"

"你留在岛上值守,"克里斯满含信任,"你得去帮助情况最糟糕的地方。"

他真的是一位天生的指挥官。被留在安全地方的伊利亚并不明白,这是大家在保护他。我慢慢环顾四周,就好像一个旁观者。大理石大厅巨大无比,高高的窗户被黑暗笼罩着,上面溅满水滴。墙上的火把忽明忽暗,壁炉噼啪作响,上方悬挂着岛徽——猩红色的盾牌。墙边放着一张真皮沙发,明显是现代款式,只是有些皱了。我突然明白这沙发是从哪儿来的了——曾有人在沙发上"拍照"。整个大厅里,大家的姿势各式各样,有坐在椅子、地板和沙发靠背上的,有站着的,也有躺在拼在一起的椅子上的(音乐疯子伊戈尔)。九名晒得黝黑的半裸男孩,身上挂着木制武器,旁边还有像克里斯这样的成年人和像马廖克这样的孩子。所有人都在谈论着什么,商量着什么……

我听到门吱呀一声,大家立刻鸦雀无声。丽塔停在门口,犹豫着要不要进来。她轻声说:"朋友们,科斯佳死了。"

没有人惊呼,也没有人说话。我明白了,他们就是在等这个结果,等了一个晚上!

我心里的某个东西崩溃了。我跑向门口,推开丽塔,沿着走廊跑了起来。我向右转下楼梯,跑到离开小岛的大门前,但门被锁住了。我向上跑,进入一个狭窄的通道,又跑过弯弯曲曲的走廊,这样的地方两个人都错不开身。我沿着螺旋楼梯向上跑,向上,向上,直到一扇紧闭的门前。我把门猛然打开,风裹着雨迎面扑来,周围一片漆黑,只看得见大海、群岛和远方低处的巨大城堡。我独自站在瞭望塔的平台上,站在海浪咆哮的黑暗中,直面随时可能将我吹倒的狂风,独自面对着所有四十座岛,面对整个外星球,面对整个宇宙。我不再有敌人,也不再有朋友。

英嘉会不会也……但我已经无法确定她确实存在,还是只是我的臆想。我不愿意去想这件事,也不再因为两天前上了一个假摄影师的当而沮丧。我已经感觉不到刺骨的寒冷,雨水也好像变得像洗澡水一样温暖。我向前跨了一步,迎着狂风,碰到栏杆,跨了过去……

上方发出轰隆一声巨响,天空好像要爆裂一样。白色的闪电在城堡上空蜿蜒。我一条腿跨过栏杆,差点从二十米的高空坠入东桥和南桥之间肆虐的大海。

闪电消失了。我愣住了,不知道该往哪个方向爬回去。一双手抓住我的肩膀,把我拖回了露台。我听到托利克靠近耳边的说话声:"狄姆卡,不要这样,冷静……"

他在黑暗中紧紧地抱着我,可能担心我会挣脱。我觉得很好笑,他以为我……没准儿他想的是对的?

"托利克,放开我吧……"

"不放,谁知道你要干什么,也许你要去找疯子船长。"

"我没想去找谁。"

"那你为什么要逃跑?"

我内心无形的水坝已经决堤了。我近乎尖叫着喊道:

"托利克,我不能和他们待在一起。他们都不是人,是机器人。他们不同情任何人。你是唯一正常的人,但即使如此……"

"狄姆卡,你不该这样的。我们都是正常人,我并不比别人好,也不比别人坏。至少在当着别人面时,你要沉得住气。而情绪过激是活不了多久的。"托利克平静地劝说着,我感觉轻松多了,"既然我们不幸来到这里,就应该坚持下去,维持人的尊严。我们不会一直像今天这样惨烈。有时候几个月都没有人被杀死。偶尔还会出现有趣的新人。我们这儿曾住过一个小男孩,他是个小提琴手,和我们一起待了一年。你知道吗?他小提琴拉得很好……"

他说的不对。这个故事仅仅按岛上的离谱设定来看才是好的,但根本违背常理。一名小提琴手在这儿生活过,然后死在这儿,算什么好事?但我内心的某些东西已经与这里的世界达成了和解。我平静了下来,越来越紧地靠近托利克,他比我年长,可以保护我。

"托利克,你刚才说的疯子船长,是谁?"我问道。我还不想下楼,不想去城堡里那个明亮温暖的地方,我还需要一点时间镇静下来。

"你真的不知道疯子船长……"托利克若有所思地说,"你没冻坏吧?"

"没有。"

"那我们就等下一个闪电。你看着前方听我说,我来告诉你。"

托利克连说话声音都变了。

"疯子船长,是一个和我们一样的男孩。确切地说,是曾经和我们一样。他掉在了这里的一座岛上,在那儿生活了很多年,直至完全成年。他很善战,据说他甚至可以征服所有的岛。只是他不想这么做,他想拯救大家,于是就和岛上的伙伴们造了一艘真正意义上的船。那是一艘三桅快船,体积小,速度快,可以装下几个岛的男孩。他和伙伴们乘船离开了小岛,在海上航行了很长一段时间,发现了一块真正的陆地,上面没有外星人,不打仗就能生存。但他们没有留在那里。为了把所有岛上的小伙伴都带去那里,他们返航了。但是,外星人不让他的船接近任何一座岛,只想让他们独自离开。而那个男孩发誓无论如何都要突破阻挠到达所有的岛,哪怕他不得不永远漂泊在海上。一百年来,他们随着波浪起伏,跟着流水漂荡,不会老,不会死,但也无法帮助任何人。只有在极其猛烈的风暴中,三桅快船才能靠近小岛,但是无法停泊。所以,只有在暴风雨中才可以看到他们。"

他停顿了一下。风也沉静了片刻,接着又发出更加猛烈地号叫,再次向我们展示新的力量。托利克在我耳边大喊:

"据说,如果在暴风中掉进水里,就会被疯子船长的小艇接走,就可以搭乘他的船航行了。假如这是真的……"

我想告诉他,这不是真的,只是一个美丽的童话故事,是飞翔的荷兰人传说的改版,但我还没来得及开口,头上的白色分权状闪电再次闪了一下。在这死灵般的白光中,我看到了疯子船长那艘虚幻的、无法解释的、但真实得令人恐惧的三桅快船。轻盈的身姿、鼓胀的船帆,徜徉在滔天巨浪上,正位于我们和三十号岛之间。

闪电消失了,四周比之前更黑了。是幻觉,我想,就像精神病人一样。我一定是快疯了。

"太幸运了。"托利克声音低沉,"我从来没有这么近距离地看见过那艘船。"

"三十六号观察员报告……"

马廖克可能已经睡着了,我还清醒着。毕竟白天发生了太多事情。我要是能睡着就好了,可惜不行。我就是这种性格,睡觉前必须把白天发生的事情想明白、理清楚,但现在我根本做不到。

有些事情不对劲,我却搞不清楚是什么。是同伴们?是伊戈尔、科斯佳吗?不是。是谢尔让和托利克吵架了?不是。是疯子船长?也不是。我是在担心明天吗?不是。究竟是什么刺在我的胸口上呢?也许还是伙伴们。在战斗中丧生的本不应是他们,我应该去他们的岗位值守的。克里斯在最后时刻把我派到另一座桥上。就好像他知道是怎么一回事!我突然意识到,敌人追杀的基本上都是我这个年龄的孩子。因为他们根本没有对帖木儿射箭,尽管首先杀掉队伍中年龄更大、经验更丰富的人更符合逻辑。当然,这完全是我胡乱瞎猜,谁会想要杀掉我,又为什么想杀掉我呢?但想到这里,我还是毛骨悚然。

"狄姆卡,"我听到马廖克在轻声叫我,"狄姆卡,你睡着了吗?"

我不想回答,就什么都没说,假装睡着了。我们早就该休息了。

马廖克站起来走到我身边,又低声说:

"狄姆卡……"

他要叫醒我吗?但为什么声音这么小?我一动不动地躺着假装睡着,我自己都不知道为什么要这样做。

"狄姆卡……"

马廖克悄悄走出了房间。过了一会儿,我飞快溜出被窝。该死的寒气迎面袭来,我像跳进了冰冷的水中一样。我匆匆蜷缩着闪到门口,进入走廊。周围很安静,微弱的脚步声消失在了和缓的风鸣声中。风暴渐弱,但并未完全平息下来。我跟在马廖克后面,不靠听觉,也不靠视觉,而是靠某种第六感。

我跟着马廖克来到走廊尽头,沿着螺旋楼梯向下走,向出口走去。夜里这么冷,他要去哪里?马廖克没有打开城堡紧闭的大门。在大门旁边的墙上还有一扇小门,我昨天就注意到了,但忘了问它通向哪里。我听到螺栓被拉出的闷响。门打开了,发出足以弄醒城堡里所有人的吱吱声。马廖克默不作声。没有人被吵醒,只有我站在他身后大约十步远的地方,心里反复回荡着一个声音:"危险,危险,危险……"

马廖克在摸什么东西,发出咝咝的声音。他点燃了一盏小油灯,手中微光闪烁。我紧靠在墙上,光线如此之暗,我是不可能暴露的。马廖克停了一会儿,继续前行,向下方走去。我紧跟着他,那里出现了一段长长的楼梯,尽头还有一扇门,马廖克再次转动螺栓,门后面是间地下室。

马廖克沿着半空的大厅泰然自若地走着,显然不是第一次来这里了。我蹑手蹑脚地跟在后面,时而看到一个巨大的木箱在黑暗中隐约发白;时而又碰到光滑的圆形东西,像大水桶的两侧;还有半散架的家具和侧翻的船,我只好爬过去。这里有各式各样的板材,但没什么特别的,就是间普普通通的地下室。马廖克夜里来这儿做什么呢?

我们悄悄地走到地下室对面的墙边。马廖克放下小油灯，把灯光调暗到几乎要熄灭，随后向墙面走近。这里的墙是由鹅卵石砌成的，但在距离地面大约一米半的地方，有一块书本大小的大理石面板，黑色的，非常光滑，如镜子一般。

马廖克用手掌对着那块面板慢慢按下去，然后停住了。

我屏住呼吸。

小油灯的火焰在凝固的空气中熄灭了。

什么都没有发生。绝对没有。我双脚发凉，突然意识到自己是个傻瓜！这块大理石板应该是纪念碑或纪念牌匾。可能有人被埋在了这里，或许是某个曾经征服过邻岛的英雄，马廖克向他祈祷或祈求好运……或者其他别的什么。我设想着，如果是自己来了岛上好几年，会干些什么。

我转身正想要离开，忽然听到了轻轻的咔嚓声，随后传来马廖克的声音：

"三十六号观察员报告……"

我惊呆了。这不再是一场游戏。

"今天，由于东桥遭遇小规模冲突，伊戈尔·奥斯塔宾卡被淘汰出局……"

接下来是一阵停顿。他好像在和一个人交谈，尽管我听不到另一个人的声音。

"是的。是大个子伊戈尔……伊戈尔·奥斯塔宾卡，伊戈尔、科斯佳、罗姆卡。"

又是一阵停顿。

"是的。科斯佳已经回到了城堡里。是因为受伤。药膏没能让伤口愈合。"

我努力去听，但除了马廖克的声音之外，再没有其他声音。

"不是。不是。是的。不多。"

他说话简短，断断续续，可突然间声音颤抖起来。

"不，他什么都不知道。他现在正在睡觉，哪儿都没有去。"

马廖克提到的人是我！

"不，不，您可都看见了，因为这事儿就是在外面发生的……克里斯在最后一刻改了主意，我已经不能再说什么了。这是个意外……"

接着是很长很长的一阵停顿。

"是的，我想他哪儿都不会去了。也许是我搞错了……"他的声音低沉下来，"他们没在谋划什么事儿。可能他们以前就认识？不，我没看清楚样貌。我担心被人发现……"

他快哭了。我能感觉到，马廖克此时既绝望又恐惧。

"不！"

马廖克尖叫了一声，一阵干巴巴的噼啪声传来，浅蓝色的闪光亮起。马廖克猛然抽搐了一下，仿佛想要把手从墙上拿开，但没成功……我紧咬牙关，不让自己喊出声或朝他冲过去。不管外星人把我们带到这个岛上是为了什么，它们都需要监视我们，需要一个间谍，而不合格的间谍则会受到它们的惩罚。

马廖克身体下坠，双手似乎被牢牢地粘在墙上。接着，他慢慢站直，压低声音轻轻说：

"明白……观察十天。还有克里斯，时刻盯好克里斯。我明白……"

我尽量踮起脚尖，悄无声息地走向出口。远处的火光照不清路面。但我出来了，甚至没有发出任何声响。我想我运气不错。

我跑上楼，打算立刻做点什么。叫醒克里斯或者托利克，告诉他们,马廖克是个叛徒,他在监视我们……因为在城堡里,外星人没法儿看到我们,这是我从马廖克与外星人的谈话中得知的。但我没有去叫醒任何人。我知道接下来会发生什么……

回到房间后,我竭力回忆读过的所有关于间谍的书。书中的间谍形形色色。但我记得,每本书里的人都不急着抓他们,反而试图利用间谍给敌方传递不实的消息。

城墙外的风轻轻吹着,沙沙作响。这是风暴结束前的喘息。距离我五米远的隔壁房间里,朋友们正在睡觉,而敌人马上就要回到我旁边的空床上了。就因为这个间谍,我的朋友们在今天,不,是在昨天,牺牲了。我会不会一个眼神就暴露了自己,让他知道我已经摸清了他的底细?我应该暂时说服自己,这是在做梦。"你们今天有一个小男孩参战了……"英嘉这么说过。原谅我,英嘉,今晚我不能前去与你见面。十天的观察期。这十天时间我要像老鼠一样安静地待着。我必须瞒过敌人,否则我们永远不可能回家……

II
联 合

"狄姆卡,如果我们回不去了,
就这样在岛上生活一辈子吗?"

Рыцари Сорока Островов

叛 逃

我站在东桥入口处的露台上,太阳已经升至天顶,灼痛我的双肩。来到岛上一周之后,我的皮肤晒黑、脱皮,现在又晒黑了。

大海看起来异常平静。刚过去的整个星期里,每天暴风雨不断,虽不十分猛烈,但令人心烦意乱。天空中时而积聚着灰色薄云,时而又有烈日灼人,而风却一刻不停。一到傍晚时分就开始下雨,精确得如同天文钟,风越刮越大,直到狂风肆虐。可到了早上,一切都停止了。

但今天没有刮风。红白色碎布拼成的岛旗一动不动地垂挂在瞭望塔的旗杆上。粉红色的巨大城堡就像在融化,没了棱角分明的轮廓。环绕城堡的围墙像一顶远古时代遗落在岛上的巨型大理石皇冠。在城堡和"皇冠"之间,塔妮娅懒洋洋地走来走去,搅拌着玻璃罐中的东西,里面大概率是奶油,女孩们曾答应晚饭吃烤蛋糕……

我看向瞭望塔,那里很安静。如果现在在塔上值班的是哪个小男孩,我一定会去看看他是不是在打瞌睡。但值班的是丽塔,那就没有必要为她担心。我叹了口气,穿过露台走到北桥,然后又到了西桥。粉红色石头桥面的弧度看起来完全一样。但实际上,北桥比西桥稍窄,而东桥的栏杆更低一些。这是多年前有人出于无聊测量出来的,还把数字刻在了城堡的墙壁上。

每个人在岛上都会自己找事做，不过有一个娱乐方式是大家共有的——上桥值班。

我已经三天没有上桥值班了。这是克里斯决定的，他没有解释原因，我也没有反对。一则，我害怕上南桥；二则，严重的冲突没再发生过，即使是与三十号岛的人相遇。在同伴们牺牲后的第二天，帖木儿、托利克和克里斯被派往东桥值班。他们遇到了整支军队，这支队伍由三十号岛最强壮且成年的七名成员组成。托利克后来向我承认，他当时真的很害怕。但敌人没有发起进攻，仅是值守到太阳落山，没有打算开战。这种情况持续了三天。之后，三十号岛的人开始以正常方式派人值班：两个人，三个人，四个人。但是，当日与我们岛交战的人，再没有在那座桥上出现过。显然，他们怕遭报复，被派到其他桥去了。但帖木儿还是每天都去东桥值班。他在等待时机。

我眯着眼睛快速瞥了眼太阳。我过去认为，通过太阳确定时间不是件难事儿，甚至都不需要学习。看一眼，马上就能知道几点。但事实证明，如果不习惯这种方式，可能会有两个小时的误差。那些在岛上住了很久的家伙，能够通过太阳确定时间。岛上只有克里斯和丽塔有手表，其他人只能学着依靠太阳辨认时间。托利克掉在岛上时也戴了手表，但他掉进了水里，表不走了。科斯佳的电子表一个月前没电了，现在由帖木儿当作手镯戴着。

现在大概十一点钟，离午餐时间还早。我弹了一下舌头，嘴里很想嚼点儿东西，不是想吃，而是……希望能像在家里那样，可以从口袋里抓出一把糖果，或者外出时往衣服口袋里塞满饼干。我若有所思地看着瞭望塔，丽塔在那儿值班。列拉一个人在厨房，从她那儿能要到任何想要的东西。我不慌不忙地走向通往露台的一扇门。此刻,身后闪了一下,是从城墙发出的粉红色反光。

我转过身来,已经猜到这是怎么一回事了。城堡里几个晚上的话题都不会离开这个。

距离城墙二十米左右的湖岸上耸立着一座整齐的白色沙堆。那里似乎出了什么事。在沙堆上方不高——最多不过三米的地方,有什么东西在空中翻腾着,闪烁着紫色的光芒,时而越来越亮,时而越来越暗。它看起来更像一朵云或一缕雾,里面有一盏明亮的灯向外照射。但这团云朵似乎既有弹性又很坚固。也许是因为在它的深处清晰可见一个沉重的东西,像一个人类小男孩的身体。

我高兴地喊着,飞快地跑下楼梯,中途遇到了塔妮娅。她立刻明白发生了什么,跟在我身后飞奔。我们跑出城堡的大门,停下来。

紫色的光芒已经消失了。一名大约十二岁的男孩,身穿明橙色汗衫和浅米色长裤,肩上背着一个运动背包,一动不动地悬在空中,仿佛被浇筑在透明的玻璃块里了。但这并不足以让我惊奇,这种情景我曾经想象过。最令人惊讶的,是男孩的姿势。他的头发在并不存在的风中飞扬,包被风吹起,汗衫在他背上鼓起。看起来,这个男孩应该是在跌落的过程中被拍照的,而现在照片悬在空中。

过了不大一会儿,半空中的这幅景象活了过来。那个男孩翻了个跟头,扑通一声掉在了沙滩上。我和塔妮娅听到了他微弱的呻吟,二话不说就冲向"着陆小山"的缓坡。

小男孩坐起身,冷得用双手抱住肩膀。他脸色苍白,面带惶恐,目光迅速在我们身上和城堡之间来回移动。运动包被乱扔在一旁，已经打开的小袋里洒落出五颜六色的蜡笔，还有钢笔和一个小计算器。

"嗨！"我尴尬地笑着说，"别害怕！"

新来的男孩跳了起来，飞奔到自己的包跟前，匆忙拉开拉链。

"你要干什么？"塔妮娅朝他迈了一步，碰了下他的肩膀。

男孩愣住了，半晌，用委屈又质疑的语气问道：

"我在哪里？[1]"

"什么？这么说，你不是俄罗斯人？"我听懂了这个问题，但不知道自己是否可以用英语做出回答。

"你是谁？[2]"男孩看着我，轻轻地问。

塔妮娅咯咯地笑起来。我很严厉地看了她一眼，说：

"他是英国人，明白吗？只能等克里斯回来……"

如果我当时知道克里斯正在经历什么，就不会等着他回到三十六号岛的温暖沙滩，而是立刻去找他。但直到晚上，音乐疯子伊戈尔才对我讲了他们这一天值守的情况。

从一早起，南桥就不安宁。克里斯与音乐疯子伊戈尔到南桥值守，期望着就算不能休息，至少也不要卷入战斗。但二十四号岛派了五个人到南桥。就算他们没打算发起进攻，但如此少见的数量优势，对二十四号岛的人来说诱惑也是相当大的。唯一能阻止他们的是，他们很了解克里斯，对克里斯心有顾忌。但随着时间的推移，二十四号岛的五个人开始蠢蠢欲动。

---

1. 此处原文为英语。
2. 此处原文为英语。

克里斯几次回头看远处的城堡,想知道是否有人来增援。瞭望塔上的丽塔应该明白,五对二意味着什么。桥上只有他们两个。

克里斯不知道,此刻的丽塔、狄姆卡和小女孩们都挤在新朋友身边,互相提示回想着英语单词,想向他解释清楚岛上的事情。新来的家伙站在那里,把敞开拉链的运动背包紧抱在胸前,环顾四周,眼神不时转向城堡……

二十四号岛的人不会错过这样一个难得的机会。一位身材魁梧、年纪比克里斯大的家伙走向前来。克里斯用肩推开音乐疯子,从佩剑带中拔出剑,迎面上前。

"一对一?"

那家伙点点头。克里斯停住了,估算着自己取胜的机会。胜算不是太大,他从小就在桥上见过这位对手了。克里斯刚来岛上时,他的这位对手已经是一名不错的战士,也更强壮。他很少在南桥上出现,可他一旦出现,就预示着接下来的一天会很艰难。

那家伙从喉咙里发出一声短短的低吼,向前一跳。

克里斯躲开了,想从侧面攻击,但被那家伙挡回进攻,跳了回去。

"干得好,庚卡!"有人喊道。那家伙得意地笑了一下,又向前冲去。

克里斯很快弄清了庚卡的攻击特点:进攻,试着刺一下,之后像闪电一样快速后退。他不是一个好剑客,但以他成年人的力量,每一次进攻都是相当致命的危险。克里斯以猫般的灵活躲避攻击。

"换我来。"音乐疯子在克里斯身后说。克里斯甚至懒得回答,这是他的战斗。音乐疯子伊戈尔无法承受,他确实没有实力挡住庚卡的攻击。

"庚卡！庚卡！"他的四个同伴喊道。

不对，是三个。克里斯用余光瞥见，他们中的一个同伴并没有在喊叫，样子有些古怪，究竟是哪里古怪……

"揍这帮三十六号的！揍这帮猩红盾牌的人！庚卡，砍他！"

克里斯此时已经筋疲力尽，手指麻木，勉强握紧冰冷的剑柄。

"庚卡！庚卡！庚卡！"

克里斯挡住了一击，但冒着火花的钢刃沿着他的剑刃擦过，他的手被烧伤了，流出黏热的鲜血。克里斯把剑换到左手，退后一步。快要完了。但庚卡停住了。为什么会这样？难道庚卡会放过克里斯，就像在上次战斗中，狄姆卡饶恕那个落队的女孩一样？

"嗨，狗崽儿们，"庚卡百无聊赖地说，"由谁来杀死他呢？英嘉，你来？"

英嘉未动之前，克里斯就知道她是个女孩。这就是她一直沉默的原因。女孩朝克里斯走来，但他并没有害怕。当英嘉走到与庚卡并排时，克里斯身后呼吸急促的音乐疯子伊戈尔惊呼：

"她的剑是木质的！"

音乐疯子的声音太大了，敌人和英嘉本人都听见了。

她转向庚卡，说：

"来吧！"

这个年约十四岁的柔弱女孩，深色头发，大眼睛，在高大、肌肉发达的庚卡旁边，看起来更弱小了。"来吧"听起来更像是请求，而不是威胁。

"啊，你这个混蛋。"庚卡咆哮道，"也就是说，是真的……"

庚卡破口大骂，言辞既肮脏又恶毒。克里斯从没有被人这样骂过。庚卡将剑举过头顶，这一击可能会将一个成年人劈成两半。但他晚了一步，英嘉已经出手了，她拿着剑的双手向前猛地一戳。

庚卡捂住肚子，抓住已经插进身体里的剑刃，震惊地盯着英嘉。英嘉脸色苍白，一边向克里斯退去，一边把血淋淋的剑从庚卡体内拔出，又削掉了他的手指。

"该死的，操你们两个……"庚卡声音嘶哑，倒在了桥上。

英嘉向克里斯倒去，接着就不动了，剑头依然指向前方。此时的英嘉浑身颤抖，克里斯用满是鲜血的右臂搂住她，而她也没有想要躲开。

"你知道对于叛徒而言，即使投奔的岛获胜，也不能回到地球吗？"克里斯问。

"什么？我知道……"英嘉突然身子一软，腰一弯，几乎挂在了克里斯的手臂上。克里斯的伤口剧烈抽搐着，痛得几乎全身都拧在了一起。他竭力忍住疼痛，声嘶力竭地高喊："我们撤！"紧接着便开始后退。敌方的男孩们被发生的事情完全吓住了，赶紧拖走了蜷缩成一团的庚卡。

揭 发

我永远都不会相信,自己跌落在岛上后的样子看起来居然跟汤姆一样呆滞。大家问了无数个"你叫什么名字[1]",搅得我耳朵嗡嗡作响,终于勉强问出了他的名字。之后,我们把汤姆带到了城堡,但他坚决不进去,我们也只好留在外面。丽塔的英语比我们好,可能是克里斯教的,但她没法向汤姆解释清楚任何事情。汤姆要么沉默不语,要么一开口说话就很急促,断断续续,又不停地捏手、揉眼睛,我们一个字也听不懂。

起初我觉得很滑稽,接着又为这个男孩感到难过。我想象着到了晚上,汤姆眼睛红肿、满手瘀伤的样子。而这一切都是因为自己的疑心病,我不禁哑然失笑。

"什么声音?补给到了?"

我们猛地抬起头。克里斯从南桥上靠着栏杆张望,衣服脱到了腰部。我看见他右臂上包裹着厚T恤,才明白克里斯根本不是在晒太阳。丽塔意识到发生了什么事,啊呀叫了一声冲向城堡大门,我紧跟着跑了出去。如果留音乐疯子伊戈尔独自一人值班,就必须保证有人救援。但克里斯看起来非常镇静,想来音乐疯子也没有什么危险。

丽塔做的第一件事就是包扎克里斯的伤口。我一直没有搞

---

1. 此处原文为英语。

明白她从哪里弄来的绷带和药膏。她是把它们放在口袋里,还是……我一边向他们走近,一边问道:

"需要我去南桥吗?"

克里斯耸耸肩,装作漫不经心地说:

"随你便。伊戈尔一个人也可以。敌人都已经跑了。"

他看着我的样子很奇怪,讥笑中还带着尊重。大人经常用这种眼神看那些举止超乎年龄的聪明孩子。

"我们来新人了。"

克里斯点点头。

"一个英国人……要不就是一个美国人。"

我们的领袖一下子激动起来:

"一天之内来了两个,很不错。丽塔,包快点儿。"

"为什么说来了两个人?"丽塔一边绑绷带一边问,"难道,讲英语的家伙打起仗来一个顶俩?"

克里斯笑了,抽出手,用牙和另一只手将绷带拉紧了些。

"丽塔,你包扎得不好。应该把绷带扎得更紧些,这样软膏就吸收得更快。其实,战斗中每个人都是一样的,有时甚至连女孩都可以参战。请转身,刀子嘴小姐。"

我和丽塔同时转过身。英嘉正坐在其中一个开了窗户的窗台上看着我,双手整理着蓬乱的头发。我的脸舒展开来,不由自主地露出了幸福的笑。

"是你?"

"不是,是我的影子。"

"狄马,你们认识?"丽塔惊讶地问道。

我犹豫了一下。我们要保守秘密的……但是克里斯说:

"她的第一个问题就是'狄马没出事吧?'"

英嘉脸红了，但丽塔对此毫不在意。

"你真是从另一个岛来的？你决定加入我们？"

克里斯向楼梯走去，快下楼时，喊道：

"丽塔，他俩认识的事，不要说出去。OK？"

丽塔默默点了点头，走到英嘉身边，问：

"你没受伤吧？"

英嘉的浅黄色衬衫上，变干了的血斑呈现出褐色。

"没有，这不是我的血。"

她俩根本不理我，像多年的老朋友，站着低声交谈。

"你会看到的。我们的岛真的很好。有四个女孩……现在有五个了。塔妮娅十二岁，列拉十岁，奥莉娅还很小。你们那儿女孩子多吗？"

"不多，三个。洛尔卡、艾娜和我。"

丽塔同情地点点头。

"明白了……走，去我那儿换衣服，再把你的上衣洗一洗。"

"走吧。"

我默默地瞪大眼睛看着她俩。好吧，丽塔变得健谈了，这是一件好事。但英嘉看着丽塔的样子，比一年级小女生看女老师的样子还要乖巧！乖乖女形象跟她真是格格不入。

女孩们朝门口走。我跟上去，用不知何故变得沙哑的声音问：

"英嘉，这……"

"晚上，狄马，晚上……"英嘉转过身，突然对我吐了一下舌头。

我叹了口气，走向另一道楼梯。英嘉想怎么生气都行，但我这十天确实没办法去桥上见她。

汤姆原来是澳大利亚人。我走下来时,女孩子们已经安静下来,克里斯正给她们讲汤姆的事儿。

汤姆也许是唯一一个应当感谢被外星人绑架了的人。他从七楼摔下来时被"拍照"了。他没有解释自己是怎么摔下来的,但绘声绘色地描述了急速下坠时的感受——下方居然是一个热带海岛,而不是柏油路!他难为情地说,他的第一个想法是到了天堂。

克里斯翻译完汤姆关于天堂的猜测后,笑得喘不过气来。他还没有告诉汤姆,我们的生活远远比不上天堂。显然,这是规矩,不能把所有困难都一股脑儿地告诉一个新人。

看着逐渐活跃起来的汤姆好奇地问我们有关岛屿和神奇桥梁的情况,我想到,他的复制人,换句话说不是复制人,而是真正的汤姆,现在正躺在柏油路上。没有药膏能治好他的伤。

我们都有自己的复制人,这多多少少算是一点儿虚幻的慰藉。但这个男孩——全宇宙就这么一个。

傍晚前,我们陪着汤姆在城堡里到处转转,给他介绍房间的布局,逐渐揭开日新月异的游戏细节。大家从桥上回来的时候,汤姆已经知晓了一切。令我惊讶的是,他的反应相当冷静,可能没有把大家说的话当回事儿。

我们碰见丽塔和英嘉好几次。女孩们脸色烦闷,走过我们跟前时却突然嘻嘻地笑起来。我看了看克里斯,他在微笑。眼前发生的事情也让他很开心。但就是打死我,我也没发现有什么有趣的事情。

音乐疯子伊戈尔是第一个结束守桥回来的。他惊讶地看着汤姆,想用英语和他说些什么,接着又大笑起来,要克里斯翻

译:"很高兴看到一张新面孔,尽管这么想挺自私的。"克里斯表情严肃地做了翻译。音乐疯子伊戈尔又悄悄问我:

"你看到新来的女孩了?"

我警觉了起来。

"是的。"

"很漂亮,不是吗?"

我有些不知所措,认识英嘉这么久,还从没有想过这一点。

"还行……"

音乐疯子伊戈尔哼了一声,把耳机戴到头上。

"还行,你也这么说。该死,声音又断断续续了。随身听在这些奇怪的岛上根本充不好电,像是用电灯泡充电,而不是用太阳充电似的。"

我敏锐地捕捉到了问题所在。

"伊戈尔,这里是另外一个太阳。"

"我明白。但还是感觉很生气。"

马廖克和雅努什从东桥回来了。雅努什看起来非常满意,马廖克则一副很无聊的样子。这是一个明确的信号,表明这一天没有发生什么冲突。马廖克迅速看了我一眼,又把目光移开了。我时不时有一种很糟糕的感觉——他知道我夜间在地下室跟踪他了。

"我们来了个新人。"克里斯说。

雅努什迟疑地笑了笑,一字一句地问:

"你从哪里来的?"

雅努什非常沉默寡言,总是想在谈话中说对每个字,可惜效果不佳。

"他是英国人。"音乐疯子伊戈尔插嘴道。

"是澳大利亚人。"我纠正。

"啊,都一样……"伊戈尔摆了摆手,"问题是他只懂英语。"

"如果你掉到了十八号岛,"克里斯和善地说,"你也会懂英语。谈起你的时候,大家会说'他是土耳其人'。"

这时,西桥上出现了三个小小的身影。

"总算是不错的一天。"克里斯很满意。

晚上,英嘉的出现比汤姆更让所有人诧异,也许是因为,作为补充人员,叛逃者比一般拍照来得更为罕见。也或许不是这个原因。

晚饭后,没有人急于离开。克里斯给我们简短转述了汤姆所知道的地球最新消息:没有发生世界大战,美国已经从一些国家撤军。至于从哪些国家,汤姆不记得了。俄罗斯举行了多次选举,汤姆对我们的国家就只了解这些,而我们对杰拉尔顿市的生活新闻也不是特别感兴趣。克里斯继续跟汤姆交谈,雅努什躺在沙发上,盯着天花板。其他人则渐渐聚集在英嘉周围。

她坐在壁炉旁,帖木儿跨坐在她对面的一把椅子上。英嘉微笑地说着什么,大家都听得十分入迷。我旁观了一会儿,也忍不住凑近去听。

"而加里克嘛,他又瘦又小,爱多管闲事。哦,高加索人说,一对二也比对付用两把剑的家伙容易……"

帖木儿的脸上露出了既惊诧又得意的表情,耳朵都红了。

我站着听了一会儿,然后漫不经心地说:

"英嘉,你就瞎吹帖木儿吧。我从七岁起就一直听你这样讲话。大家还不熟悉你,可能会当真。"

紧接着是一阵沉默。帖木儿对我笑了一下,转而又盯着壁

炉的火看。英嘉挑衅地望向我。音乐疯子伊戈尔摇摇头,把他的随身听音乐调到最大音量。克里斯迈近一步。只有伊利亚高兴地问:

"你们认识,是吗?之前怎么没说过?"

我咬紧嘴唇,看向一边,寻找马廖克的身影,只见他从半开的门溜了出去。

"克里斯,"我赶紧说,"马廖克他……"

克里斯猛地一抖,好像被人打了一拳。他稍作停顿,喊道:

"帖木儿、托尔卡[1]!抓住马廖克!"

我们同时冲向门口。但托利克比我和帖木儿先跳到了走廊里。

---

1. 托利克的昵称。

揭发之夜和解决问题的早晨

就快打开通往地下室的门时,马廖克被追上了。托利克抓住他的肩膀,猛然一拉,迫使他转向自己,脱口喊道:

"站住,你要往哪里跑?"

走廊尽头有一支点着的火把,浅红色的火焰闷闷地烧着。二人被笼罩在这半明半暗的光中,看起来朦朦胧胧的。马廖克表情异样,死盯着托利克,低声说:

"怎么,我不能去我想去的地方吗?"

"可以,随便你想去哪儿都可以,但你为什么要跑?没听见克里斯让你等一等吗?你到这里做什么?"

"我这就解释……"

马廖克突然用膝盖猛顶托利克的下腹部。

托利克缩成一团后退了一步,从嘴里挤出一句话:

"你干什么,昏头了吗?"

马廖克已经打开了门,猛冲下去,不料被托利克击倒在地。托利克仍痛得直皱眉头,用稍显抱歉的语气说:

"这是你自找的,马廖克。你竟然对自己人这样……"

马廖克发起反击,把托利克打退到墙边后再次冲到门口,却撞上了帖木儿。

"大家都叫你站住了!"帖木儿用冷漠、厌烦的口吻说。

马廖克猛地转过身,看到克里斯和我正向他跑来。其他人也已经跑下了楼梯。

"帖木儿,放手……"

"不。"

马廖克从腰间拔出一把匕首,刺向帖木儿。

待大家赶到时,一切都结束了。马廖克躺在地板上,仰面朝天,手臂伸开,仿佛被一个无形的重物压住。帖木儿被托利克搀扶着站在附近,摁着身体的右侧。他撕裂的T恤上有一个小小的猩红色斑点。

"挺住,帖木儿……"克里斯提起帖木儿的一只胳膊,和托利克分别在两侧搀扶着帖木儿,"你能走吗?"

前来救援的丽塔低声叫了出来。药膏并不总是有效,经常有人因肝部受伤而死。

"一切正常……"帖木儿挤出微笑,"擦伤,还是木制的匕首。他刺中了我的致命处,但想让我死还没那么容易。"

克里斯怀疑地检验完伤口,摇摇头。

"运气好……运气好有用吗?"

"二十分钟后,他就会康复。"

"明白了。"

克里斯蹲在马廖克旁边,迅速用腰带熟练地绑紧他的双手。塔妮娅紧紧偎依在丽塔身边,轻声抽泣。伊利亚张开嘴,想要问些什么,又不知何故憋了回去。

"把他拖进大厅。"

克里斯绑完马廖克,嫌弃地甩了甩手。

托利克默默弯腰把马廖克背到肩上,把他扛走了。谢尔让却控制不住自己的情绪,抓住克里斯的袖子,喊道:

"这是怎么回事?我们为什么要追他?为什么要打架?请解

释一下，指挥官！是你命令我们追马廖克的！"

克里斯望向我，对我点点头：

"说吧。你似乎知道的比我多。"

周围安静下来，我舔了一下干燥的嘴唇，说道：

"好吧，简而言之，他是个间谍。"

"胡说！"谢尔让愤怒到发抖，"给谁做间谍？给二十四号岛吗？还是……"

"外星人。"

我们只把年龄小的女孩子们赶出了王座大厅。

列拉和奥莉娅被打发去睡觉，没有商量的余地。她们也不敢反对。其他人默不作声听我讲述。我告诉大家自己如何遇到的英嘉；我俩如何猜测岛上生活的是复制人；我是如何跟踪马廖克到地下室，又是如何听到马廖克做"汇报"，以及我为何不得不蛰伏整整一个星期。

"英嘉，"我稍作停顿，"你去桥上等过我是吗？"

她点点头，停了一下，补充道：

"连续四天。"

躺在沙发上的马廖克微微动了一下。我看向他，最后说：

"显然，它们发现了我和某人在桥上会面的事，但没有弄清楚与我见面的是谁，于是就给了马廖克一个任务：查清楚这个人。而今天……今天他猜到了这个人是英嘉，可一兴奋就暴露了自己。他太急于汇报了，我才有机会搞明白事情的来龙去脉。克里斯也明白。"

"狄马，我早就猜到了。要是我连这都猜不到，那可真是个非常非常糟糕的指挥官了。"克里斯走向沙发，"马廖克，你听见对你的指控了吧。十分钟前,你就已经醒了。"

"把我的手解开。"马廖克很平静。

"不行,你太能打了。很奇怪,不是吗?你训练最少,年纪最小,打起仗来却与我和帖木儿相当。"

"这证明我很有能力。"

"我们现在不是在开玩笑,马廖克。狄马所说属实吗?"

"不!"马廖克坐起身,"我是想捉弄他,他就信了。"

"撒谎。第二天,本该狄马值班的桥遭到袭击,假设我没有留后手……我又想起了保罗。两年前,你与他发生了争执,派班之后,你就像今天这样跑出去了一会儿。后来保罗和所有与他一起在桥上值班的人都被杀了。马廖克,你出卖了多少人?科斯佳、罗姆卡、大个子伊戈尔、保罗……"

"不是这样的!"马廖克很恐惧,被吓得无法自持。他蜷缩着身子,沿着沙发从克里斯旁边挪开,面如死灰,毫无生气,"克里斯,完全不是这样的!这只是巧合……"

马廖克突然开始号叫,喘着粗气,像孩子一样把脸埋在他那被绑住的双手中。大家面面相觑。丽塔迟疑了一阵,向马廖克走近了一步。谢尔让愁眉苦脸地说:

"克里斯,这不是证据。实际上,很可能是巧合。"

克里斯依旧沉着冷静。这幅画面相当古怪:一个被捆绑的哭泣男孩,上方是燃烧的火把,旁边站着一个高大的成年男孩,脸上冷酷而平静,一只手扎着绷带,腰间佩带一柄长剑。

"好吧,马廖克。或许是我错了。我们现在就去地下室,所有人一起,看看那个奇怪的面板。我们都把手按在板子上试试,看看会发生什么。"

"混蛋……"马廖克低声咒骂着,没有抬起脸,"傻子们,去吧，去检查吧……"

"对于你来说，我们的确可能是混蛋，"克里斯表示同意，"但不是傻子！"

他用力一拉，使马廖克仰起头，猛拽绑着他双手的腰带。

"马廖克，你可真是个超人！不到两分钟，这塑料皮带几乎要被你咬断了！"

"你这个混蛋！"马廖克哭得上气不接下气，喊道，"我可怜你！我还没跟你说过吧……"

克里斯甩手扇了他一巴掌。

"你以后也没机会再说了。大家也不需要知道，你还是和自己的主人辩解去吧。依我看，是他自己暴露的，怪谁呢？"

"没必要打他！"帖木儿喊道。

"我不得不打他，帖木儿。他应该把知道的都告诉我们，可他不愿意。"

"我什么都不会说！什么都不会说的！"

"你会说的。丽塔、英嘉，带上伊利亚，离开这里。"

"为什么？"伊利亚很愤慨。

"你现在还太小，没必要看这里发生的事情。至于女孩们，你们也不必知道这些。"

克里斯转身面向疑惑不解、旁观整个事件的汤姆，迅速用英语与他交谈一番。汤姆点点头，跟着伊利亚出去了。

"把汤姆带去他自己的房间！"克里斯在他们身后喊道，接着对其他人说："你们可以留下。"

"抱歉克里斯，我可能也要离开。"音乐疯子伊戈尔仔细地将耳机缠好，关上随身听，"马廖克暴露了，但我不想看这里将要发生的事情。对我来说，时间已经很晚了。"

克里斯点点头,然后转向马廖克。

"你说不说?"

他摇摇头,恐惧地看着克里斯。

"随你便。"

"你不能拿我怎么样!"

"我能。"克里斯拿起剑。马廖克看了一眼剑刃,万分惊恐地转过身。看来,剑对他来说已经变成真的了。

"看看,我没在开玩笑。以后我也许会恨自己,但我现在想起了科斯佳和大个子伊戈尔……"

剑刃逼近马廖克的脸。我闭上了眼睛,只听到马廖克在尖叫:

"我说!都说!都说!"

马廖克的脸颊上被划出一条长长的伤痕,不深。

"我就知道你会说的,"克里斯放下剑,一字一句道,"说吧!"

马廖克知道的不多。也许他并没有把知道的全部告诉我们……

他到岛上一个月后,就被"雇佣"了。

或许是因为跟谁吵了一架,也可能是因为胆子太大,当时这个只有七岁的小男孩深夜走出了城堡。后来,马廖克失去了知觉,在一个四面都是灰色墙壁的房间里醒来。有无形的非人类声音向他提出问题,马廖克只敢作肯定回答。是的,他同意了汇报岛上发生的事,以换取让他回家的承诺。如果"所有事情都做对了",外星人就会让他回家。马廖克从此便竭尽全力。

马廖克从来没见过他的主人。外星人对他来说,只是一个虚无的声音。一开始，这声音来自他被关押了几个小时的房间墙壁，后来，又来自用于通讯的石头面板。外星人教会他灵巧作战，让他能够熟练灵活地运用击剑术，以便让战斗中的伤亡风险降到最低。而对付自己岛上的敌人，则需要另一种无懈可击的手段。他只须汇报有谁是怎样妨碍他的，以及谁会在哪座桥上值班。其他方面都由来自外岛的"敌人"完成。也许，这次袭击是由那些与马廖克一样的"观察员"策划的，因为马廖克也曾服从外星人命令，帮助消灭邻岛的男孩。他策划了一场战斗，杀死了二十四号岛的拉乌尔。马廖克刺伤十二号岛的阿诺德，不是因为他们妨碍了他，也不是因为残暴。他只是在执行命令。如果没有命令这种概念，那么世界各地的小混混将活得非常无聊。

为什么外星人会对我与一个敌方人士的深夜会面如此感兴趣，又如此恐惧？马廖克不知道。但他清楚地告知了外星人我要去哪里值班。

攻击没有达到目的，马廖克受到了惩罚。像往常一样，当它们不满意时，就会使用电击。但它们答应，如果马廖克能找到与狄马见面的神秘人物，那么这将是他的最后一个任务。

马廖克又哭了起来。

"我现在就想回家，和我妈妈待在一起……"

克里斯同情地点点头：

"我们难道是什么恶棍吗？要阻止一个小孩儿回到妈妈身边……但是，他们又何错之有呢？狄姆卡和英嘉做错什么了？"

"我不知道……"

"你什么都知道。你跟外星人是怎样联系的？"

"摁面板……就没有了。"

"它们还能怎么监视我们?"

"它们没法儿监视城堡里的情况,只知道我转达的事情。但在岛上、桥上,它们自己都可以看到。"

托利克怀疑地哼了一声。克里斯耸耸肩,说:

"你撒谎。"

"他没撒谎。"我插言道,"我从他与外星人的对话中听到,它们监控不了我们在城堡内的情况。"

克里斯看了看大家,说:

"狄马、帖木儿、托里克,我们要怎么处置他?"

没有人回答。克里斯双唇紧闭。

"好吧,那我自己决定。"

马廖克紧张起来。

"马廖克,你该死。我们判处你死刑。但缓期执行,无限期缓刑。帖木儿!"

帖木儿从椅子上站起来,皱起眉头,揉着身侧。

"带他到瞭望塔下面的屋子去,就是有铁门没窗户的那间。然后你再回来议事。"

"他不会逃跑吗?"谢尔让若有所思地问。

"不会。"克里斯摇摇头,"我在那里待过……五年前。记得吗,帖木儿?"

"记得。起来!"

马廖克跳了起来。帖木儿把他推到门口,跟着他出去了。

"现在,"克里斯说,"我们要决定接下来怎么办。"

我们散会时已经是凌晨三点半。帖木儿和雅努什熄灭了没烧完的火把,其他人迅速回到自己房间。上午守桥前,多少得睡一会儿。我在漆黑的走廊墙上摸索了很久，才找到自己的房门。我现在只能一个人住了，这样是否比睡在敌人身边更好？尚未可知。我房间所在的城堡右翼，现在已经完全空了，这条走廊上的另外两间屋子，曾经住着牺牲在东桥上的伙伴——那些替我死了的朋友。

"狄马！"

黑暗中有人轻声叫我，我吓了一跳，转过身。一个细长的身影从灰暗的窗台落下。

"你们开会开了这么久，我差点儿站着就睡着了。"

"你可以直接去找我的。"我慌忙说。

紧接着是尴尬的沉默。英嘉不说话，淹没在一片黑暗中，我的耳边只有城墙外大海均匀的轰鸣声。

"我们没有拷问马廖克，"最后还是我先开的口，"他害怕了，就都招了。"

"我和丽塔看见帖木儿把他锁起来了。"

英嘉站得离我非常近。我能感觉到她吐在我脸颊上的热气。英嘉应该也同样感受到了，因为她向走廊深处后退了几步。

"我刚才在和丽塔聊天，根本不想睡觉，"她轻声说，"然后我想起来忘了给你讲……你记得我晚上和帖木儿说，加里克是怎么讲他的吧？"

我笑了，但不是因为开心。

"记得。"

"加里克后来接着讲，对我们来说……不，对他们来说，这位手拿两把剑的武士不算什么，现在又出现了一位手拿一把剑的，这可就不妙了。他这是在说你。"

"帖木儿不是武士，他来自阿拉木图。"我喃喃自语，我此刻终于从心底漾出了微笑,但耳朵却像昨天的帖木儿一样红,眼看就要暴露在黑暗中了。

"我走了。丽塔在等我。"英嘉消失在深夜中。我在门口站了一会儿,听着脚步声远去。

木剑外交

我很少去北岗。首先,它距离城堡非常远。再者,那儿也没什么好玩儿的。当然,这只是曾经的想法。

原来,北岗陡峭的海岸,是岛上唯一一处海浪不息的地方。任何天气、任何时间,这里都海浪滚滚——不管白天黑夜,即使完全无风。可自从听完马廖克的故事,我就极度抗拒在夜里出门。

海浪在距离岸边大约二十米的浅水区外涌动着。从山岗上看不见的地方,海水沸腾着拍打在沙滩上,卷起嘶嘶作响的泡沫。大海在加速狂奔,一浪高过一浪,冲击着山脚,最后消失不见。只有隆隆声渐渐平息下来,幽怨地回荡在空中。后浪赶着前浪向岸边冲来,迟早会把北岗磨蚀,摧毁。整座岛会变得平坦又无趣,像一个空盘子。唯有猩红色盾牌城堡屹立在岛上,像盘中吃剩的蛋糕。

我躺在山顶上,距离摇摇欲坠的陡峭山坡大约五米。被阳光烤焦的干草像针一样刺痛我的身体。我已经很久不穿衬衫了,只穿牛仔裤。还不到三个星期,我已经适应了岛上的生活……有了新朋友和新习惯,有自己的剑战方式,在委员会的圆桌会议上有自己的位置,甚至有了岛上最喜欢的角落。

这里总是很安静。海浪喧嚣吵闹着,但我片刻之后就能适应。眼前只剩草木丛生的山坡、清澈晴朗的天空和均匀呼吸的海,也许是整片大洋在呼吸,谁知道呢……

周围的世界似乎歇息了,睡着了,就连太阳也凝固在了天空中。好像只要我躺在那里看着海浪奔腾不息,岛上就不会发生邪恶不公之事;剑也能保持木质本色;守桥的孩子们可以在阳光下睡懒觉,享受日光浴。我很想告诉英嘉这一切,只是我不知道她能否理解。不过最近几天,我们没有吵架。而今天,我们要担当克里斯计划中处境最危险的角色……

我一骨碌从草地上爬起来,免得自己打瞌睡。我下了山坡,走向城堡,拼命克制住身后的诱惑。从北岸能看到最美丽的海景,也许是因为那里没有其他岛,水彩画般的蔚蓝延伸到地平线,地平线之外是自由之地。

女孩们仍待在丽塔的房间,只有最小的奥莉娅沿着走廊走来走去,一副委屈的样子。我朝她做了个鬼脸,她也依样回敬我。我小心地敲了敲门,只听到一阵笑声和丽塔的回应:

"狄马奇卡[1],稍等五分钟!"

"狄马奇卡!"如果英嘉这样叫我,我一定会很高兴的。但这称呼从丽塔嘴里说出来,听起来盛气凌人,且含有讥笑的意味。我连忙环顾四周,看看奥莉娅是否听到了。但她正皱着眉头用一根手指在玻璃窗上划拉,丝毫不在意我。玻璃很脏,手指划过,显出白色的长长印痕。

"你在画画?"

"是啊,在画圣诞树。"

窗户上果然显出了一棵圣诞树。奥莉娅踮脚站着,在树顶

---

[1]. 狄马的昵称。

画上一颗歪斜的星星。

"我想过新年，"她解释说，"这样就能下雪了……"

奥莉娅是个有趣的女孩，长得瘦小，但非常独立。这是我第一次看到她伤心，还是因为这样一个可笑的原因……

"圣诞树有什么好的呢，就因为在冬天？"我问。

"我是在新年的圣诞树前被拐走的，"奥莉娅在圣诞树周围画了一个圆圈，回答道，"我一直在想，一直在想大家会送我什么礼物……"

岛上几乎没有人愿意把自己看作是复制人。不，我们倒是没探讨过这件事，但每个人都坚持在提及自己的时候使用单数。例如，"我被拐走了……"

这时，英嘉从房间出来，问道："狄姆卡，你准备好了吗？"

"才刚准备好。"我轻声回答。

我随身带着岛上一切有用的东西。牛仔裤口袋里装了一卷浸过治疗药膏的绷带，腰间的简易皮带扣环上挂着一把剑。不需要剑鞘，我的剑是木质的。

我们出发到达了南桥。英嘉在我身后不远，沿着栏杆走着，盯着海面。她今天没有拿剑，因为没人打算让她参与战斗。

"狄姆卡，如果我们回不去了，就这样在岛上生活一辈子吗？"英嘉或许是在问我，或许是在自言自语。

"是的。但我们能回去，一定能。"

"如果不能，狄姆卡，我们就逃走，好吗？"

"去哪里？"

"去哪里不重要。我们造一艘船，坐船离开。"

"地下室就有一艘船，"我不知为何会说起这个，"我看见过。"

"狄姆卡，意思是你同意了？我一个人害怕。但和你一起，我就不害怕了。我们逃吗?"

我停下来,惊讶地看着英嘉。这还是我认识的那个小女孩吗?那个与我在幼儿园里闹别扭、在学校里一起扔雪球的小女孩?是邀请我参加生日派对,在徒步旅行中帮忙渡过冰冷湍急河流的那个小女孩?在这个英嘉身上只留下了美丽的面庞和低沉严肃的声音。她的身体变得纤长,已不再稚幼,但也没有丽塔那种成年人似的丰腴。我突然意识到,我真的会和她一起逃走,哪怕乘一只小船逃到公海,哪怕到邻岛做个奴隶。这种想法令我恐惧。而我面前的英嘉讶异地呆住了。她无法面对我张皇失措的眼神,脸红得厉害,连晒黑了的皮肤都掩盖不住。我乘胜追击,有点儿委屈地追问她:

"英嘉,你不喜欢我们岛吗?"

"喜欢,这座岛非常棒!"英嘉毫不犹疑,立刻答道,"但我完全不喜欢这些群岛,因为在这儿必须要互相残杀,死了的却不是那些人渣……"她的声音突然变了,"死了的都是好人。还有这些外星人……我始终觉得,即使在城堡里面,它们也在监视着我们。"

"它们不能在城堡里监视我们。"

"我不信!"

"但我们商量好了不是吗……我们已经想好了,如何让大家回到地球!"

英嘉点点头,略带愧疚,有意退让,"当然,狄姆卡。我会尽力的。我只是觉得,我们什么都做不成。"

"那我们就逃走。不过可能也没什么用。英嘉,你肯定听说了疯子船长的事。可我们还是要逃走。"

她点点头,倔强地说:

"和疯子船长一起漂泊总要比待在这里好……如果我们迷失在大海上,就找他做见习水手。"

我们快走到桥中间时,克里斯和帖木儿已经快结束"战场"的准备工作了。一个男孩仰面朝天垂在栏杆上。我看了一眼,扭过脸去。情况已经很明晰了。英嘉低声惊呼出来。看来,这个男孩并不是二十四号岛最坏的家伙。

对方仍有两人在坚持作战,但都已身负重伤,胜负毫无悬念。桥上的第四个守卫在二人身后,跪在地上,一只手抱住被砍断的肩膀,血从伤口中汩汩渗出。得尽快给他包扎伤口,他自己已经没法给自己包扎了。

克里斯和帖木儿身上没有明显的伤痕。托利克在他们身边,倚着剑无聊地发呆。克里斯看见我们,拍了拍帖木儿的肩膀,后退一步。到现在为止,帖木儿和其他人一样,只用一把剑战斗。他停下来,慢慢从背后拔出第二把剑,将两把剑刃相互摩擦。周遭一片安静,只听得见钢刃可怖的摩擦声。一大滴深黑色的血珠从刚刚砍杀过人的剑刃上啪嗒掉下来,落在大理石桥面上。

"不……"他其中一个对手低声说。

帖木儿一跃向前。双剑一闪而过,两片刀刃如螺旋桨叶片一般划出模糊不清的圆圈,紧接着,有东西发出清脆的声响。二十四号岛的武器碎片击中了桥梁。

现在对方两个男孩手无寸铁。他们那位受了伤的同伴想要站起来,但没有成功。他比其他人大,十四五岁,浑身都是伤疤,晒黑的皮肤上布满白色条纹……他的双腿又一次软下来,扑通跪倒在地上。我看到他在哭,眼泪从他的脸上流下。他紧皱眉头,紧闭双唇,想忍住泪水,但一点用也没有。他把头埋进双膝中,掩盖了泪水,也将脖子暴露在致命的危险之中。

我轻轻拍一下英嘉后背。她哽咽着振作起来,向前迈了一步。

"嗨,伙伴们。"

这有点儿像是嘲讽。但令我惊讶的是,二十四号岛的人并不这样认为。

"嗨,英……"其中一个男孩显得很颓然,满眼失望,却相当平静地回应英嘉。他大约十三岁,翘鼻子,圆脸蛋,戴着眼镜,是儿童电影中典型的"模范生"。

"你还站在那儿干什么?"英嘉突然喊道,"快给米什卡包扎!"

男孩们一个激灵冲向同伴。但英嘉立即将他们推开,亲自弯下身给男孩包扎。我走到那个僵在栏杆上的小子身边,碰了碰他的肩膀。男孩仿佛在等待这个动作,毫无生气的身体滑落下来,一只胳膊从栏杆孔掉入海中,摇摇晃晃漂浮在远方的水面上。我觉得很恶心。这一切难道不可避免吗?难道通往和平、通往全员胜利的路上一定要流血?这个可怜的孩子一定要牺牲吗?而他遭此横祸,只是因为过于遵守游戏规则?

我们难道找不到其他办法?或者……只是我们不想寻找?我们不习惯羊肠小道,但是康庄大路,无论通向哪里,总会浸满鲜血……

帖木儿也开始给"模范生"包扎,克里斯给第三个男孩包扎。"模范生"痛得直皱眉,问:"怎么,你们要抓我们做俘虏?"

"不,我们放你们走。"克里斯温和地解释道。他向死者颔首,真心感到遗憾地说:"我也不想这样。但你们也看到了,我们只有两条路可以选。你们把他带走,埋在岛上吧。"

男孩目瞪口呆地把已经包扎好的手放到胸口上，不知所措地说：

"我们拖不动他。让他暂时躺在这里吧，你们不要扔掉他。"

克里斯认真地看着我。我微微点了点头。

"没关系。"他一字一顿地说，"狄马和英嘉会帮助你们的。"

我第一次走在敌方一侧的桥上。我们往桥下走，但每一步都离猩红色盾牌城堡越来越远。现在改变主意还为时不晚，还可以扔掉双肩扛着的发软的尸体，撒腿就跑。一只愈发冰冷的手拍打在我的肩膀上，发出微弱的啪嗒声。这个男孩虽然死了，但伤口仍在流血。不过很奇怪，我并没有因此感到害怕或反感。

世界变了，天翻地覆。我不再是来自地球的狄姆卡，我成了一位岛民，不惧怕别人或自己的死亡。

"阿里克，庚卡……怎么样了？"英嘉在我身后悄悄地问。我屏住了呼吸。

"死了。""模范生"的声音里没有太多悲伤。

我转过身，看见英嘉脸色苍白，嘴唇颤抖。

"英嘉，你也不用伤心。"阿里克继续说，"不只是因为你那一剑。在城堡里有人给他补了几剑。活该。"

天！这岛上是怎样的人在统治？墙倒众人推。

两个男孩跑出来迎面遇到我们，手上的剑已出鞘。他们看到英嘉、步履蹒跚的米什卡还有我，愣住了。

"我们要和掌管这座岛的人说话。"我冷冷地说，"我们是军使。"

男孩们彼此对看了一眼，小心翼翼地收回了武器。

一个大约十三岁的高颧骨男孩皱着眉头，拍了拍我的肩膀，结结巴巴地说：

"你来做什么，啊？你想从我们这里得到什么？"

英嘉走到我身边，"艾哈迈德，这是狄马。我们来是……"

艾哈迈德不客气地打断她说："你也不必回来。"

我被激怒了。我把肩上背着的尸体放到桥石上，再次说：

"我们是军使。英嘉也不打算回到你们岛上，她想帮忙进行谈判。"

"谈什么？"艾哈迈德警觉地问。

这时，两个女孩走出了城堡。一个年纪很小，眼神中充满惊恐和困惑；另一个年龄较大，肩膀宽阔，绝对不是小姑娘的身材，一脸冷峻。为了让她们都能听见，我提高嗓门，大声说：

"我们岛提议与你们缔结军事同盟，组成群岛邦联。"

艾哈迈德考虑了一下我的话，皱起了眉头：

"请你们离开这里，好吗？我们不想违反游戏规则。"

"这不违反规则。第一条规则禁止与外岛密谋，这是可以遵守的：因为我们会竭尽全力作战，但要联合在一起。返回地球的条件是征服所有四十座岛，所以这样做也没什么不妥。"

"这不符合规矩，这……"艾哈迈德停了一下，找不到合适的词，"我们是不会讨论……"

大个子女孩突然悄无声息地从后面走近他，不动声色地把他推到一边。

"不，艾哈迈德，我们会考虑这个建议的。我是劳拉。"她向我伸出了手。

我瞥了一眼英嘉，看到她欣喜的笑容。昨天，在我们商讨最后的细节时，她说："如果庚卡还没有恢复，那么这座岛将由艾哈迈德掌管，而他会照劳拉说的做……"

为了战争的和平

我在半夜醒来,窗外一片漆黑,距离天亮还有很长时间。狂风怒号,墙壁缝隙中冒出丝丝寒意,这是一个再正常不过的夜晚,苦寒且略有些骇人。但我觉得有必要起床转转。我又在床上翻来覆去了一会儿,试着说服自己睡觉,但毫无效果。

我穿好衣服,迟疑了片刻,考虑要去哪儿。要么到一楼的"公用"场所,要么到桥上去。下楼太麻烦,所以我决定去桥上——孩子气的选择。

几分钟后,我从桥上回来,唤醒我的原因已经消失了。老实说,这个原因已经在桥上发泄出来汇入大海之中。但我的睡意同时也消失了,可能被风吹走了。我不想再回去睡觉,于是向下一层走到王座大厅的门口。大厅里传出说话声,燃烧着的壁炉发出微弱的红光。我往里面瞧,看到了熟悉的场景,这一场景在过去一周里已经上演了很多次——克里斯在招募支持者。

"这很简单!非常简单!"克里斯的眼睛里闪烁着激动的亮光。也许是火焰的反光?但他的声音也很兴奋,绝不亚于壁炉中跳跃的火焰,"我们遵守了游戏规则!是的,我们完全可以钻一个意想不到的规则漏洞,而且外星人也不能因此惩罚我们!"

"假如有惩罚呢?"我不太了解这个正在与克里斯交谈的人。这个来自二十七号岛的男孩,穿过二十四号岛的地盘,很晚才抵达我们岛上。他身材瘦小,呆头呆脑的,并不是他们岛上的头儿。但他是俄罗斯人,而二十七号岛上大多数是意大利人和瑞典人。外星人或多或少会维持各个岛上的民族构成比例,但为什么把富有激情的亚平宁人和年轻的斯堪的纳维亚人安排在一块儿——仍然是一个谜。

"倘若它们惩罚我们……"克里斯毫不在意地耸耸肩,"我不知道,但值得冒险。到目前为止,已经有三个岛加入了邦联,我们也没有被怎么样。毕竟,没有哪个岛仅凭自己就能取得胜利。"

"加入邦联后,我们需要做些什么?"男孩沉默一会儿后,问道。

"不要与邦联内的岛屿交战。"

"就这些吗?"

"就这些。如果你愿意,你可以派士兵帮助其他岛,也可以只交换情报,去做客……"

男孩突然露出调皮又开怀的笑容——

"我喜欢做客!"

我从门口走开了。除了克里斯和他对面那个犹豫不决的谈话者外,王座大厅里还有艾哈迈德和帖木儿。二十四号岛的指挥官认真地倾听着他们的谈话,而帖木儿似乎只是坐在沙发上打瞌睡。白天,十二号岛的头领也来过猩红色盾牌岛,就是那位善良的乔治·萨里夫,那个曾经冒充部落野蛮人的小伙子。他与克里斯约好第二天协同行动,在桥分开前离开了小岛。

我渐渐又有了困意,站在原地不知该去哪儿。踌躇间,我突然不由自主地走向瞭望塔。瞭望塔看起来离这里不远,如果你从岸边看,它就耸立在王座大厅的窗户上方。但实际上,你需要在走廊里绕来绕去差不多五分钟才能走到那儿。我甚至产生了一个疯狂的想法，想在纸上绘制出城堡的详细平面图，弄清楚这些通道可以通向哪里。不过，这个念头转瞬即逝。

怒号的风声中掺着些其他的声音。对于小岛来说，这声音并不罕见。

有人在哭，是谁并不难猜。

瞭望塔下面的房间，要么充当火药仓库，要么作监狱使用。最近几天它是个监狱。

我踮起脚，透过铁门板上切割出的窄缝向里面看。当然，什么都看不见，里面一片漆黑。勉强能看见一平方大的灰色窗户，由竖直的栅栏封着。

"马廖克……"我犹豫地喊了一声。

哭声停止了，床铺吱吱作响。马廖克只有第一个晚上是睡在地板上的，后来音乐疯子伊戈尔和伊利亚给他拖来了床和被褥，其他人对此也默许了。

"狄马？什么事？"马廖克的声音颤抖着。

"啊，不要害怕。"我莫名动了恻隐之心。

"我一点都不害怕……"马廖克吧嗒吧嗒走到门口。

我感到微弱的热气穿过门上的缝隙。

"狄姆卡，你恨我吗？"马廖克的问题几乎无须回答。

"我不知道。"我犹豫了一下，说。

"那么你瞧不起我？"马廖克的声音中有一丝微弱的希望。

但这次我毫不犹豫地说：

"是的。"

紧接着是一阵沉默。有什么东西沙沙作响，马廖克恳求道：

"狄姆卡，如果你不介意……抓住我的手。"

我触碰到穿过缝隙伸出来的手指，将它握住。马廖克低声说：

"谢谢，狄姆卡。如果有人提议放我出去，甚至我自己请求出去，都不要放我出去，好吗？"

"嗯……"我没法回答他，喉咙里一阵发紧，哽咽得说不出话。

"狄马，别把我想成混蛋。"马廖克低声说着，语气急切，"我真的很想回家。我知道，这事儿做得不地道，但我真的很想回家。外星人一开始并没有提出任何过分的要求，只是让我告诉它们城堡里发生的事情。"

"它们真的监视不到这里？你没撒谎吧？"

"没有。你知道吗？还有一点……它们分不清我们，就连男孩和女孩也分不清，只能勉强按身高区分。就算可以把你与克里斯分清，但却分不清你与音乐疯子或托利克。它们可能根本不是人类，它们是蜘蛛或者蟾蜍。"

我哆嗦了一下，肩胛骨间徒生一股寒意，像是有一条冰冷的小蛇爬过。背后似乎有什么东西盯着我，那目光来自蟾蜍或蜘蛛，沉重、阴冷又骇人……

"马廖克，你在这里不害怕吗？"

他沉默了很长一段时间，然后低声回答：

"非常害怕，尤其在夜里。我知道，他们是不会原谅我的。"

"马廖克，也许，我可以去和大家谈谈？"

"不用！我已经求过了！"

我摸到了插栓的粗钢条，抽回了手。

"好吧。我明白，你不相信自己。"

"是的。"马廖克慢慢把手掌从缝隙中抽回去，迟疑不决地说，"狄马，我没把事情都说出来，我觉得这不重要……它们总要求我告诉它们谁和谁交好，尤其是男孩和女孩。它们对这类事很感兴趣,我不知道为什么。它们对你感兴趣,是因为你和英嘉要好。它们特别想知道,谁会在什么情形下为了他人而冒险。它们问,为什么大家愿意为保护我而冒险,我说,因为我们是朋友。它们就说:'解释一下,什么是友谊。'"

"你解释了?"

"没有,我解释不了。"

"明白了。你不愿意思考这事儿。"

马廖克沉默了。

"好了,去睡吧……"我迈开步子,离开铁门,听到马廖克低声说道:

"我会试着睡着的……你告诉克里斯,让他不要忘了,每座岛上都有观察者,在那些……和我们……和你们交好的岛上也有。"

现在,三十六号岛的早晨从训练开始。太阳还没有出现在地平线,克里斯就已经把大家赶到了城墙下的沙岸上。

天刚蒙蒙亮,无精打采、睡眼惺忪的男孩们就开始对练了。随着步伐逐渐加快,原本沉闷的木棒碰撞声变得越来越响亮。有时甚至会听见钢刃相碰叮当作响的声音,但这种情况很少出现。两个人一旦练得过火,会立马停止战斗,退到一边。

天空渐渐变蓝,夜晚的寒气逐渐消失,海浪翻滚冲击岛岸的哗哗声更加响亮。早餐前有洗澡的时间,吃完饭后就得上桥值班了。自己的桥和其他岛的桥都需要值守,只要属于邦联。

我和音乐疯子伊戈尔搭档训练。这是最合适的,我们的力量几乎等同,对待训练的态度都是半真半假。我俩的木剑从来没有变成过钢刃,不像克里斯和帖木儿。

我几乎机械地应付着对打，不时看一眼克里斯。训练前，我给他讲了与马廖克的夜间对话，这会儿他该有所对策了。只是不知道他的对策是什么。

克里斯用一个漂亮的动作击退帖木儿的进攻，突然收回了剑，不带感情地说：

"中场休息！朋友们，你们有谁懂技术吗？"

音乐疯子伊戈尔耸耸肩，走向他。我也跟着走了过去。

"我们走。"克里斯向汤姆招招手，朝城堡大步走去，伙伴们则跟在后面。我有一种感觉，我们的指挥官不可能心血来潮做事情。他对任何问题都有一套完备的解决方案，即使有犹豫不决的时候，也只是因为要选择更好的方案。

我们来到地下室，在门前耽搁了一会儿。因为门锁得太结实，门闩的环扣由粗钢丝系紧，就连克里斯也无法一个人打开它，需要四个人一起用力压，慢慢把极硬的金属环扣掰直。这样的门锁系统虽然简单，但很有用。即便岛上还有另一个"观察员"，现在也无法进入地下室接近通信设备。

黑黢黢的地下室里，克里斯手中灯笼发出的光勉强驱散了黑暗，我们来到"大理石"面板跟前。男孩们反复检查了无数次，就差用鼻子嗅一遍了，但它还是像一块普通石板，只是在暗淡的光线中像镜子一样微微发光。

"我一开始以为，"克里斯说，"外星人不知道我们识破了它们。看来，我错了。也就是说，没必要偷偷摸摸的了。我们来试试把它研究明白。"

他用手掌拍了拍面板，把手按在上面一会儿，遗憾地说：

"不起作用，它没反应。"

他捡起地板上的小铁块，比画了一下，猛地击向面板。

"你们一起来。"

通信设备经受了将近十分钟的连续击打，终于，随着怪异而沉闷的响声，"大理石"面板从墙上掉了下来，像一块泡沫塑料缓缓滑落，角先撞到地板上，碎成了细小的大理石屑。

音乐疯子哼了一声，坐下来，抓起一把碎屑，从一只手倒到另一只手，失望地说：

"如果这也是仪器设备，那么……不，我们搞不明白的。克里斯，你怎么了？"

只见克里斯仍拿着他的工具——一截生锈的短管，默默地把手伸向墙壁。石板刚刚掉落的地方没有裂缝。

通信设备——墙上一片不很透亮的石头光面，再次闪闪发光。

"设备被换掉了……"音乐疯子伊戈尔不知所措地说，"怎么做到的？"

"厨房里的食物是怎么出现的？"克里斯自问自答，"在空间中瞬移。是的，它们的技术很有水平。我们走吧。汤姆在哪里？"

我不寒而栗，外星人可能在更换面板时掳走了汤姆，它们会把他……

但汤姆从黑暗处走出来，和克里斯说着什么。一阵商讨之后，克里斯耸耸肩膀，对大家说：

"汤姆刚才仔细查看了这里的小艇。伙伴们，大约十年前，两个同伴坐着这艘小艇来到岛上。当时，我也刚到岛上。我们曾尝试将它放入水中，但小艇一下水就翻了。汤姆说，他从前经常和父亲乘快艇航行，能驾驶小艇。只需装一副新龙骨，在船底安上压舱器。汤姆还说，没有海军，怎么算是个完整的邦联？"

风平浪静

不知从何时起,我不再喜欢眼前发生的事了,可能是从我们两面夹击攻占三十号岛那天开始的吧。

攻占三十号岛不是卑鄙行为,也不是为了报仇,只是,我们几次提议三十号岛加入邦联,他们都拒绝了,可能是出于不信任。之后,克里斯便与其他联盟岛的指挥官约定两面夹击。全部军队于既定日期抵达三十号岛的两座桥。

正常情况下,几乎不可能在一座桥上布置十名战士,这意味着其他桥无人把守,将自己的背部置于敌人攻击之下。但现在已经不存在这个威胁了。我们九个男孩再加上英嘉,面对三十号岛的四个男孩,只觉得自己横行霸道、面目可憎,又无比强大。

"伙计们,也许你们打算改变主意了?"托利克问道。

不管怎么说,他们不是懦夫。

"我们不当俘虏!"

问题根本不在于当不当俘虏,但我们已经厌倦了解释。此刻我们想起了所受的委屈。当一个人处于优势地位时,总是特别容易想起曾经受过的委屈。

克里斯和帖木儿率先投入战斗。他们的对手并不弱,但我们也不追求速战速决,毕竟只需要缠住敌人。第二对是我和托利克,第三对是音乐疯子伊戈尔和谢尔让。三十号岛也在换人,但他们总共只有两对战士。我们派出越来越多的新人到前线。雅努什和伊利亚、汤姆和休整后的帖木儿。当然，英嘉不被允许加入战斗。

太神奇了，汤姆居然成功打退了敌方。新人可能真的比较走运，就像我当初一样。

敌方二人一起向帖木儿紧逼，完全忽略了他的搭档。这毫不奇怪，汤姆只掌握了几个简单的攻击术和两个防守技巧，但能够使剑持续处于战斗状态，让我十分惊讶。

当其中一个对手背对汤姆时，他没有自作聪明从背后袭击，而是像在训练场上那样从上向下、斜角刺杀。

克里斯、托利克和雅努什一起冲上前来，差点撞在一起。没过一会儿，对手又倒下一个。

第三个男孩——战斗开始前勇敢声称不当俘虏的那位，他的剑被帖木儿打掉了。

"我……我投降……"我听到一个结结巴巴的声音。

帖木儿回应道：

"我们不收俘虏。"

剑刃划破长空发出尖厉的声音，径直刺入敌人的身体。

汤姆摇摇晃晃地挤出人群，脸色苍白，双唇颤抖。我碰了一下他的肩膀，笑了笑。一切正常，但他只摇了摇头，沿着桥向城堡方向走去。

三十号岛的最后一位战士双手握剑向后退去。帖木儿和克里斯悄悄靠近他。小男孩环顾一下杀气腾腾的四周，把剑刺入了自己的肚子。

我们都愣住了，四周一片寂静，甚至可以听到远处的海浪声。男孩站在那里，手握在剑柄上。

"我自己来,"他低声说,"不要杀死我,好吗? 我自己来,我想回家……"

当他快倒下时,我才明白这到底是怎么一回事。岛上有些人相信,在万不得已的情况下自杀,玩家就能返回地球。

"你为什么说我们不收俘虏?"音乐疯子伊戈尔喊道,"他就是因为这句话才……"

"但我不是说给他听的!"帖木儿顶撞道,"我是说给那个混蛋听的,我认出了他,就是他射死的科斯佳!"

我看了一眼英嘉,她在强忍着悲咽,默默流泪。

"狄马,你们为什么要这样做? 为什么?"

我耸耸肩,有些生气。我怎么了? 是我杀了这些家伙吗? 再说那是他们活该。英嘉恳求我们带她过来的时候,就应该知道今天桥上的战斗会很激烈。

女孩们总是这样,即使是聪明的女孩。她们的一些愿望实现了,但还是不满意。也许,她们想象中的世界总是比现实生活要浪漫。

"快把他们扔下去!"托利克喊道,"我们还呆站着干什么?"

"你倒是动手啊!"谢尔让生气地回道。

"我没闲着!"

英嘉闭上了眼睛。我突然意识到她是对的。倒不是因为我们错了。只不过两个真理相遇时,她的真理一定会获胜。因为她是个女孩,我不能和她争辩。

"英嘉,你可看到了,结果就是这样。"我愧疚地说,"我无法改变既成事实。如果结局不好,那也没办法。你最好带汤姆回岛上去……"

英嘉点点头,没有睁眼。她转身走了几步。海面上开始溅起白色浪花，比阳光还刺眼。一、二、三、四……

英嘉跑去找汤姆了，我眯起眼睛，眼里倒映着五颜六色的光圈，目送着她离开。

"狄姆卡，我们走！"托利克喊道。

我转过身，我们的人已经走出去百米远。我和他们之间没有什么阻隔，只有粉色大理石上的红色斑点，像上了漆。我不去看脚下，赶紧追上伙伴们。

我脑中的某个东西已经崩裂了。

所有人分成两组，从后方攻击三十号岛剩下的守卫者；我们清除掉桥上的敌人，挤在他们城堡大门前，大喊着要求给我们打开城门。我跟着大家一起行动，一起哈哈大笑。数量如此庞大的一群人聚集在同一座岛上，全副武装，沉醉于胜利的喜悦。最令人惊讶的是，所有人同心协力、步调一致。这样的场景似乎从未发生过。

我和所有人同步行动，但耳边回响着一个声音："何必呢？何必呢？"帖木儿爬进城堡的窗户，从里面把门打开。

一切都是为了什么呢？

我们在城堡里四散开来，搜寻岛上的其他居民。有间屋子很像我们岛上的王座大厅，在那儿，我们发现了三个女孩和一个手缠绷带、大约十三岁的男孩。他们都有剑，连小女孩手中的剑此刻也闪闪发光。

何必呢？

"放下武器！"克里斯声音疲惫地命令道，"我们根本不想杀你们。"

剑摔在地上发出闷响。最后一个扔掉武器的是那个男孩。

"总之,"托利克说,"你们会被发配到各个岛上做俘虏,具体安排去了再说。"

何必呢?

汤姆负责修理小艇。通常情况下,更多是谢尔让、伊利亚和来自十二号岛的两个会做细木工活儿的男孩动手修,汤姆做指导。他围着倒扣在城墙边的小艇跳来跳去,用奇怪的英俄混杂的语言发出指令。尽管已尽了最大努力,汤姆还是说英语居多。但这种混杂语言也有好处——汤姆因此显得十分滑稽,没有人抱怨他过于专横的语气冒犯到了自己。

我刚游完泳,躺在距离小艇十来米远的沙滩上,观察着眼前的一切。我背上的水滴晒干得很慢,因为太阳正在落山,几乎不再发光发热。

"休……休息会儿吧。"汤姆说。

"别休息会儿了,干脆今天就到这里吧。"谢尔让友好地建议道,"结束吧。[1]"

十二号岛的男孩不等其他人发表建议,就往城堡走去。我朝他们挥了挥手,再次把下巴埋进沙子里。一阵脚步声传来,伊利亚扑通一声坐到了我旁边。

"你为什么不去游泳?"我问他。

"啊……不想……"

伊利亚闷闷不乐地用脚挖沙子,刨出一个迷你泳池。效果不错,略微浑浊的水渗进了矩形小坑中。大概因为水太凉了,伊利亚骂了一句,挪开了脚,摘下眼镜,用衬衫袖子擦拭镜片。

---

[1] 此处原文为英语。

袖子又脏又破，伊利亚的这身行头看起来撑不了几天了。他不管不顾，继续擦眼镜片。这举动明显是因为感到尴尬。

"现在游泳很冒险。"伊利亚埋怨道，"如果你一不小心看了一眼天空，你就完蛋了。"

是的，的确是。太阳即将消失在地平线上时，不能仰望日落，这是游戏的第三条规则，也是最愚蠢和不可理喻的。

"伊利亚，规则里是怎么说的？日落时不能向上看，还是不能看天空？"

"向上看。"

"你确定？"

"没错。"

"为什么一定要向上看呢？"我看着沙坑中闪闪发光的水洼，问他，"也可以向下看啊。"

伊利亚一下子蹦了起来。怂恿他做些冒险的事儿真是太容易了。

"狄姆卡！"

"去找丽塔！不带上她的镜子就别回来！快去！"

最后那句话显然是多余的。几分钟后，伊利亚就跑回来了。谢尔让跟在后面，他看起来也很感兴趣。

说实话，镜子的把戏不是我想到的。不能仰头时，用镜子观察天空——这方法是我在一个故事中读到的。很久以前的事儿了，我连故事名字都不记得了。

伊利亚把镜子放在沙滩上，坐到旁边，说：

"我来看。"

"没有这样的，按顺序来。"谢尔让反驳道。

日落时只是一瞬间，仰望天空会有遭到惩罚的危险。等待的时间可能十分漫长。

"二十,二十一……"谢尔让呆呆地数数。数到一百二十的时候,他推开伊利亚,自己坐到了镜子前。

"每人每次看两分钟。"

大家都安静了下来。我回头看了一眼城堡,想知道是否还有想看镜子的人走过来。但伙伴们还没有从桥上回来。

"看见飞碟了吗?"伊利亚问。

"啊哈,有个小煎锅飞过去了。"谢尔让说。

"时间到。休息!"

现在轮到我坐在镜子前。太阳几乎消失在地平线以下,红色煤球的最后一部分消失在海浪的灰烬中。天空暗了下来,但和平常没什么分别。能看到什么呢?盘旋在星球上空的宇宙飞船吗?还是不幸的飞碟呢?或许还能看到火花在云中闪烁,暴露出外星人的观察设备所在何处?我倒要看看是什么东西,是否值得特地为此制订一条规则?就算没法儿用弹弓把飞碟击落,但我们必须了解被监视的真相。不要抬头看日落。别抬头……

"时间到!"

伊利亚又坐到镜子前。我和谢尔让失望地彼此对看了一眼,因为阳光已经从瞭望塔的旗杆上慢慢滑落下来,夜幕正在降临。

"我不明白……"伊利亚突然惊讶地拖长了声音,"这是……"

我和谢尔让同时凑向伊利亚,想看看镜子中反射出的东西。抬头的欲望使我浑身冒起鸡皮疙瘩。但我们还没来得及看,周围就顷刻间亮如白昼。小圆镜像探照灯一样发亮,进出炫目的光,甚至能看到有形的固态光柱,整个过程只持续了片刻,紧接着就传来玻璃相碰的声音,伊利亚手中的镜子碎了。他无力地叫了一声，急忙躲开，双手捂在脸上，眼镜轻缓地掉在了沙子上。小圆镜的碎片烧焦变黑，散落一地。烧焦汞合金产生的难闻烟味激得人鼻子发痒。

"伊利亚！"看到他身子后仰时，我一把抓住他的肩膀问，"你怎么了？"

"眼睛……"伊利亚不停地轻微颤抖，"很痛……"

这个方法不管用。在外星人看来，简单地用一面镜子当作掩护向上看，比公开勾结群岛成立邦联更危险。

"把手拿开！伊利亚！"

伊利亚慢慢地将手从脸上拿下来。他的眼珠血红，覆盖着深红色网状血丝，十分骇人。

"我的头很晕，"伊利亚惊恐地说，"但我还能看见你。"

伊利亚整晚都在享受英雄般的待遇。他躺在王座大厅的沙发上，丽塔和英嘉围着他忙来忙去，一刻不停地给他流泪不止、发炎的眼睛换敷药。我们则坐在一旁，小声谈论今天所发生的事情。

多亏了镜子，伊利亚的眼睛才能保全。镜子碎成数片，因而只反射了一小部分能量。那光线强烈到有如石块击碎玻璃。

最可惜的是，伊利亚没来得及仔细看清外星人如此精心守护的秘密。据他讲，他在镜子里瞥见一个灰色、扁平的东西从天顶迅速下降。接着，这个圆圆的东西中央闪过一道白光。

只要愿意，怎样假设都可以，包括飞碟。帖木儿就固执地坚持这个说法。但我觉得事情要比这复杂得多。我从来不喜欢轻易得出的结论。

我们争论得很激烈，汤姆听不懂我们在说什么，百无聊赖。

但五分钟后就轮到他开口了,汤姆说了小船的情况。大家已经把小船改成了一艘小游艇,铺设了木制甲板,加强了桅杆和龙骨。汤姆坚持建造一个小船舱,可以容纳四名船员在里面睡觉。虽然这样就得推迟几天出海,但我们对此没有异议。毕竟有了这个名副其实的船舱,我们的小艇看起来会庄重得多。

不知不觉,话题转向了第一次航行。我们已经决定要遍访四十座小岛,沿途招募支持邦联的人。毫无疑问,汤姆是船长,但队伍的其他成员还没有确定。大家都想去航海。

这场有可能升级为吵架的争论被克里斯及时制止了。他走出去,回来时手中攥了一撮细纸条。

"我们抽签,"他说,"抽到四张短的,可以上船。"

纸条一共有八张,克里斯让伊利亚第一个抽,是长纸条。谢尔让是第二个,他煞有介事地摊开双手,也是张长纸条。帖木儿抽到了第一张短纸条。我抽到了第二张短纸条。我没有感到兴奋,只觉得这是理所当然的事。汤姆在我之后伸出手,但克里斯拦住他,说:

"你不需要抽签,因为你是船长。我也不需要抽签,我要留下,我的'船'在这里。"

"如果你不抽签,那就会多出来一张!"谢尔让活跃了起来。

"没有多出来,我也想参加。"英嘉走近我们的指挥官。她快速看我一眼,执着而坚定,从克里斯握紧的手上抽走了一张短纸条。

"女人上船,有凶难……"谢尔让无奈地说。

最后一张短纸条被雅努什抽去了。

海上五勇士

我们的小艇"威猛号",于深夜从三十六号岛离岸启航。天黑夜深,猛烈的北风已变得平和温柔。汤姆一整天都在忙艇上的事,我们只好强迫他睡了几个小时。现在,他正低声与帖木儿商议,检查装备是否到位。我们带了食物、水、备用帆、望远镜。人手一块手表,都是从邦联各岛收集来的。除了剑,我们还配备了弩。岛上最大的一架弩,因在战斗中移动不方便,装在了船舱前面的旋转支架上。帖木儿花了很长时间摆弄它,想调整到能够一次发射三支箭。他在某个地方看到过这样的弩,但最后并没成功。

经过整修,我们的小艇已经够得上一艘船的级别,航行过程出奇地平稳。也许是新龙骨发挥了作用。但最有可能的原因则简单得多——"威猛号"严重超载。水拍打船舷,近得危险,海浪偶尔会涌上来,船底积了相当大的一摊水。

我们与汤姆站了二十分钟,仿佛在等待什么不寻常的事情发生,但周围十分平静。天色渐黑,城堡的轮廓消失在夜幕中,只有瞭望塔上作为航标的白色火焰在炽烈地燃烧。岛上的伙伴们答应我们,每天晚上都会在瞭望塔上点火。"威猛号"迎风由正南朝东南方向行驶,渐渐深入二十四号岛和三十号岛之间。

员——二十三号岛附近。我们决定等到第二天早晨,有阳光后再继续航行。今晚剩下的时间里，汤姆打算以二十三号岛上的灯塔——两个瞭望塔平台上的白灯和红灯作为参照物，原地漂流。

英嘉先离开去了船舱。她轻声祝大家晚安，用英语说了句"值班愉快"，但汤姆船长显得有些疑惑，可能这句英语说得不太准确，但包括雅努什在内的其他人都理解了。

过了十分钟，帖木儿伸直腰，打了个哈欠，拍拍我的肩膀，说：

"我们去睡觉？"

我脱下雨衣，递给汤姆。他心照不宣地默默点点头，套在了自己雨衣的外面，要知道夜里甲板上很冷。

"我们走……"

我们小心翼翼穿过左舷与船舱壁之间，走到船尾（这时"威猛号"微微有些摇晃）。帖木儿很自然地咳嗽一声，打开了舱门。

英嘉已经躺在吊床上了。桌上点着一支蜡烛，舱内光线昏暗。帖木儿弯下腰，走进船舱，说：

"我一生都梦想睡在左舷，而且在天花板下面。"

雅努什一声不吭地躺进下铺。我熄了蜡烛，爬上最后一张空床。四周一片寂静，只听见船外微弱的溅水声。后来，舱壁的薄木板吱吱作响，是汤姆从外面靠在了舱壁上。

"船长，不要打瞌睡！"帖木儿大声说。

舱壁的薄木板又发出吱吱的声响，汤姆回到了船舱边。

雅努什嘿嘿笑了一下。我刚要入睡，听到英嘉认真地说着梦话：

"朋友们，如果发生了什么事情，一定要叫醒我。"

我被人抓住肩膀轻轻摇醒了。耳边有人轻声叫着：

"狄马！狄马！"

我想要坐起来，但这愚蠢的吊床把我裹得紧紧的，好似最忠心的内臣把心爱的法老包裹成木乃伊。我挣扎着想要站起来，额头撞到了天花板上。

"安静！"汤姆一字一句地说，"你很吵。"

"很吵吗？哈，没错。"我从吊床上滑下来。万籁俱寂，其他人都没有醒，连哗哗的海浪声也没了，小艇在随波漂流。

汤姆用英语低声嘟嘟囔囔，我只大概听懂他说与父亲出海总是很顺利。显然，他更喜欢跟父亲一起航行。

汤姆把雨衣还给我，爬进吊床。我扶他躺下后，走上了甲板。

此刻仍是夜间，东方的雾气渐渐变得稀薄，预示着黎明临近。头顶上的天空缀满晃动着的陌生星辰，使人昏昏欲睡，我盯着天空寻找外星人之眼。那些星星还是无动于衷的样子。一条旧船、一帮固执的小孩——多么不值一提。

我非常困，下意识产生了一个阴险的想法。去船舱叫醒帖木儿或雅努什，跟他们换班。他们怎么知道我什么时候替换的汤姆？也不会知道我值了多长时间的班。

我掬了一把海水泼在脸上，龟裂的双唇痛得刺人。我不想去船舱，瞌睡虫也狼狈地跑掉了。我躺在船尾的长凳上，把一个可能还装有食物的软布袋枕在头下。但我没有打算睡觉，有必要研究一下这里的星空，为了航行定位，或只是单纯研究。比如这个外星人之眼……

清晨，"威猛号"到达了距离二十三号岛岸大约五十米处。我从并不舒服的地…

…不尽的小岛出现在眼前，岛的中心矗立着一座城堡，一面红蓝色的旗子无精打采地在城堡上方轻轻摆动，看起来更像是一个条带，而不是一面旗帜。岛旗稍下方还有一条白色的窄条带。一切正常，这个岛属于邦联。

我钻进船舱，叫醒汤姆。二人合力，船帆很快升了起来。在清晨微风的驱动下，"威猛号"平稳掉头，离开岸边。没有必要拖延，我们打算一天之内穿越整个群岛。

几分钟后，帖木儿走出船舱。耀眼的阳光刺得他皱起眉头。他弯下身子穿过船舷，洗了把脸，然后谨慎地瞥了一眼船舱，快步走向船尾。

汤姆把船开向北方。我们从连接二十三号岛与其邻居——十六号岛的桥下穿过，但是尽量与后者保持距离。十六号岛，也就是蓝色镜子岛，是邦联的顽固反对者。我们一直尝试说服他们的领导——一个名叫马克斯的粗鲁家伙，多次劝说无果之后，我们决定包围小岛，从三座桥同时进攻。我参加了邦联委员会的会议，还记得这一决定得到了一致通过。对于艾哈迈德提出的如何处理囚犯的问题，克里斯的回答毫不犹豫："十岁以下的女孩和男孩将分别迁居其他岛。"有一点让我耿耿于怀——没有谁问过其他人的命运。

雅努什醒了。他径直爬到船舱的顶棚上坐下，用望远镜仔细观察蓝色镜子城堡，然后拍了拍我，把望远镜递了过来。

岛上所有的桥会聚到一座建筑物的平屋顶上，十几个男孩和女孩挤成一堆。他们久久地凝望着远去的小艇，兴奋地交谈，挥动双手。

我很怀疑他们能否清晰地看见小艇。我没有从望远镜上抬眼，自顾自地说：

"帖木儿，应该把邦联旗升起来！也许这样能够说服他们。"

小小的船儿继续前行。

一大早,我的心头就有一种挥之不去的异样感觉。一股令人不安的凉意穿过胸口,这种感觉可以用五个字来描述:

"太过顺利了……"

我们顺利驶过邦联诸岛,在漂流的小艇上又安然睡了一整夜。

午餐前,我们环绕了五座岛,并把这些岛仔细标注在地图上。英嘉雇雅努什做帮手,举办了一场盛宴。"威猛号"的船员们当了几个小时温厚善良、昏昏欲睡的闲人。帖木儿和雅努什选择了船舱的顶棚,躺在帆下的阴凉处。汤姆固定好方向盘,在船头休息。英嘉在船舱里躲太阳。而我坚持认为不能掉以轻心,拿着地图坐到了船尾。我们看到的还不是太多,但足以在纸上画出四十座岛。

椭圆形的斑点群从北向南延伸成这座巨大的监狱,一座座独立的岛四散开来,不成体系。根据调查,可以得出结论——这座监狱的宽度是五座岛,长度是八座岛。当然,实际情况要复杂得多,但岛上从没有人掌握过这些数据。不过……疯子船长呢?

我下意识环顾四周,没有发现附近有类似帆船的东西。疯子船长的快船如果真的存在,那么现在一定正在距离四十岛很远的地方漂流,等待着一场新的暴风雨。目前还没有丝毫迹象显示将会有恶劣天气。

"威猛号"和缓地滑行在平稳如玻璃的海面上,任何细微的涟漪也不能搅扰这祖母绿般的平静海面。似乎一切都是特意为我们所准备的,非常刻意。

我站起身，愁眉苦脸地盯着正在经过的一座城堡。这座城堡由灰色石头建成，阴森森的，棱角分明，如同我此刻焦虑不安的心情。整座岛也和城堡一样，布满岩石，没有任何植被的迹象。只有桥梁还是可爱的粉色。

"我们试试登陆？"我向这座阴森凄凉的小岛方向示意，问道。没有人从城堡里向窗外看，甚至没有一点儿声音从我们刚穿过的桥上传来。

汤姆明白了，耸耸肩，勉强一笑。显然，他不想在这个海岸登陆。

"那么下一站，我们的岛。"我用英语提议。

汤姆点点头，在甲板上躺下了。此时，忽然传来一阵哨音，声音越来越大，像一枚细针刺入双耳，又像炸弹落下时的爆炸声，继而变弱，尾音不再是爆炸声，而是布匹的撕裂声。

一把窄长的剑刺破船帆，切断了众多绳索中的一根，扎在甲板上。

帖木儿和雅努什像子弹一样迅速从船舱顶棚跳下来。汤姆啊呀叫了一声，冲上去拉紧船帆，放下完好的绳索。

而帖木儿把弓弩架在肩上，瞄准我们刚刚通过的桥。但桥上仍是一片寂静，那些向我们投掷武器的人显然已经卧倒了。

"混蛋！"我喊着跑到剑所在的地方，抓住剑柄，将它拔了出来。剑仍然是钢质的，充满敌意。岸上人的这一剑中到底包含着什么样的仇恨，竟能让这把剑如此长久地保持钢质？！

被刺破的船帆发出轻微的噼啪声，撕裂成了两半。"威猛号"的速度慢了下来。

汤姆急忙拿出了备用帆。

"伙伴们！加快速度！"

我们迅速从桅杆上撕下旧帆，英嘉把旧帆拖到了船尾，丽塔很有先见之明。我们把丽塔准备的新帆固定好。帖木儿一边给船帆打结，一边还能弩不离手。但我们没有遭到新一轮的攻击。要么是敌人没有弩和弓，要么是他们害怕遭到弓弩反击。说实话，这几乎是不可能的，要向上射到四十米高的桥上，箭头能到达真的是奇迹了。

剑最终变成木质，它妥协了。

小艇恢复航行速度，远离了那座岛，帖木儿终于松了一口气，走到我身边，点头说：

"这把剑不赖。"

"是的。但我不想见到这把剑的主人。"我一边说，一边用手指摸着薄薄的、似乎由胶合板制成的剑身。我俩彼此对看了一眼。

"快到尽头了。"帖木儿轻声说，"再过一座岛，我们就要到达公海了。"

"我们得尽快靠岸。"

帖木儿伸伸懒腰。

"好的……船撑不了太久了。"

小艇直奔最近的岛。那座岛虽然不大，但引人注目。岛上长满绿色植物，绿丛中露出白色的城墙，有一个小沙滩，还有十几个小男孩在岸上一动不动。

"他们在等我们。"我低声自言自语。

四号岛的谢廖什卡

我们停在离岸边大约三十米的地方。这距离足够远,如果那些孩子想要游过来登上我们的船,我们完全来得及再次启航;这距离也足够近,我们大声喊,对方就可以听见。

汤姆最先开始进行谈判。他站在船尾("威猛号"慢慢转身背对那座岛),喊出他的经典开场:"你们会说英语吗?[1]"

短暂的沉默后,我们得到了答复。

"我不会说英语,你会说法语吗?[2]"

无须翻译。汤姆正要对"稍微懂点儿"英语的法国人喊些什么,帖木儿抢在他前面说:

"嘿,没人懂俄语吗?"

只见一个身材魁梧、深色头发的男孩走到岸边,说:

"怎么没有?我是俄罗斯人!"

"就你一个?"帖木儿接着问道。

"就我一个。你们从哪儿来的?"

"三十六号岛。"

"哦!靠岸吧!"

"我们把缆绳忘在家里了。"帖木儿笑着说,"我们先交换军

---

1. 此处原文为英语。
2. 此处原文为法语。

使吧,你们选个伙伴游到我们船上,我们中的一个人游到你们岛上。"

岸上的孩子商量了一阵。

"可以!但不能随身携带武器。"

"就按你说的办。"

帖木儿看着我,问:

"我们要抽签吗?"

"帖木儿,"我一字一句地说,"带着武器的你比我有用。"

英嘉从帖木儿的肩后投来了一道凌厉的目光,但没有干涉我。而雅努什则使劲儿点头:

"是的,是的……"

我默不作声,脱光衣服,只剩一条泳裤,看向岸边。他们也选好了一个军使,就是那个"懂点儿英语"的男孩。

我们同时跳入水中。我在水下睁开眼睛,看到椭圆形的小船摇摆不定,绿色的水草缠绕在并不深的布满石头的海底,一群长得扁扁的小鱼一掠而过。太阳透过海面照到水底,我看到了逐渐接近的岛岸,以及对方军使跳入水中产生的一串气泡。

我在船与岛差不多中间的距离浮出了水面,身旁是正不紧不慢游着的男孩。我俩都停下片刻,双手划水以浮在海上。那个男孩长着一头微卷的金发,看起来并不好斗。

我们不由自主地给了对方一个微笑,然后继续向前游。

当我出水走向岸边时,一个黑发男孩向我伸出了手。

"我叫谢廖什卡。当然,不用这么客气。他们都叫我谢尔什。"

"我叫狄马。"

谢廖什卡只比我大一点儿,但他的谈吐举止却像一个成年人。他身上有一种漫不经心的温和,这种气质只在彻头彻尾的全优生身上才有,在一般男孩的身上永远见不到。但谢廖什卡看起来并不像一个优等生,他有很多肌肉,不逊色于克里斯或托利克。

"别担心,我们不想和你们打仗。"他继续说,"我们是和平之岛。"

"我们也一样。"我环顾四周,围在我身旁的孩子都带着武器,几乎所有人的刀刃都闪闪发光。

"是的,看出来了。"谢廖什卡眯着眼睛越过我看着什么,说。

我转身,"威猛号"甲板上站着一个刚刚从水里爬上去的男孩。雅努什手拿一把出鞘的剑,一直站在他身后。帖木儿毫不客气地拍打着男孩的泳裤,检查他是否携带了武器。

"我们被袭击过……经过你们邻岛的时候。"我不好意思地说,"有人从桥上向我们扔剑。"

谢廖什卡立时神情严肃起来。

"原来如此。是六号岛,能想得到。你是从哪座岛来的?"

"三十六号,猩红……"

"啊,原来不是……你不是来自列宁格勒吗?"

"不是。"

"有点儿遗憾。认识一下吧,这些是我们的伙伴。安德烈、米歇尔……"

"他们都是法国人?"我好奇地问。

"是的,差不多都是。"

"威猛号"终于在天黑时靠了岸。我倒不是真的放下心来,不再担心会遭到攻击了。只是，仅靠一个小小的自制船锚漂流在夜间的海岸边会更加危险。风越来越强劲，更糟的是，乌云笼罩着地平线，眼看岛上就要刮起风暴了。

令人安慰的是，我们获准随身携带武器。"威猛号"的船头轻轻戳进海滩的沙子里，我从帖木儿的手中接过剑，顺便也拿到了我的衣服。这感觉非常奇怪，好像我是赤身裸体站在大家面前一样。

我先系好剑带，快速穿上牛仔裤和衬衫，看向大家。帖木儿和汤姆把小艇拖往岸上更远的地方，英嘉、雅努什和岛上的孩子们默默看着我。他们没笑，很善解人意。

我极度窘迫地抓住剑柄，但手指下的粗糙木料并没有马上变成钢铁锉纹。

我松了一口气，看了一眼谢廖什卡和他的朋友们。不，我还没有变成作战机器。我坚守着。至少到目前为止，我还在坚守。

四号岛也被岛民们称为小巴士底狱[1]。这座岛上没有王座大厅，取而代之的是一座圆顶小教堂。里面除了有一座小圣像外，没有什么特别的。圣像可能是前居民中有人带到岛上的。我和谢廖什卡两个人几乎整晚待在一起，当然不是因为我俩想独处，只是其他人都有事情要做。

帖木儿以惊人的速度和岛上的男孩们成了朋友，同他们在训练大厅击剑。汤姆和十岁的安德烈一起坐在海滩上的小艇旁。安德烈也曾驾驶游艇航行。雅努什简直要高兴疯了，因为他在

---

1. 在法语中，巴士底狱（bastion）意为城堡。

岛上遇到了波兰同胞——来自格但斯克的马列克。他们已经在马列克的房间里坐了好几个小时，用波兰语聊天。至于英嘉，当然是和岛上的女孩们打成了一片。我无法想象，她是如何和一名法国女孩、一对丹麦双胞胎和一名十五岁的黑人女孩（不知道是来自津巴布韦还是赞比亚）相处的。这是女孩的秘密之一，就如同使用细挂面、碎麦米和其他讨厌的东西做出蛋糕一样不可思议。

圆顶小教堂像我们的王座大厅一样，陈设是半匪气、半贵族式的。屋内摆放着十几把自制的粗笨椅子和两个浅灰色灯芯绒制成的豪华软垫圈椅。这两个圈椅曾经很可能是黄色甚至白色，但这并没有削弱我对它们的好感，毕竟柔软舒适才是最重要的。我蜷着腿坐进其中一把圈椅，这是从前在家里的习惯。谢廖什卡翻遍了所有橱柜，拿出了一对小茶杯和一个装着棕色粉末的小塑料袋。

"想喝咖啡吗？"

我点点头，谢廖什卡不知从哪儿打来了开水。我们相对而坐，品尝着热咖啡。

"狄姆卡，"谢廖什卡突然问道，"你们岛真的相信能建成一个邦联？然后就能回家？"

我不知道。我们从来没有讨论过邦联成功的机会。我只讲了我们在北部群岛做的事情，而那些男孩没发表什么意见。

"我不知道……我们当然是相信的。否则这么拼命干什么？"

谢廖什卡笑了。

"不必再说了。玩组建邦联的游戏可能只是出于无聊、出于对之前游戏的厌倦，或是出于对安全的考虑。只基于这些就相信能取得最后的胜利，那也未必。"

在这里,他是主,我是客,还是不请自来的客人。但我无法克制自己,说道:

"你可真是位哲学家。"

谢廖什卡似乎并没有生气。

"是啊。除了思考哲理之外还能做些什么呢?我们这儿是个非常平静的岛,而且宪法明令禁止总统参加战斗。"

"你是总统?!"

"是啊。两个月前刚连任第二个三年任期。很惊讶吗?"

"不,没什么。"

谢廖什卡又笑了:

"我告诉你一个关于群岛的小秘密。为什么大多数情况下权力总是赋予'外人'?"

"什么是'外人'?"

"三十六号岛俄罗斯人居多吧?但你们的指挥官克里斯是个美国人。"

"英国人!"

"这不重要。而我们岛上几乎所有的男孩都是法国人,但当选总统的却是我,一个俄罗斯人。"

"为什么会这样呢?"

"不知道。就像我说的,这是群岛的小秘密。"

"那大秘密是什么?"我茫然地问道。谢廖什卡没有嘲笑我。这只是他的谈话方式,就像老师上课,逐步给出详细信息,况且是和我——一位来自世界另一尽头的陌生人讲话。

"大秘密?"他尽管很惊讶,但还是说,"你指的是——为什么外星人创造了这四十座岛?!"

耳边传来微弱的笑声。这声音从很远很远的地方,从走廊躁动不安的转弯处，从沉重的门后，从其他楼层和其他房间传过来。我们隐隐听到剑刃相碰的叮当声，这是帖木儿在展示双剑作战的优势。没有人关心这些愚蠢的问题：群岛为什么存在？天空中有多少星星？我们还能活多少天？好像只有我和四号岛性情沉静的总统才应当思考这些问题。

话说回来，我为什么要想这些？我可以去找帖木儿或者汤姆玩，或者可以去找英嘉！

"谢廖什卡，你怎么想的？大概，外星人是在研究我们吗？"

他哼了一声：

"当然不是。这些岛已经存在了至少八十年。什么问题要研究这么长时间？而且是在这么愚蠢的环境下？"

谢廖什卡伸手拿起热水壶，又给自己冲了一杯咖啡。他此刻的表情很满足，就像在甜品店和一个知心朋友或老同学喝咖啡。

"如果要研究人类心理学，就需要建立一个完整的社会、一个相当复杂的社会。至少是一座城市，最好是一个国家，甚至得是一颗星球。但在四十座小岛上，能取得什么研究成果？我们被放置在一个严格的框架内，在极端之间寻求平衡。必须打仗，还不能在日落之后打仗。可以杀人，但不能合作。百分之七十的男孩加上百分之三十的女孩。还不要成年人，没人能活过十八岁。"

"为什么不要成年人？"我感到全身一阵寒意。难道说再过三年，我就完蛋了？

"你知道吗？"谢廖什卡兴奋起来，"在我看来，问题在于爱情。"

谢廖什卡的声音第一次听起来不太自信。他看着我，好像在征求我的建议。

"狄姆卡,你难道没注意到吗?一旦一个男孩和一个女孩恋爱了,他们的灾祸就接踵而来。所有邻岛都是这样。这些愚蠢的外星人要么是害怕爱情,要么是不明白爱情是什么。"

我想起了马廖克在寂静的"囚室"里结结巴巴说过的话。

"它们也不明白什么是友谊……"

"可能吧,在我们这样的环境下,只能测试人类最简单的情感:善与恶、勇敢与懦弱、卑鄙与高贵、自私与舍己。但是要知道,这些都是最基本的人性!要检验这些东西——一百个孩子就够了,或者只需要几对男孩和女孩。可岛上的居民已经换了五十次。"

"可这是为了什么呢?"

"狄姆卡,我想不明白。"谢廖什卡转身面对窗户,"我认为,只要有人能猜到是怎么回事,那么我们就有机会获胜,你明白吗?"

'那邦联就没有机会获胜吗?!"

谢廖什卡沉默了。

"你说!"

他对邦联不甚了解,仅限于两个小时前我告诉他的那些事情。他也只是一个普通的孩子,不比我们更强。但我突然觉得,他的话是真理;是四十岛唯一的真相;是一条启示、一个神奇的预言。

"关于这一点我也不知道。"谢廖什卡愧疚地说,"如果你想知道我们岛会不会加入邦联——会的,这确实是个机会。我们两座岛一头一尾,从两端冲破围困吧。"

谢廖什卡从剑鞘里拔出剑,手拿剑刃,递给我。

"你看,它已经成了玩具木剑。你不再是我的敌人了。"

我接过这块热乎乎刨得无比光滑的木头,在手中握了一会儿,还给了他。

"如果你想知道我是否相信能够成功,你明白的,狄姆卡。回答这个问题太容易了。抓住游戏规则中的一个小破绽,就想以此取胜。难道没有人尝试过?"

谢廖什卡将剑向墙上扔去,发出短促、冰冷的碰撞声。

"你痛恨你的城堡,"我说,"你自己的城堡。"

"是的,是的,狄姆卡。这一切都是敌人造出来的。用非人类武器打败非人类是不可行的,也不可能。它们比我们更擅长。"

现在的谢廖什卡看起来无助又软弱。很奇怪,一个人越聪明,就越难做出决定。只有我这样的人,才可以轻松决定下一步该怎么做。

"那该怎么办?"

谢廖什卡沉默了。城堡也安静了下来,帖木儿可能已经累了,汤姆还没有从岸边回来,英嘉和雅努什从来不会太吵。

"狄马,邦联需要经常杀戮吗?"

"是的。"我眼前突然浮现出那个男孩把剑刺进自己身体的画面。

"尽量和平谈判吧。否则,我们就是在用暴力谋求和平。而这样是缘木求鱼……"

"我们?"

"是的。我敢打赌,我的伙伴们会喜欢你们的想法。"

谢廖什卡向我伸出手,我一巴掌拍了上去。

"太好了!"

但我的内心并不像看上去那么轻松。

III
破　裂

邦联正是我们的主意。

而这个美好的理想，正在杀死那些相信它的人。

Рыцари Сорока Островов

逃 兵

雅努什轻摇着我的肩膀把我叫醒：

"狄马，该起床了。"

他声音很轻，仿佛穿过了梦境，串联起五彩的梦境碎片，像一根细线把我从黑夜拉进清晨。

"狄马……"

我支起身子，环顾房间。

所有男孩被安排住在一个大房间里。也许是为了让我们不用担心遭到暗算，可以安心睡觉。无论怎么说，四号岛的法国人让我越来越喜欢了。

"大家还在睡觉吗？"

"是的。"雅努什笑着拉长声音慢慢地说，"都在睡……"

帖木儿裹紧被子贴着墙躺着。汤姆几乎直挺挺地横躺在床上，瘦小的胳膊垂在床外，手指时不时碰到冰凉的石地板，猛地缩回去，又慢慢放松伸直，触到地板。

"起床吧。"我一边说，一边不情愿地爬出被窝。

我们的房门看上去更有意思。门闩粗大的钢环中插着帖木儿的一把剑。剑插得很牢固，剑刃在我眼中都是钢质的。

伙伴们已经打着哈欠陆续起床了，我走到窗边。窗外是烧尽的草地和枯萎的灌木，景色异乎寻常，远不如我们岛上好看。我们现在住的房间位于城堡主塔的上层，但此处窗外的景色仍被树木遮掩着。我小心地打开窗扇,一根柔软的绿色树枝轻缓地落在窗台上,掩映着远处淡蓝色的大海。

"见鬼,你看人家这空气……"身后传来帖木儿埋怨的声音,"应当借个几立方米带回去。"

"啊哈,好主意。我们把空气装进袋子里。"我表示赞成。

沿着狭窄的螺旋楼梯,我们从上到下穿过主塔,来到堡垒中。我们只能鱼贯而行,走在最前面的毫无疑问是帖木儿。我跟在帖木儿身后,肩膀抵着凹凸不平的石墙。有光从狭小的通风孔透进来,帖木儿背上的一双剑柄闪闪发亮。

我很好奇,帖木儿会成为什么样的人呢?不,应该说,我想知道他在地球上的复制人会成为什么样的人?现在又正在做什么呢?

那么,我自己的复制人现在在做什么呢?

我一路咬着双唇,咬到发痛,终于出了塔楼,进入通往餐厅的宽敞明亮的走廊。城堡的内部布局虽然在细节上有所不同,但仍保留了一些共同特征。辨别方向并不难。

正好赶上吃早餐。女孩们正从橱柜里往外拿食物。我无意间观察到,两座岛的供应系统是一样的。每天夜里远程传送食物的橱柜,简直就是我们橱柜的复制品。

英嘉是客人,没参与摆桌。她一直在和谢廖什卡聊天,旁边还站着三个孩子。他们向我们迅速一瞥,投来警觉的目光。确实,让岛处在我们的支配之下实在太过草率。但他们足足留了四个人在城堡里,其他人去守桥……其他人?六个人守三座桥?两名战士守桥一整天,这不可能啊!

我有些困惑。要么是岛上的人对我们隐瞒了一个重大的秘密,要么是我们忽略了什么东西。

谢廖什卡挥挥手向我打招呼，我下意识回应了他。早餐很对我们的胃口，大家聊着一些无关紧要的话题。我好奇地看着雅努什，他又黏上了马列克。

英嘉的眼神里也透着困惑。我便忍不住问道：

"谢廖什卡，你们每座桥都只派了两个人值守？"

他不解地看向自己的伙伴，耸了耸肩，又突然意识到了是怎么回事儿，回答说：

"不是的，我们只有两座桥。第三座桥，很久以前被炸毁了……"

桥根本不是大理石的。

我跪下来，爬到切口不平整的断桥边缘，眼前的景象十分反常。断口处的粉红色"大理石"原来是由灰色小球粘塑而成，中间带有气孔，看起来像是破碎的塑料泡沫。但剑敲击在"大理石"上发出的声音喑哑、沉闷，和敲在石头上一个样。

"听说，这事儿发生在战后不久。"谢廖什卡说，"有人骑着一箱炮弹落到了岛上。"

"没有人来修桥？"

"外星人吗？没有。"

我向桥下看去，透过远处蔚蓝色的水雾，可以看到粉灰色的石块。是的，四号岛的伙伴们安排得很好，没什么可挑剔的。他们的岛好比游乐场，打仗次数也比我们少，此处距离属于敌方六号岛的那半段桥头大约二十米，人是跳不过去的。

"当时岛上有很多武器。那些从欧洲，尤其从法国、德国和俄罗斯落到这里的孩子常常带着武器。我们城堡的其中一面墙上仍留有子弹痕迹。"

"外星人没有干预吗?"

谢廖什卡走到桥的最边缘,若有所思地低头看。

"据我所知,没有。随着弹药储备耗尽,一切都自然而然地结束了……"

"如果不关心我们所做的一切,那么外星人究竟为什么需要我们?"我问。

我们和四号岛的孩子们站在桥的护栏边,没有人回答我的问题。很久以前的爆炸让护栏损坏到了极其严重的程度,这种场景并不适合胆小的人。

"有时我会想,"谢廖什卡语气平静,"我们已经被遗忘了。"

我们决定午饭后离开这座岛。我、帖木儿和作为陪同的小安德烈在树林中走了走。我没有抵抗住诱惑,从一棵不认识的树上采集了满满一口袋小得像樱桃一样的果子。很难说这种果子可以在我们岛的沙质土壤中生根发芽,但万事皆有可能。果子虽然不能食用,但树枝上开着的粉红色花朵非常美丽。我想折下一枝送给英嘉,又觉得难为情。

帖木儿挥舞着他的剑,砍断几棵细弱的小树,解释说:

"我要拿来做弓。"

我疑惑地耸耸肩。做弓不难,可要从哪里弄到箭呢?短弩可不能当作箭,必须自己动手做,自制的箭需要箭头。除非建一个铁匠铺,自己锻造。

我们毫无防备地返回城堡。现在的风向适合出海,但我们还想留在岛上吃个午饭。

麻烦在城堡前的岸边等着我们。看雅努什和英嘉的样子就知道出了变故。雅努什看起来张皇失措、惶恐不安,英嘉既伤心又气恼。马列克则靠在十米之外的一棵树上。我们走近时，雅努什迅速对英嘉说了些什么，英嘉没有看他，点了点头。

"伙伴们，"她直截了当地说，"我们有一个绝佳的想法，那就是巩固群岛邦联。"

英嘉的声音不是很兴奋。

"应当在四号岛上留下我们的……特使。"

我考虑了一会儿，问：

"特使当然是雅努什，对吗？"

帖木儿也明白了这是怎么一回事儿。

"雅努什，我不喜欢这样，"他看向马列克，"听起来像是当逃兵。"

"你们听我解释……""特使"候选人支支吾吾地说。

"你说，"帖木儿心平气和道，"但你要知道，我不是英嘉，别指望我会同情你。"

雅努什沉默了。他坐在地上，脸埋进腿间。补了又补的T恤从牛仔裤里滑出来，露出了晒得黝黑的背部，后腰处还有一条长长的伤疤。

"我们不会拦着你的，也不能拦着你。"我说，"自己做决定吧。"

"伙伴们，让我留下来……"雅努什勉强挤出这句话。

"嗯，好吧，你遇到了同胞，我明白。也许整个四十座岛中只有两个波兰人。可他为什么不愿意和我们一起航行？"帖木儿声音冰冷。

"他不能……"雅努什轻声说。

"他不能。"英嘉回应说，"狄马、帖木儿，这是真的。"

我看了一眼马列克。他警惕地看着我们。马列克一头金发，身材高大,年龄跟克里斯相仿。这样的战斗力不能轻易离岛……

"帖木儿,我们任命雅努什为特使吧,既然他这么想要成为特使。"

帖木儿轻蔑地扫了我们一眼,上了船。

我感到很不自在。两个真理、两种立场再一次相撞了。帖木儿是对的,一名有经验的战士离开,会削弱我们岛的战斗力。但雅努什遇到了同胞,也可以理解。

有人轻轻碰了碰我的肩膀,我转过身。谢廖什卡和汤姆向我们走来。我们船长手里拿着的是卷起来的群岛地图。

"我给你们画了一些我确切知道的岛,"谢廖什卡友好地微笑着说,"每座岛我都标注了。"

我点点头,"谢廖什卡,出了点儿意外情况。雅努什想留在你们岛上。你们同意吗?"

谢廖什卡没有太惊讶,点点头说:

"当然,请便。我们不会委屈他的。他这样做,是因为马列克吗?"

"是的。"我下意识低下了头。不管怎么说,雅努什的离开算是件遗憾的事儿,"谢廖什卡,岛上波兰人多吗?"

"不多。群岛这方面的分配机制很奇怪。国家越大,就有越多的孩子流落岛上,但发展水平也起着至关重要的作用。比如,有三四个岛的孩子都来自日本,多于来自中国或印度的孩子。"

真是奇怪的体系。我的脑海中闪过一个模糊的想法。算了,我转向雅努什,说:

"雅恩[1],起来吧。我们去参加四十岛第一位特使的接风午宴。"

---

[1] 雅努什的昵称。

四号岛的值守人员回到了城堡用餐。我们和所有人一一道别，场面非常隆重。男孩们友善地亲吻了英嘉的手。我不知道他们是认真的还是别有用心。从英嘉豁达镇静的表情来看，她把这种告别方式视为理所当然。

但我们与雅努什的告别方式各有不同。汤姆认为这很正常，于是兴高采烈地对他说了一些莫名其妙的话。英嘉无精打采地挥了一下手，就去了"威猛号"的船头。帖木儿则径直从雅努什身旁走过，像没看见他一样。

我和他握了手，想开个玩笑：

"好吧，雅恩。如果有什么事，就游回来。"

雅努什频频点头。在那个瞬间，我以为他会立马跳上小艇。当然这只是我认为的。

岛上的男孩帮助我们把船推下了沙滩。我和帖木儿从齐腰深的水中爬上了被海浪拍打得摇摇晃晃的船，准备扬帆起航。小艇勉强在水中漂流，因为岛上的高岸挡住了海风。

"再见！"谢廖什卡最后喊道，"我们还会见面的！"

雅努什沉默不语。他站在马列克旁边，马列克握着一个丹麦女孩的手。我想那是赫尔珈。

"我想回家，"帖木儿突然说，"伙伴们，我已经厌烦了。"

英嘉向我们走过来，走到船尾，盘腿坐在甲板上，忧伤地看着我们。

"家还很远，帖木儿。我们必须要打败外星人……"

帖木儿转过身，苦闷地说：

"我说的不是那个家，英嘉。我指的是我们的岛。"

太平岛上的死亡

风平浪静,我们到达了群岛中间的某处。天已经黑了,勉强可以看见周围的岛。透过城堡的窗户可见昏暗的火光,像害羞、胆怯的星星。天气温暖,四周安静,水边传来微弱的音乐声,某座岛上有人在弹吉他。

"还要很久才能回到我们岛吗?"英嘉问,"我也来划船吧……"

"明天早上我们就能划到。"我看了看笨重的船桨,说,"今天最好在水上过夜,就像前天夜里一样。"

没有人反对。我们放下船锚,但没有探到水底,所有人一起钻进了船舱。进船舱不是很方便,可待在里面非常舒服。汤姆立刻爬上了吊床,我们则歇在地上。英嘉默默地为大家做了三明治,还从壶中倒了些甜凉茶。我们专心咀嚼着夹香肠的面包。

"雅努什是个逃兵,"帖木儿突然说,"英嘉,你不应该帮他的。"

"我为他感到难过,"英嘉没有动摇,"他在我们这儿一直很寂寞。大家都取笑他,就连你也取笑过他,狄姆卡。"

我没有争辩。大家都曾取笑过雅努什,比如,说他不爱讲话是因为懒得学俄语。而我也是他们中的一员。

小艇在水面上轻轻摇晃,几乎难以察觉,只有小桌上蜡烛燃起的火焰抖动着,倔强地向上伸展。在外部看来,火焰摇摆不定,船舱反而是一动不动的。当整个世界都倾斜了,保持直立的人很容易被认为是不正常的。

我爬进吊床,伸出手,用手指熄灭了烛火。四周陷入寂静之中。当晚,我们没有商议就决定不安排人守夜。

"晚安。"我盯着黑暗说。

"谢谢。但愿今夜不要有风来捣乱。"英嘉回应道。

直到午餐前都没有刮风。我们晒日光浴,绕着"威猛号"游泳,教汤姆俄语,又尝试着钓鱼。我们的船长学会了非常复杂的一句话:"以邦联的名义,请你们放下武器。"帖木儿抓到了一条五厘米长的鱼。当我们终于对无所事事感到厌烦时,海面上吹起了微风。

奇怪的是,汤姆并没有急于升帆。他用混合着俄语单词的英语解释说,现在这股风可不是顺风,操作船帆逆风而行的本事只有在专业游艇上才能发挥,"挂着被单的洗衣盆"可不行。要说对"威猛号"的描述最为丰富多彩的非谢尔让莫属,我们还没有听过汤姆给过什么评价。看来无法自由地控制小船让他非常恼火。

在高涨的海浪中,"威猛号"晃荡了半个小时,这比风平浪静更让人难受。紧接着,我们看见了滚滚乌云。

大片的灰紫色云彩从东面笼罩过来,就像给天空盖上了一块深色的厚布,遮住群岛的阳光。前部的云蓬松散乱,延伸出条条细线,如条纹般,略微呈深红色,似乎正在燃烧。这当然只是错觉。但很快,在群岛昏暗的上空,完全真实的蓝白色闪电在乌云间闪烁起来,隐约能听到轰鸣的雷声。

"暴风雨要来了。"我莫名说出这句话。

我和汤姆在船舱外站了一会儿，盯着逐渐逼近的乌云沉默不语。我把胳膊肘支在船舱外壁上，木板被我压弯了。真的可以驾着这样一艘缝缝补补的小艇出海吗？甚至到公海？一群傻子。

现在最明智的做法是返航四号岛，可是回头也很难了。狂风无情地带着我们向西驶去，漂向一座长满低矮深色灌木、混杂着稀疏树丛的小岛。这座岛的形状像一弯新月，远处的小岛尽头可见一座低矮的城堡，角落里有一座宽宽的塔楼，不高，没有看到人。

越刮越猛的风想要扯走我们手中的地图。我们确认地图上没有任何关于这座岛的信息，再往西还有两座岛，而再往外就是大洋了。

汤姆担心地看向天空，说：

"非常糟糕。[1]"

"我们只能靠岸了。"帖木儿耸耸肩，"你们觉得呢？"

已经没有时间深思熟虑了。我们升起帆，小艇向前冲得飞快，像加装了引擎一般。浑身湿透了的汤姆手握舵盘，面色阴郁，一直在发抖。如果他把登陆四号岛看作是一桩有趣的事情，那么即将到来的风暴对他来说，则意味着实实在在的危险。

"威猛号"快速向小岛靠近，即便这样，海滩上也没有人出现。我目不转睛地盯着桥，看着它被乌云中暗淡的彩虹照亮。就算岛民都在桥上值班，现在也该回城堡了。海滩上不可能没人看见我们。但哪儿都没有人。

小艇抖了一下，放慢了速度，是龙骨触底了。帖木儿跳下

---

[1]. 此处原文为英语。

船,准备推船尾。但随之而来的海浪再次抬高了"威猛号",小船搁浅在岸边的浅水区。帖木儿步履艰难地紧跟在后面,穿过哗哗滚动的海水。

我整理好腰带上的剑,跳上岸,转过身向英嘉伸出了手。英嘉好像没有看见似的,她更愿意自己蹚水上岸。

我有点生气,转过身环顾四周。海滩上覆盖着细小的鹅卵石。距离海水五米左右是低矮的多刺灌木丛,小小的塔楼和城墙立在远处。

"狄姆卡,帮把手!"英嘉喊道。

我们四个人把小艇拖到离水更远的岸上,刮掉船侧刺手的木屑。汤姆巧妙地将带锚的绳子系在远处湿漉漉的大圆石上,再回到"威猛号",开始固定船帆。我和帖木儿则爬到光滑的巨石背上。

景色很凄凉。周围是多石、阴沉的地面,适应了环境的灌木几乎已经不长叶子了,树被风吹弯了腰苟延残喘。四下看去,到处都是巨石,混杂着形状不规则的灰色草墩。

"如果这里所有人都死于无聊,我不会感到惊讶的。"我一边说,一边跳到了坚硬干燥的地面上。

帖木儿仍站在巨石上,小心翼翼地环顾四周。他手中的剑不只是金属的,似乎还闪动着蓝色火焰。也许是闪电在钢刃上频繁反光造成的。

"无聊是不会死人的,"他阴沉地说,"相反……"

帖木儿从腰间拔出匕首,拿在手里摇晃几下,突然抡起胳膊,使劲把匕首投进灌木丛深处。帖木儿能够做到瞄准投掷,而匕首对我来说,仍然只是一个木制玩具。

随着啪的一声,匕首刺入一个灰色的草墩。我们稍等片刻,还是毫无动静。随后才传来短暂、压抑的叫声。草墩抖动着稍微抬高了一点儿，变换形状，被扔到了一边。从被丢弃的伪装下面，站起来一个瘦削、半裸的男孩，高颧骨配上一双窄眼，脸上没有痛苦或其他任何表情。男孩慢慢举起剑，好像我们就站在他旁边，一伸手就能碰到似的。他恶狠狠地笑着，眼睛一直没有离开帖木儿，紧接着便一头向前栽了下去，脸扎进了锋利的石头。

"真糟糕。"帖木儿一边跳下来，一边小声说道。

隐藏在四周的其他战士迅速且悄无声息地一跃而起。他们共有六个人，黄皮肤，上半身赤裸，手里拿着剑。其中两三个人像帖木儿一样手持双剑。我回头看向小艇方向，英嘉站在水边，惊恐地看着眼前发生的事，汤姆则向"威猛号"退去。已经放下帆的小艇被拉到了岛上距离岸边很远的地方，至少需要五分钟才能把船重新拖回水里。

只有我和帖木儿能给汤姆和英嘉这五分钟。

"你们快跑！"我一边拔剑，一边喊道。我还有更多想说的，我想说我们没有任何胜算，最好立刻扑进波涛汹涌的大海。雅努什的离开，真的对我们非常不利。我根本不想死在与陌生男孩的战斗中，但我们现在没有退路。还有，英嘉本不应该跟我们一起航行。即使现在，我背对着她，还能感觉到她在我身后。但这样也许更好，"威猛号"离开岸边前，我绝不会让自己倒下。

我没有时间说话，也没时间深思熟虑。这是群日本人，我脑海中闪过这个念头，紧接着，他们就扑向了我们。

从战斗的第一秒开始，我就在用"蝴蝶"招式。这招是在敌方占据数量优势情况下使用的。此外，此招虽然会因为胳膊太累而不能坚持太长时间，但相当可靠。而我只需要五分钟，只要五分钟。

攻击者分开了，三人攻击我，三人攻击帖木儿。不知什么原因，他们没有打算绕过我们去攻击小船。也许他们认为，这样不道德？我蹲下来，用剑刺向日本人的腿。这招叫作"微风"。男孩们同时跳起来，避开了剑击。好吧，我以脚跟为支点横扫了一圈，再次发起进攻。谁也不能一直保持在空中，至少有一名攻击者必落在我的剑刃之下。

但是他们竟想到办法集中在一起，翻个跟头，再次免于赤脚被我击中。我的剑的确差点儿把他们的头削下来，但很遗憾，"几乎"在群岛是不算数的。当我准备进行第三次进攻时，男孩们翻了个空翻，站住后用剑挡回了我的袭击。我勉强拿住剑，再次使用"蝴蝶"招式，这次纯粹是惯性反应，因为我身后发生的事（我旋转时，看了一眼小艇）打消了我继续战斗的欲望。

汤姆没有切断锚绳，也没有把小艇推下海。他正在船尾的一堆东西里翻来翻去。他是不是把剑留在那里了？而英嘉正朝我们跑来，想来帮我们。

"你们快走！"我一边挡住袭击，一边喊道。

我大喊着，但马上意识到这只是徒劳。他们根本不会离开，就像我不会自己离开一样。三个男孩和一个倔强的女孩将战斗到底，共同对付被伙伴之死激怒的六个敌人。

天几乎已经黑了，乌云像一个坚不可摧的灰色盖子罩住了我们。闪电惨白的光像一个花样频出的雕塑家，把我们静止的古怪身影从黑暗中雕刻出来。闪电划过，帖木儿用一把剑自卫，用另一把剑攻击。再一次电闪雷鸣，帖木儿仍然被三人围攻，但沉重的黑色血滴缓缓滴落，悬在空中。又是一声雷鸣，我趁一名敌人不备，想要一击拿下他，但没有成功，甚至还险些无法躲避对方致命的利刃。又是一次闪电，英嘉已经来到我和帖木儿之间，我的一个对手开始转向她。那些与帖木儿激战的人没有理睬英嘉。对于我们每个人的实力，日本人瞬间就做出了评估。

几个闪电连续爆发，汇成了如探照灯般炫目的亮光。这样奢华的照明条件是战斗的催化剂。

攻击者凭借惊人的协调性，瞬间挡住了我的剑，两把剑轻易使我处在易受攻击的位置上。如果我还有一把剑，哪怕空着的那只手上再握一把匕首，他们一定会吃亏的。可我的匕首还插在腰带上。我还没来得及拔出它来自卫，一个日本人就跳到了空中。

这个动作更像是飞而不是跳。小男孩像压紧的弹簧一样向上弹起，我根本来不及做出反应。

我没有感到疼痛，只觉得脸上遭到并不剧烈的一刺，像是被粗鲁、猛力地一撞。耳朵嗡嗡响了起来，双手发软，但意识还清醒，我甚至进行了回击，有力而准确。可对小男孩并没有产生什么影响。他再次腾空，用脚踢我。这一次，他踢中了我的胸部。我倒下了，后脑勺撞在石头上。剧痛瞬间传遍了全身。我感到血从脸上的伤口流出，听见心脏在胸口怦怦直跳。我手中的剑被打飞出去十万八千里。我看到一个日本人的利刃逼近。帖木儿也倒下了，要么为了闪避一个特别阴险的袭击，要么就是躲闪不及。我看到那个打我的空手道小子从他一个同伴那里拿起剑，向我伸过来。但我怎么都看不到英嘉，这是最让我沮丧的。我脑中突然闪过一个念头，他们没准儿不杀女孩子。只是我不能确定，这对英嘉来说是不是好事。

高举的剑直逼我的头顶，在闪电的蓝色光芒中。我闭上了眼睛，因为我已经没有力气躲闪。那把钢刃已经离我的脑袋只有几厘米。一动不动举着剑的男孩只是幻觉，是视网膜上虚假的影像，是闪电一闪而过的定格。日本少年毫不犹豫地发动了攻击。震耳欲聋的响雷撕裂了天空，而轰鸣声将淹没我的尖叫。

打雷了，声音不大，是手枪射击发出的干巴巴的声音。我的脸上流下了雨滴，又热又咸的血滴。

我睁开眼睛。那个日本人双手捂着胸口，缓缓倒在我身上。在他胸口，紧攥的手指下好像有一个小小的圆形伤口。汩汩黑血正从他的指间涌出。

我飞快地跳了起来。一个软绵绵的身体躺倒在我的脚边。我从他松开的手中抽出剑，转过身。

汤姆站在几步远的地方。他双腿分开，相距很宽，双臂向前伸直，左手握住右手腕，右手攥着一把手枪。那是一把乌黑色、几近扁平的手枪。一缕瓦灰色的烟从枪筒中徐徐冒出。

拜访疯子船长

他们连撤退都很熟练，且步调一致。五个缩成团的黑影瞬间没入灌木丛中。弹指间，长满刺的树枝也停止了摇晃，纹丝不动。头顶的闪电越来越密集，风向也很奇怪，不断变化着从四面八方吹来。

帖木儿右手抱在胸前，站起身，大声吼叫着，音量盖过了风声：

"怎么，你们这些混蛋，害怕啦？"

他慢慢地走到汤姆跟前：

"这个……是从哪儿来的？"

汤姆放下了手枪。这把武器看起来不是真的，倒像是把玩具枪，大概是因为枪上唯一突出的零件——保险装置的外形光滑，呈流线型。这是一把射击纸炮的玩具枪。但死于"玩具枪"的男孩就这么躺在旁边，一动不动。

"汤姆，你到底是什么人？"帖木儿似乎没有发现自己手上涌出的鲜血，好在英嘉看到了。她没有参与战斗，急忙从风衣口袋里掏出绷带，开始包扎帖木儿被砍伤的手臂，从肩到肘。我有点站不稳，目不转睛地盯着她，脑子里乱糟糟的，像灌满了铅。天空中电闪雷鸣，轰隆隆的雷声连绵不断。风雨交加，像湿漉漉的鞭子抽打着脸。周围一片混乱：闪电、打雷、刮风、灌铅……闪电、灌铅、刮风……闪电……

英嘉和汤姆把我从石地上拉起来。我看到英嘉瞪大的双眼闪闪发亮，湿漉漉的脸上惊恐万状。她哭了？还是只是雨水？

"狄马，狄马奇卡，你怎么了？"

"没事，没什么……"我努力弯腰，想捡起掉落的剑。但汤姆已经拾起剑递给了我。英嘉看着我，满眼疑虑，显然不相信我故作轻松的语气。

"你们还站着干什么？"帖木儿嗓音嘶哑，一字一顿地说，"难道要等着再打一仗吗？"

"暴风雨还没有停，"英嘉看着我说，"再说那些人已经跑了。"

帖木儿的脸色变了，说：

"他们没有逃跑！荣誉守则禁止战士逃跑。他们只是撤退了，但还会回来的。"

"什么守则？帖木儿，你在说什么？"

"快把船推下去，白痴！"帖木儿跑到"威猛号"的边上顶住船舷，汤姆大踏步跟在后面。

"英嘉，掩护我们。"我用剑砍断了绷紧的锚绳，让自制的三爪锚钩见鬼去吧。帖木儿不会没有理由地惊慌失措，我们刚刚明白这一点。

三人把小艇推入水中。海浪泛起水底的沙子，海水混合着泡沫，像翻腾的鸡尾酒一样汹涌滚动。船帆没有悬挂起来，但"威猛号"已经开始随风摆动，在浅水区旋转。船舱滑稽地倾斜着，独自承受狂风的侵袭。

"英嘉！"

她盯着灌木丛，慢慢向我们的方向后退，退入没过膝盖的水中，后背撞到我的肩上。

她轻声说：

"狄姆卡，那里有个人……我看见了。"

小艇打着转，船舷向我们靠过来。我弯下腰，托起英嘉的膝盖下方，把她举上了小艇。奇怪的是，我的动作如此自然，英嘉甚至没顾得上生气。

当我跨过船舷上船时，汤姆已经坐在了船舵旁。

帖木儿一言不发，猛拉船帆。

"帖木儿！"我逆着风弯腰向他走过去，"不用拉船帆，风太大了。"

帖木儿猛地转向我，眯成缝的双眼怒不可遏。

"帮——把——手！"他在我耳边大叫，"他们不会让我们活着离开的！动作快点儿！"

我们系紧了船帆。可汤姆无论如何都控制不了船舵，小艇沿着海岸挪动，缓慢地离开了些。起伏的海浪高过甲板。如果我们的船是一只没有甲板的普通小艇，水早该灌满船舱，我们怕是已经沉到海底了。狂风肆虐，很容易落水。我们匍匐着爬进了吱吱作响、摇摇晃晃的船舱。英嘉紧贴舱壁坐着。

"别害怕……"我刚一开口，就被英嘉打断了。

"男孩子们，你们怎么样？"

帖木儿挥了挥手，让英嘉放宽心，但还是露出了狼狈相，他手臂上的绷带被水和血浸透了。

"绷带该换了！"英嘉央求道。

"有什么意义？"

海水从四面八方涌进小艇。雨还是来了，而且非常大，是真正的暴雨。我和帖木儿围坐在英嘉身边，从两侧护着她。帖木儿挺直身子，几乎躺倒，双脚蹬在桅杆上，后脑勺和肩膀靠在舱壁上。我思考了一下,便学起了他的样子。现在除非我和帖木儿其中一人掉进海里,否则英嘉都是安全的。我们把自己安顿得十分安全舒适。黑暗中,我们隐约看见海岸已经远离小艇差不多二十米了,频繁的闪电映照着逐渐远去的城堡。

"我怎么就忘了呢?"帖木儿内疚地说,"这是千石之岛。"

"你怎么知道?"我忍不住问。

"那个……"

帖木儿还没来得及说完,右舷就没进海水中,海浪中出现了一个脑袋。这位泅水者扫视了我们一眼,憎恶的眼神十分冷酷。他张了张嘴,要么是喊了一句什么,因为打雷我们没有听到;要么只是换了一口气。他把一只手举出水面。

"趴下!"帖木儿喊道。

小艇摆动了一下,瞬间向另一侧倾斜,我们的身体紧贴在湿滑的甲板上。有东西从我们上方砰的一声刺入舱板。

我转头一看,只见船舱壁上卡进了三个小钢盘,直径约五厘米,圆盘边缘薄得像剃刀片,一半扎进了实木。

帖木儿手里攥着匕首爬到船舷边,但没有见到人影。他沉默了片刻,突然转身喊道:

"汤姆!小心!"

砰一声干脆的枪响,仿佛在回应他的话。接着又一声枪响,又一声。由于有船舱挡着,我们看不到船尾的情况。要爬到船舵位置,需要经过船舱和船舷之间的狭窄空间,而这无异于自杀。

"汤姆!"英嘉绝望地喊了一声。

"我没事![1]"

---

1. 此处原文为英语。

"汤姆真是好样儿的!"帖木儿震惊之余,不断重复着这句话。

"我们俩也不赖!"我委屈地纠正他。

我们顾不上袭来的海浪,紧紧抓住甲板,抓住晃来晃去的索具,相互抓紧,歇斯底里地哈哈大笑。

幸好我们没有爬回船舱。两个小时后,暴风雨就把船舱吹塌了。

起初,木质墙壁从下面咯吱咯吱地裂开。船舱摇晃着,吱吱作响,接着就塌了,像一只火柴盒被一只笨重的靴子踩扁。一块木头碎片划破了我的肩膀,血流了出来。

暴风雨仍在肆虐。四十岛上这种可怕且不真实的暴风雨,只应该出现在阿伊瓦佐夫斯基[1]的噩梦中。每分钟都会爆发闪电,小艇四周,泡沫覆盖着的海浪一波高过一波。每隔一小会儿,就会有一座水山砸在我们身上。但时间一分一秒地过去,小艇安然无恙。"威猛号"也要成为传说了,就像疯子船长的船。

一想到疯子船长,我忍不住四下张望。这种天气对他来说最合适不过。但我们目前还是形单影只。

狂风不息,水流湍急,我们被裹挟着,围着整个群岛绕巨大的圈。我没有立刻注意到这一点,直到我发现岛的阴影与其上的城堡只在右舷那侧一个接一个地掠过,而左舷外的大海十分空旷。我们已经通过了几座岛,眼看就要经过四号岛了。我的目光穿过前不久还是船舱的一堆木板,看向汤姆。显然,我

---

1. 即俄国巡回展览画派画家伊万·康斯坦丁诺维奇·阿伊瓦佐夫斯基(1817–1900),以创作海上风暴而闻名。

们的船长已经放弃驾船了。汤姆坐在船尾,仅仅是因为穿行到我们跟前太过冒险。他放下了船舵的摇臂,任其在身后左右摆动,但丝毫没有影响"威猛号"的航行。汤姆与我目光相遇,摇了摇头。

我们无法靠岸,但也没有沉没!

这趟英勇之旅越来越像是一场滑稽的演出。周围肆虐着可怕的暴风雨。飓风追赶着天空蓬乱的团团乌云;闪电发亮的叉爪蜿蜒伸展,直逼旋转的水面;滔天巨浪一个接一个地翻滚。为什么这些城堡和其中的居民还没被冲走?为什么我们竟也安然无恙?这到底是什么奇迹?

当然,我们被海浪和雨流浇得浑身湿透。甲板铺面下的海水从缝隙哗哗流进来。船舱终究是散架了!但是,倘若稍微懂一些航海知识,我就会明白我们所遭遇的风暴是何等剧烈,就算大型现代船只也会沉没。我们继续航行,却发现这场暴风雨并没有看起来那么可怕。这使人想起一部印度电影,两个人在半小时内用一切触手可及的东西相互殴打,最后头发凌乱地分道扬镳。真是充满了戏剧性。

"狄马!"

我转向英嘉。她默不作声地盯着我,乱蓬蓬的湿发遮住了脸。

"什么?"

"把手给我!"

她紧紧地攥住我的手指,然后转过身去。一瞬间,我脑中一片空白,思绪里出现了一些杂乱无章的片段:被水打湿而变暗的T恤紧贴着瘦弱的肩膀;短上衣拧成一股,打成结绑在腰上;双腿屈膝,顶着插入甲板的剑……过了一会儿我才缓过神。

"英嘉，别怕……"我低声说，感觉自己的声音哽咽，满含痛苦和柔情，"别怕。"

英嘉转向我，把头依偎在我的肩膀上。

她的手攥得更紧了。

"狄马，你要陪着我。"

我还能去哪里？在一个狂风暴雨的大海上，在一条小艇上。但我甚至没有对她的要求作出回应，哪怕是一个微笑。

"当然，英嘉……亲爱的英嘉……亲爱的小英嘉……"

我的嘴唇低声念叨出这样一些难以想象的、疯狂的私语，这些话只有在当下、在几乎要丧命的大海上，在浪涛轰鸣淹没说话声的时刻才敢说出口。

"不要害怕。你看到了，什么事都不会发生的。英嘉……"

她微微转过头。我们四目相对，就像当时在桥上相互认出对方那样。

"英嘉……我很高兴你和我在一起。我是个无赖，但我很高兴你来到这群岛。我是个恶棍，但我很高兴你能和我在一起，在这条小船上。你也知道，我是多么的喜悦。你会原谅我的，因为这也是你的幸福之源。"

"等风暴结束后，我就不会再说了。"我低声道。

英嘉摇摇头，说："我听不见！"

"我知道。"我没有提高声音，"亲爱的英嘉，你那么……就像一块晶莹剔透的冰。我不敢让它变暖，好像生怕它会融化。我们会得救的，我保证。不过，我还是会惶惑不安。我之所以敢说这些，是因为你听不见。"

"我听得见，"英嘉低声说，"没关系，你继续说吧。"

我哆嗦了一下。我的天呀！当然啦，要知道我们的脸几乎挨上了。或许,我所说的话不会被任何噪音淹没。

眼前又是一波海浪呼啸而过。海浪正对着小艇倾泻下来,但"威猛号"只是稍微晃了一下,泡沫飞溅的浪峰在船尾之外涌起。真是难以置信!和缓滚动的海浪就像一根巨大的管子在深蓝色的橡胶垫下滚动。我感到身后一阵冰凉,如芒在背。

疯子船长的船从波涛之中一跃而起,桅杆上船帆的白色侧翼正骄傲地缓缓上升。

这艘船巨大无比,比我想象中大得多,看起来分明是一艘名副其实的船,就算是傻瓜也明白,岛上绝不可能造出这样一艘船。难道是外星人费心从地球拖来的?

但这是为什么呢?

"看,船来了,"帖木儿声嘶力竭地喊道,"我们得救了!"

我们得救了?

乌黑的金属包钉尖形船头正乘风破浪而来。这是三桅快船、双桅纵横帆船,还是平平常常的纵帆船呢?我无法判断。在有关群岛的传说中、在童话故事和幻想中,大家总是把你称为三桅快船。你在等待你的暴风雨,等待飓风摧毁这个残酷和不公的世界。你就像神奇的海市蜃楼,像一个神话般的愿景,你时不时地出现在被困于城堡石头监狱的我们面前。无论境遇多么糟糕,我们知道你的存在,就不曾放弃,就没有离开过桥梁,就没有扔下过武器……因为你讨厌懦夫。你只招收勇敢的人。所以,你会接受我们!

三桅快船行进在与我们平行的航线上,慢慢地追赶我们。就如传说中一样,大炮的方形射击孔布满船舷,船尾的小船舱灯光昏暗,帆布包裹的一艘艘小艇静静排列在甲板上,只是好像少了一只。我的后背再次打了个冷战。难道说,我们现在乘坐的小艇原本是你船上的吗?

汤姆高兴地大喊,嘴里全是些赞叹的话,英嘉和帖木儿默默地看着船,我也沉默不语。

疯子船长,你为什么从不靠岸呢?如果外星人真的如此强大,能使你偏离航线,那为什么不干脆弄沉你的船呢?难道它们需要你?

这艘船的轮廓只要偶尔出现在阴森的灰色海浪中,让大家相信你的存在,群岛的生活就不会有什么变化。你是我们的希望,是梦想中的新生活,同时也成了旧生活的化身,是苦日子里的信仰和教条。船长,你怎么会不明白真相呢?你的坚韧与意志、你的恨与爱、所有这一切,长期以来都在被外星人利用。

"汤姆!靠到它的船舷上!"帖木儿喊道。

我们之间相距不超过十米。我期盼这艘三桅快船的船体能够为我们挡风,但事与愿违,"威猛号"摇晃得和先前一样厉害。不过,我看到三桅快船的船舷上开始降下梯子来。这种用粗而结实的绳索绑在实木横档上的梯子,好像叫作绳梯。甲板上快速移动的影子若隐若现,遮蔽住了昏暗的灯光。当与"威猛号"并排时,三桅快船明显放慢了速度。

"汤姆!"

小艇不易觉察地颤动了一下。海浪更加猛烈地拍打小艇,溅了我们一身冰冷发咸的水花。三桅快船乌黑、均匀弯曲的船体正在慢慢接近我们。船壳的木板凹凸不平,暗黄色的水锈锃亮发光。

疯子船长,为什么外星人需要你?

我意识不到自己在做些什么。碎片化的想法、隐约的不安、眼前几不可察的诡异细节全都一起涌进大脑中,快速地相互碰撞，传导给紧绷的肌肉。要行动！我坐起来，却没有放开英嘉的手。

"我过去看看。"

英嘉抓着我手腕的手攥得更紧了。但这是徒劳无益的。要行动！我向前抬起双手。眼前一片漆黑，只有一束微弱的反光从眼前不断放大的船上投射出来。我和英嘉的两双眼睛写满惊讶，但汤姆毫不在意，他正奋不顾身地与不受控制的船舵作斗争。

"帖木儿，保护英嘉！"

海浪给了我迎头一击，寒冷的海水钻进了耳朵和鼻孔。我浮出水面，一边吐水一边咳嗽，耳朵里灌满了水，头一下子变得沉重，嗡嗡作响。此时，传来英嘉的喊声。不，现在游回去已经太晚了。我得先爬上那艘三桅快船，爬上去，见一见站在船舵旁的人。

奇怪的是，看起来如此可怕的海浪原来完全是受外星人控制的。不一会儿，我就游到在水中平缓晃动的船舷边。乱蓬蓬的吊梯底部像是被粘在了船舷上。海浪有节奏地拍打船舷，紧接着消失无踪，连水花都没有溅起。

我用力蹬腿，举起双臂，想抓住粗糙的木板。我的木剑被水流冲起，拉紧了挂带。

我的手指没有受到丝毫阻力就穿过了船舷，就像穿过幻影。原来，骄傲的疯子船长的三桅快船只是海市蜃楼。

弥天大谎

这是一种非常奇怪的感觉——眼睛看到一个真实的物体，但手没有碰到任何东西。这一刻漫长且痛苦，我以为长满墙的贝壳碎屑会不可避免地划破我的手掌，像金刚砂那样。然而，连我的手肘都已经伸进了船舷的木板中。不痛，也没有流血。

我脑袋后仰，本能地护着脸，而船已经幽灵般穿过了我。被岁月侵蚀得千疮百孔、磨得光滑反光的乌黑船板像无形的影子，碰到了我的眼睛。我眯起双眼，感觉自己逐渐下沉到冷水中。我挥动起双臂，抑制住放声尖叫的冲动。有光透过我紧闭的眼睛，冰冷的蓝光，使人联想到不悦的医学治疗过程，或是午夜无信号的电视上闪烁的空白屏幕。

我的眼睛不由自主地睁开，期待能出现任何意想不到的画面。然而，脏兮兮的虚拟货舱里，真实的海浪哗啦哗啦地飞溅。笼罩着蓝色火焰的幻影在徘徊游荡，闪闪发光的蓝色迷雾缭绕在伪造的船体之上。

原来真相更简单，但这种简单比任何离奇的意外都更为惊悚。喝得醉醺醺的小流氓手中可爱的小折叠刀，似乎比大口径机枪更可怕。

发亮的是三桅快船本身，或者更确切地说，是船的外壳，从里面看，这艘船的外壳就像一个由淡蓝色极薄的膜制成的巨型船形充气玩具。在甲板上走动的同样是虚幻的充气人。发着蓝光的船帆兜着狂风。由蓝色薄膜塑成的灯笼里，一簇簇黄色火焰始终一动不动。

模型！只不过是全息模型！海市蜃楼！电子幻觉！一个精心铸造的美丽谎言！

在充气船的中央，漂浮着一个高出水面半米、直径五米的金属圆盘。它在缓慢旋转。邪恶蜃景的缔造者、这投射快艇的电视机，是伪装成古代轮船的外星装置。

我在海浪上摇摆着，茫然地跟紧圆盘。圆盘无情地向我径直漂来。某种未知的程序驱使它永远沿着一个既定的路线航行，对生命个体毫不关心。

距离只有几米远了，我发现圆盘四周激浪沸腾，像一群快速游动的小鱼在表演圆圈舞。这群快乐、不知疲倦的小鱼时不时用鳍状钢叶片翻搅海水。

圆盘因海浪发生侧倾。距我一臂之外的距离，那些跳圆圈舞的成员之间，浮出一根均匀弯曲的金属长杆，类似大象的长牙，细细的顶端处是由短刀刃组成的齿冠。

真相再简单不过了，隐藏在水下旋转的长牙会攻击所有游泳靠近的人，把它们抛出去，再拖到锋利的齿冠上。

我依靠直觉，毫不犹豫地向前伸出一只手，死死抓住长牙顶部的刀刃。我被猛然一拉，拖了起来，沿着圆盘做圆周运动。不难发现，我身后的水中也有同样的钢牙，此刻也正在扑腾。放手就意味着死亡，我迅速换手抓住长牙，想爬到圆盘上，但脚在刀刃上打滑，我只能曲着腿，依靠双手前行。这双手曾在日本岛疯狂战斗，又在暴风雨笼罩的小艇上用力拉船帆，已经太累了。

长牙的头部位于圆盘的水下部分。当我转到圆盘底下时，身子几乎已经完全没入水中。海浪掠过我的头,我急忙趁着难得的无浪时刻换了口气。圆盘的表面十分平坦光滑,无法接近。我猜想应该有狭窄的圆框,于是试着用一只手使劲抓在上面,但差点儿掉下来。我的天哪,到底怎样才能爬上去呢?还有什么能帮到我呢?

又一波海浪涌来,我不断被向上托起,渐渐远离长牙的圆形底部,随着波浪晃动。我不会再做没有把握的尝试了……

圆盘狭窄的边缘抵着我的胸口,疼痛难忍。我半趴在又湿又冷的金属板上,因紧张而颤抖的双手抓着圆盘表面的一个突起,脚在水中晃来晃去。

不成功便成仁!我已经爬到了圆盘的中心。中心不那么光滑,表面上分布着半圆形的突起和两三厘米高的透明薄管。海市蜃楼的蓝色反光原来是管中火花不停旋转的倒映。

圆盘的震荡比小艇小得多。伸直身子还可以和边缘保持安全距离。我浑身湿透,在冰冷的海风中颤抖。周围是童话般的景象,美得不真实。为什么?为什么最卑鄙、最残酷的谎言看上去如此美丽?——比真相要美好得多。

我周围不是腐烂的木梁和盖板,而是闪动的面板;不是舱底发霉的空气,而是充满了臭氧和海盐的风。碧绿色的闪光、一串串紫色、蓝色和炫目的白色火花交织成了船帆的每一个动作和快船的每一个转弯。

可能问题在于,每个谎言都出于某个人的梦想。一个像样的谎言必须是美丽的,美丽才会引人相信。愿意彰显丑陋面目的只有真理。

"狄姆卡!狄马!"

呼喊声隐隐约约穿过海浪和风的噪音。我惊诧于三桅快船的内部结构,险些被圆盘切割,几乎忘记了"威猛号"的存在。而我们的小艇已经接近了三桅快船的"船舷"。帖木儿和英嘉在船尾的船舵旁,汤姆在桅杆旁。他们已经升起了船帆。

我突然清楚地意识到即将发生的事。小艇的船头将瞬间进入全息幻影,带着毫无防备的船员陷入三桅快船内部。几分惊吓,几分喜悦,在仙境般的绚烂光芒中沉醉几秒,可惜这童话般的美丽世界不会就这么放过他们,小艇将穿过淡蓝色的雾,直直驶向圆盘。

长着长牙的钢杆会把薄木板像纸张一样打碎。圆盘则是旋转着的绞刀。大家要么被浪冲走淹死,要么和小艇同归于尽。奇迹般爬上圆盘的人也注定死无葬身之地。疯子船长的三桅快船是永远不可能靠岸的。

现在该尖叫吗?还是该跳进水里游到船上?我无助地环顾四周。钢制长牙从圆盘的四面八方伸出,以我的视角看来无比清晰。八到十根金属长牙围成一圈。其中一根长牙上还挂着半腐烂的木块残骸,被海浪冲得摇摇晃晃;生锈发黑的铁索从长牙上垂下来,上面绑着几根短圆木;长牙的尖刺上还穿着甲板的破木片。

这些可都是木筏的残骸呀。疯子船长,我们不是你的第一批受害者。

"威猛号"已经触碰到了船体的蓝色薄膜,三桅快船的表面荡起深色的同心圆涟漪,仿佛往水坑中扔进了一块石头。

透过湿漉漉的牛仔裤,我能感受到冰冷沉重的剑。我从没有产生过如此强烈又盲目的恨,连木剑都变成金属的了。从来没有,无论在地球上还是在群岛上,我心中从未充斥过如此的厌恶和愤怒——这是一个男孩被欺骗被羞辱时才会产生的无助的愤怒。没错,但这个男孩还有一把剑。

我举起了剑,剑刃看起来有些奇怪,闪亮得像镜子一样,发出清澈的蓝光。这是反光,还是你自身的光呢?

群岛,你教会了我仇恨和杀戮。甚至,我在爱的时候也在恨。好了,接招吧!

我微微俯身,双腿机械地对圆盘的震荡作出反应,甩开胳膊,把剑抡到背后,接着猛劈脚下湿漉漉的钢板。

两股橙黄色火花呈扇形展开,金属发出被切割的尖啸,剑刃划开了圆盘的外壳板。

"狄马!"

三桅快船像幽灵一样,表层的发光膜摇摆不定,变换着颜色,像疾风之中摇晃收缩的肥皂泡,整艘船像一个被刺破的橡胶玩具般紧贴在圆盘上。但小艇朝着圆盘前进着,距离只有十米远了,仿佛故意把自己的船舷暴露在长牙之下。

"喜欢吗?"我盯着光溜溜的黑色切口低声说,"没想到吧?"

我又一次猛刺下去,圆盘上形成了交叉的切口。三角形的金属板出人意料地向上弯曲,从金属板下方溢出的粉白色糨糊状物在鼓胀发光。

有什么东西在啦啦作响,原来是糨糊表面渗出的气泡膨胀后的爆裂声。

但小艇此时已经俯冲向梳齿般的钢制长牙。

"小心!"

大家一起大声呼喊着,就好像我在他们千里之外,听不到他们的声音似的。我抬起头,从闪闪发光的黏稠物中拔出剑。剑刃上粉白色的黏液被烧焦了,剑刃上的光亮更加夺目。

弯曲的长牙迅速从水中同时冒了出来，顶端的刀片低声呼啸着，像螺旋桨在切割空气。一根长牙的底座上还系着一串脏白色的人骨。

我没有时间害怕，挥剑刺穿两个长牙的底座。断了的柱子倒在我脚边，旋转的刀片陷入断裂处的泡沫团中，圆盘微微地振动起来。

我一跃而起，在圆盘的边缘站稳。小艇已经离我近在咫尺。

"过来，抓住我！"汤姆伸出一只手。顷刻间，我站在了"威猛号"的甲板上。而圆盘上方，剩下的长牙像蜘蛛腿一样断落下来。

"你很灵敏。"帖木儿说。他走到了船舷的另一边，以确保我跳上甲板后船不会侧翻，他现在正慢慢走到桅杆处。他精神不振，黝黑的脸变得灰白。

"不舒服吗？"我微微开口问。

帖木儿点点头。我惊恐地发现，他的脸开始变成蓝色。英嘉和汤姆也是一样。我低头，看到甲板变成了天蓝色。空气也发出了蓝色的光。

一波明亮的蓝光掠过我们，吹来温暖的风。我们很快又看到了疯子船长的三桅快船——一个不过一米长的小模型。小玩具船挂在布满粉红色泡沫的圆盘表面上，然后消失了，只剩下一个发光的粉红色雪堆。金属獠牙张牙舞爪地从里面伸出来，显得十分怪诞。

"我们以为你潜到了船下。"英嘉小声说。我以为她还会说些别的，但她沉默了。而此时帖木儿喊道：

"看！"

我们周围的大海燃烧起来。水面覆盖着淡蓝色的火焰，就像酒精燃烧时那样。从浪峰飞下的泡沫团迅速散开，变成了火花云。天空变得亮如白昼。

"怪事还没完，"英嘉非常平静地说，"船变成了生锈的锅，而暴风雨……"

而暴风雨就这样结束了。深蓝与蔚蓝色的光都不见了，海浪逐渐平静下来。船仍漂浮在之前的黑暗中，但如山的波浪已经无影无踪。海面微微泛起波澜，吹着阵阵潮湿的风。如果闭上眼睛，根本感觉不到任何变化。

谎言，一切都是谎言。我把手伸出船外，伸进寒冷、汹涌的海水中。没有可怕的故事，传说便不足以成为传说；如果疯子船长航行在和缓、阳光明媚的大海上，他的真实性更值得怀疑。

谎言……

"汤姆，升起船帆。"我一边艰难地走向船舵，一边说，"马上就要到我们岛了。现在海风很轻，但愿你能驾驶好一个带船帆的木盆。"

钢剑结了一层冰痂，粘在我的腿上。

政 变

清晨已经来临，天空却没有变亮，但某种捉摸不定、难以理解的东西在悄悄提醒我，黑夜已经结束。也许我只是不再犯困了。我们向着黎明前行。

"威猛号"经过了两三个岛岸，我们才认出二十四号岛上熟悉的城堡轮廓。我转动船舵，迎风驾驶小艇来到其中一座桥下。前方的黑暗更为浓重，远处的闪光中隐约现出棱角分明的影子——那是我们的城堡。

无力感爬上了我的心头，这种感觉令人厌恶。因为回家而产生厌恶感，这不可以，也不应该。或许猩红色盾牌城堡对我而言根本不是家，而是监狱。

我们没有计算好距离，小艇全速冲向平坦的沙岸。我摔在凹凸不平的船舱残骸上，汤姆和英嘉及时抓住了桅杆，帖木儿则被直接甩到了岸上。我赶忙爬起来跳出小艇，向岛上走去。一般情况下我不用为帖木儿操心，但现在他受伤了。

当我走上岸时，帖木儿已经站在那里，将剑从剑鞘里拔出。我小心翼翼地抓住了他的一只肩膀。

"帖木儿，没事了。这是我们的岛。"

帖木儿点点头，不情愿地放下剑，但他的眼睛仍紧张地盯着暗处。一旁的汤姆和英嘉一直没闲着，努力把小艇拖得离海水远一些，而我也没有想过要去帮他们。我看向帖木儿，听到他的低语。

"狄姆卡,别乱想。我虽然在自己的岛上随身佩剑,但我没有疯。对我而言,邦联是唯一的机会。"

细长的闪电在地平线上盘旋,如苍白的、发着磷光的影子堆叠在满是云彩的天空中。帖木儿继续小声说:

"我们的岛,不是我的第一座岛,你明白吗?就算我们的岛遵守了所有游戏规则,取得最后的胜利,对我也不会有任何好处。当时,我从半空中掉到了千石岛上,就是那座我们差点儿丧命的岛。我在那里居住、学习了六个月。然后我离开了当时的联盟,希望能找到真正的伙伴。趁天黑的时候,我翻越了一座又一座岛。只有克里斯知道我的来历,但克里斯不会说的。你也别说出去,听到了吗?"

"那你为什么要告诉我?"我低声问道。

"为了让你明白,我会为邦联战斗到底。我没有别的出路。我得比其他人都更加小心。"

我点点头,虽然他可能看不见。英嘉走了过来。汤姆正忙着挪开船舱的木板,在小艇上寻找装着东西的袋子。他可能是白费劲了,毕竟所有东西都已经被暴风雨冲走了。

我们靠岸的地方离城堡不远,但走向城堡的路途却出乎意料的漫长。风暴有可能是虚幻的,但雨是真实的。走在寒冷潮湿的沙滩上,我们的脚会下陷,有几次甚至不得不绕开已经变成沼泽的洼地,累得筋疲力尽,我心里已经不止一次地后悔没有建议大家在小艇边等到早上。但该面对的总得去面对。

我们走到城墙边。粉红色的石墙被雨淋到褪色,在夜晚难以捉摸的黑暗中看起来像暗灰色。城门是开着的。

"真是心大。"帖木儿不满地说,"要不要吓唬吓唬他们?"

里面还是没有人回应,不过帖木儿也并不想搞出什么动静。我们现在只想要城堡房间里一张舒适的床铺。甚至不必在自己原来的房间,只要能躺下就行。

城堡里的门虚掩着,狭长的门缝露出或明或暗的淡黄色亮光。

我们不约而同停了下来。英嘉似乎想说些什么。但我还没来得及问,她就不说话了。

"狄马,"帖木儿低声说,"你上吗?"

我点点头,瞥了一眼剑,希望剑身能再次发光。唉,不过这不取决于武器,而是取决于我自己。我既没有愤怒,也没有恐惧,也没有怀疑,只有疲惫。身体像铅一样沉重。

我尽量轻手轻脚地走到门口,透过门扇间的缝隙向里面看去。

走廊上,通往地下室的小门前,燃着一堆火,两个小男孩背靠背坐在一起。我认出了一张熟悉的面孔。或许是因为临阵退缩的帖木儿,又或是因为胆小的自己,我心中掠过一丝不安。

我推开门走进去。男孩们猛地跳起来,其中一个人的脚碰到了火堆,尖声尖气地啊呀了一声。是马廖克。

第二个男孩慢慢地拔出剑,刀刃上反射出来的光落在他轮廓分明的颧骨和紧闭的嘴唇上,额头上有一道已经结了痂的伤痕。我们当初起航时,艾哈迈德——这位二十四号岛指挥官的脸上还没有这样的点缀。

"你好,"我看着马廖克说,"怎么?你已经放出来了?自我改造完成了?"

马廖克讪讪地笑了笑。我转向艾哈迈德,问:

"最近怎么样?一切都好吧?你怎么在我们这里值守呢?你可是客人。难道克里斯在你们岛上?"

艾哈迈德愣住了,手指扭动着他的剑柄。马廖克转过身,把手放在背后,甚至没有想要拿武器。

"我们太累了,艾哈迈德。现在我们要爬到床上去,有事明天……"我带着疲倦的微笑走到他们面前。当离艾哈迈德只剩下两三步的时候,我拔出剑,跳过火堆,正好和他面对面。

"把剑扔了,"我把剑尖抵在他的喉咙上说,"把手松开,然后把剑扔了。"

我用余光盯着马廖克。他正若有所思地看着我们,然后走到墙跟前,坐在了地板上。

"我数到三。"我要求说。我没有任何威胁的意思,只是真诚地希望他会扔掉剑,"一、二……"

艾哈迈德向后仰头,远离剑刃,用自己的剑猛地一砍,挡回了我的剑。他低声说了些什么,双手握剑向前冲向我。我从没遇到过这样的对战。我把剑身举过头顶,等他靠近。在这种情况下,胜负只取决于一击。

门口传来弩弓轻轻松开后啪的一声。

艾哈迈德的嗓子里发出模糊的声音,就像一阵压低了的咳嗽声。他放下剑,双手抓住喉咙,细细的手指摸索着脖子,触到了弩箭的短尾巴。他面色平静,又像在思考着什么,倒在了地板上,不知何故,整个过程非常缓慢平和。

汤姆站在门口,手里拿着一把没了箭的弩。他一定更喜欢使用弩箭这种更为安静的武器,而不是手枪。

"其他人在哪儿?"我看着艾哈迈德,向马廖克问道,"在哪里?"

"在地下室,"马廖克无精打采地回答,"别担心,他们只是被关起来了。"

现在我才注意到,通往地下室的门上顶着短而厚重的两块大木头。

"城堡里有多少……这些人?"我含糊地问了一句。

"二十四号岛的两个,三十号岛的三个。在那里,上面。"

帖木儿进来了。他看到马廖克,轻声骂道:

"该死,怎么又是你?"

"怎么就'又是我'了?"

"又找到了新主人!"

帖木儿本想大声喊出这些话,但声音仍旧很小。如果现在燃起新的战火,帖木儿根本就没什么胜算。

"汤姆,把你的手枪拿出来。"我直截了当地冲澳大利亚人说,并不十分在乎他是否明白我的意思。汤姆听懂了,从腰带中抽出了武器。马廖克听到"手枪"一词,精神一振,俯身向前,眼中闪现出光芒。

"哇,让我看看!"

我和帖木儿交换了一下眼神。帖木儿的脸气得变了形。

"小子,对你而言,这所有的一切都是玩具吗?"

他们可能朝他开枪,这一点马廖克似乎还是不明白,他也许一直认为自己是三十六号岛的战士?

"你怎么会和他们在一起?"我问。

马廖克耸耸肩。

"我们的人还躲藏在地下室里,艾哈迈德和他的人占领了我们的城堡。他们找到了我,问我为什么被关起来。克里斯可能什么也没告诉他们。我就撒了个谎,他们商量了一会儿,提议让我跟着他们。于是就……"

"明白了,"帖木儿点头道,"如果托利克或者音乐疯子伊戈尔这样做,我会赞许他们。但你明明一个人就可以把他们都杀了!你可以刺杀艾哈迈德,放出我们的人!"

马廖克摇摇头,接着笑起来,不知为什么,他笑得非常开心,无忧无虑。

"我不能,我不会打仗了。"

如果马廖克没有撒谎,那这事就发生在他身份暴露并被关押起来后的第二天或是第三天。

早晨醒来后,他感到了莫名的空虚,有一种痛苦的失落感,像是遗忘了什么非常重要的事情。直到再次拿起剑,他才明白了一切。他做了两三个弓步,却只记得动作和招式,神出鬼没的敏捷和速度消失了,那是他之所以能成为岛上最好战士之一的原因。外星人不仅能够赐予礼物,同时也能收回礼物。

在马廖克述说这一切的同时,我们拆除了挡在地下室门外的木墩,不停地敲门,呼唤着伙伴们。终于,里面传来克里斯低沉的声音。

"你们想干什么?"

"开门,是我们。"帖木儿说。

我们等了一会儿,里面传来拉开屏障的声音。紧接着门开了,露出了一张警惕的脸,是我们的指挥官克里斯。他眯着眼睛。我们手中的火把已经快燃尽了,但这光亮对他来说还是过于刺眼。他盯着我们,手里还拿着剑,一言不发。突然,他抱住了我们两个。帖木儿发出轻微的嘶嘶声,他受伤的手臂被紧箍在我的身上。

"我就知道你们会回来的。所以就一直等着。"

克里斯嘴里还在嗫嚅着，托利克、音乐疯子伊戈尔、伊利亚、丽塔和塔妮娅已经从半开着的狭窄门缝中钻了出来。

伊利亚包起来的左手还挂在胸前。音乐疯子伊戈尔的右手从肘部包扎到指尖，看到我询问的眼神，支支吾吾地说：

"我用手挡剑了……"

他陡然间变得极其恼怒，没有任何过度情绪：

"播放器没电已经一整天了。我们生了火，但火充不了电呀。"

只有托利克身上没有绷带。我看着他的脸，发现他咬破了的嘴唇煞白煞白的，眼神中充满了冷漠和愤恨。我意识到，托利克心中似乎积压着血海深仇。

"谢尔让在哪儿呢？"我想要把举止怪异的托利克变成以前那个轻松快乐、无忧无虑的岛民。可我一开口就发现，我的话刺到了他的痛处，这不仅没让他轻松一点儿，反而起了反作用。

"他被杀了，第一个。"

托利克的声音像他的眼神一样愤怒而冷漠。我感到自己的手在发抖，无尽的阴冷涌上了心头。谢尔让，一个永远的辩论者和怀疑论者，并没有和我成为像托利克或帖木儿这样的朋友。但我曾和他并肩作战，在大理石桥面上与敌人殊死搏斗。

不可饶恕！

"那么其他人……"我停了下来，已经感觉到谢尔让只是死亡名单的开头。

"列尔卡。"

我吸了一口充斥着烟味的空气。列尔卡？一个十岁的小姑娘？我们即使曾经杀光过岛上的所有男孩，也没碰过小姑娘。

"箭伤吗？是意外吗？"我不知为何还抱着一丝希望问道。

我很难相信，这些不久前的朋友会做出如此卑鄙下流的事情，但我还在坚持不懈地为他们找借口。

"剑刺死的。我们撤退时，列尔卡耽搁了。"

不可饶恕！

"奥莉娅呢？"

"她被俘了，在塔里，我坐过牢的地方。"马廖克快速地回答道。

"她没事吧？"丽塔焦急地问。

马廖克耸耸肩膀。

"是的，没事儿。他们好歹给她饭吃了……不过，艾哈迈德和鲍里斯审问她的时候，她一直在号啕大哭。"

"审问？"丽塔惊讶地又问了一次，"他们审问奥莉娅？"

克里斯跑到马廖克跟前，抓住他双肩，摇晃着。

"你这小子！蠢小子！"

马廖克目瞪口呆，不知所措，只能奋力挣扎。克里斯放开了马廖克，抡起胳膊，却收住了手，走开了。我走向马廖克。他还在抱怨地问：

"伙计们，你们怎么……"

我干净利落地扇了马廖克一个耳光。我明白了。一切都明白了。你来到岛上时还是一个小孩，不是你的错；克里斯用严格的英式管理保住了猩红色盾牌岛，不让孩子们知道他们不应该知道的事情，不是你的错。马廖克，你没有错，但是……

永不可饶恕！

围 困

从桥上回来时已是黄昏。我一整天都赤身躺在桥中间,把木剑包在衣服里枕在头下,舒服地晒着太阳。眼前视野清晰,能观察到我们城堡和三十号岛城堡的情况,不管谁出现在桥上,我都有时间从容穿衣,做好准备迎接任何突发事件。但三十号岛已被邦联肃清,至今仍然空无一人。我在想,将来掉到那座岛上的第一个男孩,将会面对多么艰难的生活。

伙伴们去危险的桥上执勤了,我被允许在这里放松一会儿。昨天回来后,我睡得像个死人一样。晚上,我在梦中听见有女孩进到我屋里说悄悄话。英嘉可能担心我是不是睡得太久了。我甚至感觉到,她俯身低头看了我很长时间,还用嘴唇碰了一下我的额头。当然,这也许是我在做梦。后来丽塔低声说:"我们走吧,让他多睡一会儿。"我想放声大笑,告诉她们我根本没有睡觉。但之后我一直昏睡到早晨。

醒来之后是莫名的疲惫和头痛。但我根本没有时间搞清楚这些糟糕的感觉是从哪儿来的。帖木儿的情况比我更差。可见,能执勤的战士有多么少。我应该去值守。克里斯看了看我无精打采的脸,把我派到了东桥。在东桥值班,只是象征性地完成任务。他把汤姆和托利克派到了同一座桥上,因为他们手里有枪,守桥没有任何困难。而克里斯自己和伊利亚、音乐疯子伊戈尔及马廖克,则去保护剩下的桥。还好,尽管我们损失惨重,但仍可以战斗。

我是第一个回到岛上的。城堡里现在很安静，走廊里冷清清的，四下无声，让人感觉很陌生。我穿过走廊，看到屋子都空着。女孩们都在帖木儿的房间。房间里也没声儿，但这完全是另外一种安静。帖木儿睡着了，女孩们紧紧围成一圈坐在窗边。寂静中的呼吸声、难以辨清的低语和衣服的簌簌声证明，这里还是有人在的。女孩们一下子都转向我，我看到了奥莉娅惊慌恐惧的目光。为了安抚她，我笑了笑，走开了。

混账，这些混账……

鲍里斯——艾哈迈德的朋友兼助手，被我亲手杀死了。我甚至都没有意识到，他是我杀死的第一个人；是第一个被我用必杀的决心用剑刺中的人；是第一个没经过任何交战就被我杀死的人。

当时，我们所有人一起冲进了五名侵略者正在睡觉的房间。甚至连帖木儿也撑着虚弱无力的身子走在后面。就连英嘉和丽塔，以及可怜的、无人理解的、满脸血迹、嘴唇干裂的马廖克也都一起来了。

有一个小男孩没有睡觉，看样子正在值班。他刚抓起剑，汤姆就开枪了，发出震耳欲聋的声响。小男孩被撞飞在墙上，倒在了地上，就像电影里一样。

子弹不是刀剑也不是弩箭，也不是终止生命的小铅块。这种近距离射击，就像巨人的重拳出击。

我赶在其他人之前，扑向最边上的一张床，鲍里斯坐在那张床上呆呆地看着我们。从前的他在我看来只是个沉默寡言甚至非常腼腆的小伙子。

鲍里斯还在说些什么，但此时我的耳朵嗡嗡作响。不过我能猜出他说的话。

"……把我的剑给我……"

"门儿都没有。"

"你不会……杀手无寸铁的人……"他像穿过一层厚厚的棉花,勉强挤出来这些话。

"我会。"

我一剑刺向他,然后转身看向站在身后的克里斯,用眼神问他:"我做得对吗?"我看到他轻轻点头,回答我:"你做得没错。"骑士游戏结束了,也许结束于第一次开枪,或许是更早的时候,当两个少年侮辱一个无助的女孩的时候。

"把所有人都带到桥上去。"克里斯简短地下达指令。

"哪座桥?"托利克问。

"随便。带到桥口,扔下去。"

托利克看向我,好像我也已经成了指挥官,可以发号施令。

"如果他们反抗,就先杀了他们。"我冷冷地说。

也许我会觉得惭愧,但不是因为我所说的这些话,而是因为我语气冷漠。有时候,卑鄙与被迫残忍的不同在于微小的细节,在于语气或者眼神中传递出来的情绪。然而,更糟糕的是,有时这两者之间根本没有区别。

我一回到房间,就倒在了床上,心中很烦很闷,不想睡觉,不想吃晚饭,不想看见任何人。过了十分钟,克里斯来房间找我。

指挥官坐在对面的床上,盯着我看了许久。曾几何时,我沦落到岛上的第一个早晨,马廖克也是这样看着我。只不过那时,我们还会微笑。

"克里斯,告诉我到底发生了什么事。你们为什么会关系破裂?"我问道,"我真的不能理解。"。

克里斯用手支着下巴,耸耸肩,无奈地摇了摇头。

"狄姆卡,要是我自己能弄明白就好了……哎,要知道争执在所难免,你们离开之前就是这样了。这一次也没有发生什么特别的事情。"

克里斯开始讲述艾哈迈德是如何从一场早会上离开的。当时,他们在争论一件根本不值一提的事情:艾哈迈德的士兵们应该攻击眼下"难以制伏"岛的哪座桥。白天,邻岛熟识的朋友转告托利克说,艾哈迈德会见了邦联中两座岛的指挥官,并协商了一些事情。晚上,艾哈迈德来"谈和"。去城外视察的谢尔让发现,邻岛的孩子在接近我们岛的三座桥。

自卫已经来不及了,大家都向地下室跑去。即便如此,也不是所有的人都撤退到了地下室。

我听着克里斯的讲述,渐渐产生了一个愚蠢的感觉,我也是所发生事件的参与者,克里斯所讲的事情听起来很熟悉。确实,这只是一场再普通不过的争吵,一场再简单不过的阴谋。宫廷政变,也都是从普通的不和开始的。

"克里斯,"我打断了他,"你知道的,这种事以前有可能也发生过。"

克里斯站起来,伸了个懒腰,跳到了床上。

"有可能,你说有可能?这种事儿肯定发生过。"

我也找了个更舒服的姿势躺着。

"就算不是艾哈迈德,其他人也会觊觎权力。"

"毫无疑问,外星人根本不担心我们组建邦联。他们知道邦联一定会土崩瓦解。四十座岛,四十种极其不同的风俗习惯和制度,有共和制岛和独裁制岛,有多国家组成的岛,也有单一国家组成的岛，其中有小孩儿，还有像我这样的大孩子。没错，我们都想回家。但因为我们想要的还有更多，不是在地球上，而是在这里。没有人愿意等，没有人……"

克里斯打了个哈欠，饶有兴致地补充道：

"毫—无—疑—问。"

"你为什么总重复这句话？"我忍不住说，"你没有别的词了？"

克里斯笑了。

"瞧，你自己看看，就连像我总说一个词这样的小事情，都能让我们吵起来。"

"不是这样的，克里斯。"

我们沉默了。

"谢尔让真的很可惜。"克里斯突然说，"我们嘲笑他疑神疑鬼，嘲笑他与所有人争论不休。但这次却是他救了我们。托利克说，谢尔让平白无故怀疑起艾哈迈德，人家明明是来讲和的。谢尔让很生气，说这事仍然存疑，于是就自己出了城堡……"

"他和所有人都争论不休……"我不知为什么重复这一点。

"我们岛上的人太少，还不足以形成集体意识。"克里斯不明所以地说，"每个人都有自己一两点突出的个性。谢尔让好争辩；帖木儿是一名士兵、教练；罗姆卡，你还没来得及了解他，他是个乐天派。"

"他喜欢讲笑话。"我说。

"是的。"

"那托利克呢？"

"托利克？"克里斯思索了一下，"他……他……该怎么说呢？很适合待在这里？也不是。但他在我们这儿就像在自己家里一样,你明白吗?他习惯了这里的生活,熟悉了游戏规则,还学会了用剑。比任何人学得都快!现在过得最快乐的就是他了,游泳,钓鱼,设计游戏。如果需要打仗,他就打仗,而且打得很不错;如果可以不打仗,那就更好了。他很少和别人吵架,只和谢尔让吵过。"

"可能就该这样。"我小声说。

"狄姆卡,但你的特点,我无论如何都摸不清。"克里斯说,"我的职责是了解你们每个人。但你,我实在琢磨不透。"

"我没有特点,全面发展。"我开玩笑地说。但克里斯回答得很认真:

"有道理。可我怎么都搞不明白。"

"这很重要吗?"

"我不知道。帖木儿或托利克的技能、我的指挥能力,这些外星人都不在意,都在游戏规则以内。但应当走出这个循环,找到突破口。应该、应该有的……"

"毫无疑问!"

我们笑了,两个人都稍稍放松下来。这时,门开了,好像门外的人在等待我们谈话结束。

托利克朝屋里瞅了瞅,不知所措地看着我们。

"发生什么事了?"克里斯立刻警觉起来。

"一起去看看吧,你们看过就知道了。"托利克有点儿不好意思地说道,"小事一桩……"

对我们而言是小事,但二十七号岛的孩子们已然是火烧眉毛了。我们登上了瞭望塔,除帖木儿以外的所有人都聚集在了这里。我们岛上任何一个地方都能看到远处的滚滚浓烟,直上云霄,但只有站在瞭望塔上,才能看清浓烟的源头——二十七号岛的城堡。

"我还没听说过岛上会发生火灾。"克里斯低声说,他毫不客气地推开大家,挤到一个利于观察的位置。

"是外星人干的?"伊利亚战战兢兢地推测道。

克里斯摇摇头。

"不是的,伙计们……"

他靠在栏杆上,站在露台的边缘。

"权力分割还在继续。"

我们从未像现在这般难受又羞愧。我们沉默了,不再提任何问题,眼睁睁地看着我们的杰作。就让我们饱受折磨吧,我们就该首当其冲自食其果。邦联正是我们的主意。而这个美好的理想,正在杀死那些相信它的人。

气氛不佳。我们匆匆用过晚饭,各自回到房间。房间现在足够每人一间了,不过这不是什么开心事。我久久不能入睡,辗转反侧,从一数到一百,编各种有趣的故事,但没有任何效果。我总是陷入极端状态——昨天整日昏睡,现在却被失眠折磨。当我终于渐渐入睡,躺在床边缘半梦半醒时,忽然听到一声尖叫。

这声尖叫微弱、短暂,但绝对真实。我睡意顿失,支起身子仔细听。但城堡又恢复了往日的宁静。我没有点蜡烛,摸黑把剑从剑鞘里拔了出来。我很确定,声音来自隔壁汤姆的房间。

我犹豫一下,推开了房门。走廊比房间更暗,宽大的窗户被外面的瞭望塔挡住了,光照不进来。我持剑端在身前,顺着墙边走到隔壁房门口,用胳膊肘推开门。

房间里,淡黄色的灯光晃动着,忽明忽暗。汤姆没有熄灭蜡烛，虽然他平时为此挨过不少骂，但我现在庆幸他粗心大意。澳大利亚小男孩躺在床铺的被子上面。他还活着，因为我能清晰地听到他均匀的呼吸声。

"汤姆！做梦了？"我疑惑地用俄语问。

小家伙没有回应。我走近些，看到他双眼圆睁，双唇无声地颤动，又黑又大的瞳孔里映出受惊抖动的蜡烛火焰。

"汤姆？"

他在微笑，在对着某个只属于他自己的、我不知道的东西微笑。我突然意识到，现在无论对汤姆做什么，他都不会醒。这不是一般的做梦。

那只与汤姆一起掉落在岛上的包，就躺在旁边。

包里早就没什么有趣的东西了。小人书、练习本、彩笔和一个简单的微型计算器，当时立刻就被"充公"了。手枪肯定是汤姆想方设法藏起来的。但他根本没解释清楚，在地球上时，他到底从哪里弄到的这把手枪。

我拿起包，在手里掂了掂。包很薄，材质是尼龙和涤纶布，但拎起来比想象中重一些……

我猛地一拉，浅蓝色里衬脱线了。结实的机器缝脚脱线的地方换成了手工缝的扣钩。一些透明的小塑料袋轻轻掉在地上，袋中密封的是面粉样的细末。

我把小袋放回包里。当我手指夹住塑料袋时，白色粉末轻轻地吱吱作响。这一定是很干燥的缘故。我好奇的是，这种粉末该怎样使用呢？吞咽、嗅闻，还是静脉注射？不过最后一种方式存疑，因为汤姆没有注射器。我给他盖好被子，就去见克里斯了。

早晨，汤姆明显有些紧张，但其他方面表现正常。克里斯不动声色地派人到各桥值守，走过我身边时，不易觉察地向我眨了眨眼。澳大利亚男孩似乎有点犹豫不决，最终他作出决定，走到克里斯跟前。

指挥官没容他说一个字。

"你经常使用毒品吗？"他用俄语问道。

汤姆摇摇头。

"明白了。你会亲耳听到尸体们在海里游泳的。"

汤姆明白了。他的嘴唇颤抖起来，开始说英语，语速很快，我一点都没听懂。克里斯也快速做出回应。

"他是个贩毒的。"汤姆离开了，克里斯说，"确切地讲，他把毒品转交给毒贩子……就是，交给学校里贩毒的。现在他害怕回到地球后，人家会向他要丢失的东西。"

"你安慰他了？"我看着汤姆和托利克从这儿离开向桥上走去，问道。

"是的，当然。我告诉他，我们永远不会回到地球了。"

三十六号岛上的礼拜堂

如果毒品事件早些时候发生，我们岛上可能会沸腾几个星期。但现在，虽然我夜间的意外发现已经尽人皆知，但没什么人真正在意，因为邦联的崩溃把其他所有事都屏蔽了。

我们的桥又平静了两三天时间。不久前的盟友们还在梳理彼此之间的关系，没把重生的猩红色盾牌岛放在心上。我们又看到从地平线上升起的缕缕浓烟，但已经无法弄清着火的是哪座岛了。之后，我们便又开始遭受袭击。

袭击通常发生在我们岛与二十四号或十二号岛连接的桥上。为了改变战术，袭击者偶尔还会穿过依旧空无一人的死岛——三十号岛向我们进攻。

也许，我们已经被当成造成群岛灾难的罪魁祸首。我们所有的邻岛朋友，比如十二号岛的乔治·萨里夫、二十四号岛的洛尔卡，都不知所踪，也许他们已经死了。

我们从早到晚都在战斗，不再像从前那样心照不宣地协商休息，或在战斗中只拿出一半力气。现在每天都有人从桥上受伤回来，远离战斗，休息一两天。最近的战况总是短暂又混乱，分不清谁袭击了谁。战斗结束得很快，如同开始一样悄无声息——这种恼人的状况每天都在持续。我的一只胳膊被剑刺得伤痕累累，膝盖后面也中了一支箭。从战场上撤退时，我一瘸一拐，手上血流不止，被伊利亚和音乐疯子伊戈尔一左一右搀着拖回了城堡。音乐疯子伊戈尔皱着眉头，摸了摸我的腿，让我转过身。我匆忙把目光移开，眼睁睁看着别人用木制匕首从自己腿上剜出一个箭头，这实在不是什么美事。半小时后，我缠着绷带，敷着能瞬间缓解疼痛的治疗药膏，躺在了房间里。

丽塔变得非常温柔，懂得关心人。英嘉可能是被吓坏了，反而变得刻薄易怒。两个女孩围在我身边忙来忙去。几天后，我又回到桥上值守。小腿上留下了一个伤疤，是一个凸起的浅粉色疤痕，像一颗小五角星。

没有一个人再提起我们失败的邦联。我们私下里也不再轻易聊这件事。不聊外星人，不聊疯子船长，也不聊那次绕岛航行。"威猛号"被遗弃在岸上，远离海水，渐渐干裂。

我们的岛似乎陷入了一场梦境，一场无休无止且单一的梦境，为了取悦位于隐秘之处的外星人，必须毫无意义地作战。我不知道这样是否正常。但就个人而言，我甚至很高兴，因为不需要绞尽脑汁做任何决定，也不需要计划打击外星人或者邻岛。我只想做些无聊的工作——一些细致的、不需要双手或头脑、仅需要耐心的工作。

每晚守桥回来，我都会把自己锁在房间里，绘制城堡平面图，一条线接着一条线，画在从汤姆笔记本里撕下来的纸上。城堡里所有房间都已经测量过了，剩下的只需要汇总一系列数字，譬如城堡的长度和宽度、外墙的厚度、走廊的长度和宽度、楼层数……

汤姆的计算器像玩具一样，曾在大家手里传来传去。现在，我用计算器反复计算这些数字。在确定了剑的确切长度是九十三厘米之后，我又重新测量了几个房间。

数字是对的，但与城堡平面图上线条的总长不吻合。

已经很晚了,我终于明白问题出在哪里,但还是决定第二天早上再去找克里斯。我实在太困了,而谈话会持续很久。我可能是属鸟的,熬不了夜,但醒得很早。第二天清晨,天还未亮我就起了床,大约是五点钟。

夜晚总是发现秘密的好时候,我又一次相信了这句话。

低微而清晰的耳语声把我挡在了克里斯房间门口。靠近虚掩的房门,我辨别出了这声音,心脏骤然怦怦地跳了起来。

是丽塔。

我本可以走开的,我应该走开的,但我突然不知所措了。

我觉得浑身燥热,双腿软弱无力,动弹不得。脑子里萦绕的唯一想法是,我是个傻子,比马廖克还傻。

"克里斯,我亲爱的。"丽塔的声音透过薄薄的门传过来,"我们做的事是正确的,谁也没错。你为什么要这样?"

"我能猜到的,我应该猜到的。"克里斯的声音仍像平常一样坚定。但这声音中闪过一丝怀疑的影子,我们的指挥官仿佛在请求:请反驳我!说服我!

"也没发生特别严重的事情。无论如何,我们……"

"谢尔让……还有列尔卡和奥莉娅。"

"你想想,岛上哪个月没有人死亡呢?这和邦联有什么关系?再说,奥莉娅已经差不多没事儿了。"

接下来是片刻的寂静。我本该离开的,但我担心他们会听到脚步声。

"就这样吧,克里斯。天快亮了。你累了。"

"等等,丽塔。再等一会儿……我不怕累。"

丽塔笑了,那是我从未听过的奇怪笑声:

"谨听你的吩咐,我的指挥官。"

"这样……舒服吗?"

"嗯……嗯。"

"我的公主……"

我走开了,退进黑暗之中,远离他们的对话,远离难以觉察的窸窣声,远离这两个伪装成孩子、以便更像真正孩子的成年人。

"我不能没有你,"丽塔颤抖着用我从未听到过的声音说,"你不要死,好不好?不要介入战事。克里斯……克里斯……"

她不说话了,突然压低声音,轻轻呻吟起来。为什么?难道是因为疼吗?

我越退越远,已经听不见说话声,窸窣的动静也消失在黑暗中。现在我要躲回自己的小房间,盖上被子去睡觉。我要想尽办法睡着。

可是那把愚蠢的木剑绊住了我的腿,我挥舞着双手,好像要抓住空气,紧接着就摔倒在地上,木头剑身碰撞地板,发出了沉闷的声音。

过了两三秒,克里斯打开了门。我仍然坐在地上,双手撑着地面。房间的窗户朝东,所以克里斯的剪影清晰可见。他手里攥着一把剑,所以胳膊看起来格外地长。

"是我,克里斯,是我。"

"狄姆卡,发生什么事了?"

他的侧影矫健挺拔地立在门口,我看着克里斯,忽然意识到他没穿衣服,一丝不挂。

"克里斯,我有很重要的事情要和你说。来我屋里吧……麻烦了。"我不知为什么要加一句"麻烦了"。

"好的，我这就过去。等我一分钟，好吗？"

难道我的声音太客气了，听起来很不自然吗？似乎所有害怕尴尬的人，都会用些莫名其妙的礼节来尝试补救。

"谢谢，我在房间等你。"

我几乎是跑着回到了自己的房间，在桌子上找到火柴，点燃蜡烛，坐在床上，盯着勉强烧起来的火苗。房间里充满硬脂融化后的舒适气味。

"怎么了？"克里斯不声不响地走进房间。

他看起来和往常一样——牛仔裤、T恤、旧运动鞋，还有腰间的佩剑。

"你看看这个。"我把图纸递给他，"这是城堡平面图。图上画了我们已知的所有房间和走廊。"

他看都没看，就明白是怎么一回事了。

"已知的？"

"城堡中心有一个空白点。在王座大厅和厨房之间，有一个五米乘五米的空间，没有通向那里的门。"

克里斯沉默了很长一段时间。如果他说，他很早就知道这个"空白点"，我不会感到惊讶。但克里斯说了些别的。

"你的建议是想办法进去？"

"是的。我们可以破墙而入。"

"外星人会允许我们这么做吗？"

我看着克里斯的眼睛。这个简单的问题让我不安。克里斯，我们的指挥官，这个岛上最勇敢、最强壮的人。难道你屈服了？

"我们不需要问任何人。"我非常坚定地说。

"狄马，有时候，外星人会禁止一些根本没有任何危害的事情。例如，他们不介意出现性行为。但是如果一个小伙儿和一位姑娘彼此相爱,那么就会有麻烦事。他们很快就会被杀死在桥上,或者不小心掉进海里,或者在夜里失踪。爱在这里是件难事。但我不认为外星人不喜欢我们相爱。相反,他们在巧妙地利用这一点。一个爱别人的人比一个只担心自己的人更容易控制。"

就这样吧。我转过身去,轻声答道:

"那你自己决定。或者……再问问别人。"

时间一分一秒地过去。良久,克里斯开口了。语气温和,又带有几分讥笑:

"真蠢。我和丽塔反正也没剩下多少时间了。像我们这样的成年人是不允许住在岛上的。我一直在想你和英嘉的事儿,你们可以再平静地坚持三四年。"

我想发火。这与英嘉何干?

"谢谢,但我们不想就这么轻易地屈服于外星人。"

话说出口,我自己也吓了一跳。

三年时间就这样度过,实在太短;但要坚持下去,又未免太长。

"狄姆卡,把大家叫起来吧。"克里斯莫名轻松起来。

托利克建议找门。他竟然真的找到了。

这部分墙体和其他地方有些不太一样。可能是石头颜色稍浅一些,又或者是砌得稍有不同。

帖木儿和伊利亚从地下室拿来两三根撬棍。一个星期前,我们就已经不再封闭地下室了。就算我们中间还有一个外星人观察员,他也没有什么可通报的。三十六号岛上的密谋已经结束了。

我们打破了墙。墙中的石头被水泥砂浆黏合在了一起,幸运的是,这些砂浆质量很差,多年来没有发硬,反倒变松散了。

起初,大家想把石头砸碎,但后来我们意识到,应当先把水泥敲出来。我们把撬棍捅进窟窿,摇晃铁棍,抠出一个个小石子。在这之后,工作进度就快了许多。

太阳已经慢慢从窗户爬了进来,克里斯很担心:

"伙伴们,我们得再快点儿。半小时后桥就合上了。"

"今天不用训练了?"帖木儿正举起铁棍要再砸一下,声音嘶哑地问。

"干完活儿后,你们再训练。"克里斯断然回绝道。

"明白。"帖木儿抡起胳膊把棍子砸进墙里,撬出了一块大石头,棍子却掉进了已经凿出来的窟窿里。帖木儿急忙放开手,以免手被豁口边缘刮破。我们愣住了。

克里斯第一个回过神,从托利克手中夺过另一根铁棍,几棍下去就把窟窿捅大了。石头砌成的墙体一旦失去了整体性,那么极其轻微的震动也会让它分崩离析。任何墙的强度都在于其整体性。没了这一点,墙是注定要塌的。

石块轰隆隆地掉进了扩大的窟窿里。洞的大小已经足以钻过去了,但我们没有急于行动。通过继续敲打墙面,已经能看出原本的门了。我一直等到克里斯放下手中的撬棍开始休息,才走到洞口,弯下腰,朝洞里看过去。没人阻止我。凝视黑暗,并不比砸倒一堵墙更容易。

起初我的眼睛还在适应环境,什么都看不见。从洞口散发出陈腐的空气,既不憋闷也不污浊,仅仅是陈腐。问题在于石室里几十年没有人待过了,连空气都是死的。

"那是什么?"音乐疯子伊戈尔轻声问。

我没有说话。黑暗中有一双眼睛正盯着我看,栩栩如生又毫无生气。那是一双忧虑、带有倦意的眼睛。

"朋友们,里面有一幅肖像。"我开口说,"对面墙上立着一幅巨大的肖像画。给我个火把。"

有人往我手中塞了一根裹着熊熊燃烧的焦油布的木棍。我把火把拿到身前照路,侧身挤进洞口。

里面的空间其实相当大。五米乘五米,与平面图的测量结果一致。顶部墙壁逐渐向中间收缩,形成一个类四椎体。房间里没有窗户,也没有其他的门。对面墙角的两个木箱上,斜放着一幅木制边框的肖像画,画面上是一位戴着荆棘冠冕的大胡子男人——耶稣基督。墙上还挂了几幅圣像。

"这是教堂。一个礼拜堂。"我用火把照了照周围,困惑不解地对跟在我身后钻进来的克里斯说。

一只木桶已经干裂,侧倒在地上。此外还有几个箱子、几个也许曾经装着食物的空罐头。还有某种白色的东西散落在地上,上面覆盖着半腐烂的衣服残片。我感到一阵恶心。

有三四个人死在了这个封闭的礼拜堂。其中两个躺在我旁边,不是拥抱就是依偎在一起。我还看见墙边几小堆可怜的破布和骨头。

"残忍。"克里斯拉住了我的手,低声说。看来他也看到了骷髅,"狄姆卡,他们被残忍地杀害了。"

"他们是自杀的。"我莫名说出这句话。

墙边立着一个生锈的水桶,底部有砂浆石化后的痕迹,旁边还有几块鹅卵石。

门是从里面用砖砌起来的,表面涂了层灰泥。

克里斯慢慢弯下腰,从地板上捡起了什么东西。

"狄马,是练习本。"

我们很幸运,纸张几乎完好无损。本子已经变黄了,封面中央被撕出一个窟窿,皱巴巴的,但在火光下还可以看清字母。

帖木儿跟着我们进入了礼拜堂,看见骷髅,吹了一声口哨。他走到箱子旁边,咯吱一声扯开了一块木板,激动地说:

"克里斯!这里,好像有武器。"

也不知为何,我们并没有因此而激动。我和克里斯不约而同地往外走。我俩出来后,托利克和音乐疯子伊戈尔马上钻了进去。克里斯一句话也没有说,走到窗口,回头看看我,把本子递了过来。

"你……给读读吧!".

我们周围只有女孩,男孩子们在翻箱子。木板被扯得嘎吱作响。伊利亚在里面发出赞叹的声音。

"狄姆卡,读吧!"马廖克胆怯地说。他也没有进礼拜堂。也许他与我们有同感,本子上写的内容比任何发现都重要。

笔迹圆滑,是女孩的。墨水没有随年代褪色,反而变深了。

"一九四七年七月六日。"我读道,"二十天前,我们建立了我们的同盟……"

我一时语塞。正从洞口向外看的帖木儿自豪地喊道:

"克里斯,这里有两把冲锋枪!"

"被资本主义世界的敌对势力包围,我们岛决定不投降,我们要高举无产阶级革命的旗帜。"

我感觉既悲伤又可笑,但更多的也许是悲伤。

公社成员日记

四十五年前，住在四十岛上的孩子们误以为外星人是火星人，并且认为他们自己还是在地球的太平洋上。这就是他们和我们的唯一区别，其他方面几乎和我们目前的情况别无二致。他们的指挥官就像克里斯一样果断大胆，不过他的名字叫米沙。他们决定联合所有岛，但成立的不是邦联，而是联盟。他们甚至有一艘自己的船，比"威猛号"大一点儿。他们中的叛徒靠"地下室里的无线电"与外星人联络。发生暴动之后，这些孩子们被关在岛上，他们自称公社社员。

他们的武器是战争期间落到岛上的。这些孩子的死亡更频繁，新人每隔两三天就会出现在三十六号岛上。

我们走的似乎是一模一样的道路，只是起了一个不同的名字。这些孩子间流行的词汇是"破坏分子""人民的敌人""资本家的走狗"。群岛的历史呈螺旋状发展。就连这些孩子的联合，也不是群岛历史上的第一次。不过，我们大概不可能像他们一样，把自己活活砌死在城堡里的礼拜堂——这个无人问津的房间，在这些不知为何没有被社员扔掉的圣像中间死去。他们这样做，是因为意识到没有赢的可能。

我也不知道，为什么写日记的女孩卡佳没有提及此事。也许一小行"我们决定将自己砌死在礼拜堂内"已经解释了一切。

我一页一页翻阅着干燥、易碎的笔记纸，看到了一个熟悉的情节，打了个寒战，"十二号岛的艾迪科和维佳将丁卡拖进他们的房间，强暴了她。当时米沙和里纳特拿了机枪就上桥了……

"我们撤退的时候，威利射了一箭，杀死了谢苗。我们根本没有防备，因为我们知道他们没有子弹。而且我们认为威利是工人的儿子，和我们是一伙的。谁知他原来是个法西斯分子。男孩们拿起了剑，短兵相接……

"我们每天都受到攻击。有人大叫着说是我们招来了这些灾祸。我们想做得更好，却没有任何结果……"

我大声朗读着，所有人都聚集在我周围。帖木儿双手端着波波莎机枪[1]，伊利亚一直在把玩手中一个很沉的黄色小方块，直到音乐疯子伊戈尔说这可能是炸药，伊利亚才放下。至于女孩们，奥莉娅偎依着英嘉，时而轻声抽泣，时而号啕大哭。而丽塔则端坐着，脸上是从未有过的愤怒和痛苦。

"尼克说，我是岛上最后一个女孩，应该给所有人打气。米沙说让我自己决定。我同意了，只是很反感，根本就不开心。帕克打抱不平地看着我，说他不想这样。他这是徒劳，我不会因此而觉得屈辱。

"今天，水用完了。尼克想要拆掉石头，米沙一言不发，帕克开始帮他。但水泥已经干了，他们没有成功。我们大概太虚弱了，我们太饿了。

"帕克昨天用米沙的枪自杀了。公社社员不应该这样，可我还是为他感到难过。我一整天都在大哭。

"周围的气味很难闻，我的头很疼。米沙说这是最后一根蜡烛了，我不能再写了。我们努力成为真正的共青团员，但好像失败了。

---

1. PPSh41 冲锋枪，由苏联著名轻武器设计师格里戈利·斯帕金于1941年设计完成。

"如果红军能找到我们，就让他们找到那些火星人，杀了它们。或者进行一场大审判，然后杀了它们。我的名字叫卡佳，读七年级。完。"

笔记到此就结束了。我看着克里斯，希望他能说些什么。而克里斯看了看手表。

"上桥！"他简短地命令道，"他们会把我们困在城堡里的。"

帖木儿提着机枪，径直走向门口，其他人紧跟其后。出去前，我小心地把日记放在了桌子上。

我们没有被困在城堡里。那些已经越过桥中间到达我们这边的男孩一看到机关枪，拔腿就往回跑。汤姆的手枪成功地让他们学会对机械低头。帖木儿手拿波波莎机枪，纳闷儿地看着他们逃走。

"没得打了，你觉得有点儿遗憾？"我问道。

"不遗憾。"帖木儿把机关枪递给我，"这把枪已经不能开火了，枪栓都生锈了。"

我看着已经在安全距离外晃动的人影。太阳照在他们的背上，是绝好的射击靶子。

"两天后他们会发现的。"

"所以两天内要想出其他办法。"帖木儿冷静地说。

当天晚上只是那些不如人意的夜晚之一。每个人都疲于等待。我们都期盼天黑，期盼值守期间能休息一下，而太阳却迟迟不肯落山。当终于等到夜晚降临，桥嘎吱嘎吱分开时，大家已经不想回城堡了。托利克和音乐疯子伊戈尔去游泳，克里斯和帖木儿单独留在桥上讨论军事计划，我则爬上了瞭望塔。

为什么城堡里一定要建塔呢？难道仅仅是为了观察、为了警戒？在我看来，这座建在沉重庞大城堡里的塔，就像是为了平衡这样一个粗笨的庞然大物。城堡必须令人生畏、坚不可摧。城堡不是房子，而是一个舒适型的掩蔽所。但在厚厚的城墙后面，在成吨的石头和金属后面，依然存在美丽的梦想。这就是建造瞭望塔的目的，石造的塔如针般刺入天空，为了证明军事要塞也可以像镶了花边的中世纪宫殿般脆弱。大概战场也需要体面；大概即便是死神，也不愿意穿着破烂的白色殓衣，手拿着钝镰刀。

我靠在被摸得光溜溜的石栏杆上，遥想半个世纪以前在这里战斗的男孩们。他们过得一定更艰难。他们从没有听说过外星入侵者，而我们至少从书本和电影中了解过。他们更想不到地球上还留有自己的复制人。他们从遭受过战争蹂躏、满目疮痍的国家沦落到岛上，是什么感受？也许刚开始时，他们会欣赏身边壮丽的风景：大海、岛屿、城堡，还有神奇的武器；后来他们意识到，战争再次来到了他们身边，要么杀死别人，要么自己被杀死，死在炎热的太阳下，死在温和的波浪上，死在暖风吹拂的大理石桥上……

"狄姆卡……"

我转过身。英嘉来得悄无声息，我都没有听到她的脚步声。我们俩已经很久没有单独待在一起了。我突然感到惊讶。也许，我们在逃避与对方独处时的尴尬。

"你很伤心吗？"

"为什么这么说？"

唉，我的反问没能否定她的问题，效果恰恰相反。

"我也很伤心。"

"因为那本日记，对不对？"我低声问。

英嘉点点头。

"狄姆卡，外星人已经计划好了一切。它们了解我们的一举一动，并不是因为我们中间有叛徒，只因为岛上的一切都是历史的重演，它们掌握了我们在各种情景中的反应。"

"也许这正是它们所需要的。"

或许是这样。

我看着英嘉的眼睛，心里想：我根本不担心自己，也不担心克里斯或丽塔。但如果英嘉出了什么事，我会立刻从桥上跳下去。

我也许是爱她的，但我不应该去想这一点。否则，这个"也许"会消失，那么我将不会打破任何游戏规则，安心在岛上度过三四年时间。

爱情使自由的人更自由，却会让囚徒愈发悲惨。小丫头，我认识你多年，都没有爱上你，更不应该仅仅在岛上几周就爱上你。

"狄姆卡，再想想办法。你能做到的，我知道。我们不能用机枪扫射邻岛的人，这太卑鄙了；也不应该想着联合他们，这太愚蠢了。想想别的办法，狄姆卡。"

英嘉走向楼梯。我想回答她，却没能说出话来。英嘉已经下楼，消失在我的视线之外，我这才无奈地从牙缝里挤出一句话：

"我试试。我会尽力的，我保……"

她说得对。按照外星人定的规矩，我们不可能赢。但我们也无法改变外星人的规则，所以我们必须打破整个规则体系，我们应该能打破这个循环。

我们应该把桥炸掉。

硝酸甘油炸药是一种非常奇特的爆炸物。我们对此确信不疑。

我们把几乎满满一箱的黄色小方块拖到西桥，用浸透焦油的麻絮做引线。我们的对手站在桥上二十米远的地方，皱着眉头看着我们做准备工作。当克里斯准备点燃引线时，他们齐刷刷地拔腿就跑。我们也没在炸药附近逗留。

引线慢慢燃尽，但什么都没有发生。我们又等了十五分钟，还是没有爆炸，帖木儿走过去，快速检查了一下堆成小山的"砖块"，后退了几步，开始把炸药块往桥下扔。五六块炸药被海浪冲走了。帖木儿接着挥挥手，招呼我们过去。

"这是什么鬼东西？根本不是炸药。"他轻蔑地说，"点着了都不会爆炸。"

"点燃了吗？"我疑惑地问。

"点燃了。可能跟武器放在一起太久，已经变质了。已经不是炸药了，成了粗面粉糊。"

"粗面粉糊是点不着的。"伊利亚抱怨道，他最喜欢炸桥的想法。

我们站在没能成功引爆的炸药附近，因失败而伤心难过，而汤姆正向克里斯解释着什么。起初克里斯没在意，但听完之后却变得很开心。

"伙伴们，汤姆说了一件有趣的事情。并非所有爆炸物都该由火线引爆，有些类型的炸药需要雷管。"

我惊讶地看着局促不安的爆破专家。汤姆显然希望在毒品事件之后能够找回些面子。

"到哪儿可以弄到雷管呢？"

"我们可以试试用火药自制。机枪坏了，但子弹没遭到破坏。"

子弹确实有很多，如果把火药倒出来，可以攒出两斤多火药。

我耸耸肩。没有人反对，就连还在尝试修复机枪的帖木儿也没有表示异议。他和克里斯回城堡准备雷管，其他人则继续待在原地。只有音乐疯子伊戈尔与马廖克在另一座桥上"保持戒备"。他们拿着我们唯一可用的手枪，如果遇到问题完全可以自行解决。

炸桥的想法很容易就通过了。显然，大家都记得我们讲过的法国岛，他们多年来享受着少一座桥的好处。我也毫不怀疑计划的正确性。但现在，所有繁忙的准备工作已经完成，我却突然犹豫了。毕竟我们不知道法国岛在把桥炸了以后发生了什么，也许他们受到了某种惩罚。而我们岛在马廖克被揭发和邦联事件之后，可能会被外星人重点关注。或许，我们不该这么着急。

但现在放弃为时已晚。帖木儿和克里斯正在回桥的路上，帖木儿双手捧着一个装过苹果汁的小铁皮罐。

"这样行吗？"

我向铁罐里面看了一眼，棕绿色粉末填满了铁罐的四分之三。

"这是火药吗？"

我莫名觉得火药应该是白色的，就像面粉或糖那样。我不确定别人所认为的火药是什么颜色，但帖木儿回答得很确定：

"是火药。我们从一颗子弹里倒出来的，可以点燃。看见了吗？"

他伸出了手,指尖发红,而且被烟熏黑了。

"我当时没来得及把手拿开,那么一点点火药就这样了。"

帖木儿开始把罐子放在炸药块中间。我看了一眼伙伴们,托利克和汤姆身子前倾,差点儿把鼻子埋在"雷管"中。克里斯闷闷不乐地看着我们的敌人。他们可耻地从桥上逃跑了,现在正站在自家城堡外,显然在等待结果。不可能,现在已经不可能放弃了。

伊利亚碰了下我的肩膀。

"狄马,或许我们最好把桥的底座炸了?那样爆炸声会更刺激的!"

我摇了摇头。爆炸声不是我们任务的一部分。我们只需要把桥的连接作用毁了,让它报废就可以了。破坏的程度越小,我们主人的怒气值就越低。也许法国人正是遵循了这一点,从中间炸毁了他们的桥。

帖木儿用硝酸甘油炸药围住了铁罐,并在罐中插入了一个新引信。

"准备就绪。"

大家都安静下来。奇怪的是,上次打算炸桥前,我们的潜意识中就预感到会失败。而现在自制的炸弹看起来相当正规。

"你们都离开这里,"托利克最后说,"我来点火。"

没有人对此提出异议,因为托尔卡是我们中跑得最快的,有时候,他在桥上跑起来,简直像是在玩障碍滑雪或表演空中杂技。

我们撤退到了城堡旁边,但并没有完全离开桥。我们带着些不屑一顾的挑衅。但还是疏忽大意了。

托利克等了几分钟,开始摆弄引线。我突然害怕了,产生了一个愚蠢的幻觉,好像爆炸立刻会发生,四射的火焰将横扫一切。托尔卡将永远消失在巨大的冲击波里。

但一切都很顺利。托利克点燃了导火索,然后立刻冲向我们。几分钟后,我们已经站在了一起。

"很快……"托利克气喘吁吁地说,"很快就会爆炸了。"

几秒钟过去了。我们站在原地不动。

"如果再不成功,我不会再过去检查了。"帖木儿忧郁地说,"万一引线无焰燃烧,过了几分钟就爆炸了呢?"

桥震颤了一下。

我知道,最先映入眼睛的应该是火光,因为光速比冲击波的速度快得多。我记忆中的爆炸应当是这样。

脚下的大理石板颤抖起来,桥摆晃了一下,仿佛是临死前的痉挛。桥中间,一个深红色的火球旋转起来,不断增大,好像正从虚空中缠绕一根线,这根无形的线渐渐变成模糊的橙黑色。我们微微弯下身子,爆炸声从上方扑下来,就好像所有在水中崩裂的石板径直砸在我们身上一样。

我们低估了炸药的威力,一半的量就足以炸毁桥梁。

我的头脑仍然清晰。桥断裂开来,碎石块掉进海里。这些碎块都很大,有十米长。飞溅声传来,泡沫如喷泉向上涌起。外星人能毁掉掉进海里的一切,唯一例外的是桥。

"救命!"伊利亚绝望地大喊道。我转过身。

伊利亚可能没有顶住冲击波,或者只是滑倒了。总之,他正抓着护栏的立柱,吊在水面上。

乍一看,也没有什么可怕的事情发生。我们站在桥最低的地方,距离海面只有五六米。哪个男孩子没试过从五米高的跳台跳下去潜水呢?

但我们不是在游泳池,伊利亚也不是从跳台往下跳,而是从桥上坠落。所有坠落的事物都不会有第二个结局。

我冲向伊利亚。但克里斯比我先到了。他动作迅速,把伊利亚拉回到桥上。但就这短短的几秒钟之内,伊利亚的脸上产生了微妙的变化。现在的他看起来比以前稚气了很多。伊利亚眯眼看着我们,茫然不知所措。

"眼镜掉下去了,"他慌张地说,"朋友们,我该怎么办?"

克里斯无奈地耸耸肩。

"人没事儿就行。"托利克安慰了伊利亚。

伊利亚点点头,皱起了眉头。我以为他要哭了,但他却问:

"桥怎么样了?我看不见……"

"这座桥完蛋了。"帖木儿幸灾乐祸地说。

两半桥之间现在拉开了一个约二十米长的开口,周围只有缓慢消散的烟雾和一团团正在坠落的岩石碎片。属于这座桥的游戏结束了。

"那下一步怎么办?"伊利亚迫切地问。

无人作答。

严 寒

我一觉睡到了自然醒。这感觉有点奇怪,因为在岛上生活的这段时间,我已经习惯了睡眠不足。昨天我们在一起坐到很晚,一场成功的"破坏活动"之后,大家都表现得异常兴奋。直到午夜十二点多,克里斯才叫大家散了,回去睡觉。

我从枕头上抬起脑袋向窗外望去。天已经大亮,桥早应该合上了。但为什么没人叫我去值班呢?

我跳下床,开始穿衣服。西桥已经不存在了,克里斯可能正是因此决定投入更少的兵力?但为什么要把这个意外的休息机会留给我,而不是伊利亚,或前一天受了伤的音乐疯子伊戈尔?这样真的很尴尬。

我拿起剑,插进腰间的环扣里。现在应该去弄清楚,这到底是怎么一回事。

这感觉不太对劲儿。我原地转了一圈,疑惑地环顾熟悉的房间,走到窗户旁向外看,也没看到什么特别的,依旧是平静的海面,浅灰阴沉的天空。我甚至闻了闻空气,想从空气中找到令我不安的答案。不过我只感觉到大海那熟悉的、略带药铺味道的气息。

我微微发抖,不是因为恐惧,而是因为寒冷。一般情况下,即使在清晨起床时,太阳还没有升起的时候,我的身子也总是暖和的。

这就是问题所在！房间异常的冷，气温不超过十度。岛上从没这样冷过，即便到了晚上，在雨中，在刺骨的冷风中也没有这么冷。可现在的天气明明非常不错。

我打开了窗户，心中充满不安，希望这股寒气只是聚集在城堡，藏在我房间的石墙里。但从窗外进来的空气更冷，我又一次浑身打战。室外吹着微弱的、几乎察觉不到的风，每过一秒都似乎变得更冷。我跳过窗台到了露台，一眼就看见了克里斯。

他看起来与平时不一样，穿着一件浅黄色羊毛衫，挽着袖子，头向后仰，望着天空。

我走过去，站在他旁边。克里斯瞥了我一眼，继续仰头站着。

"大家都在哪儿？"我皱着眉头问。

"伊留什卡和汤姆在钓鱼，其他人都在睡觉。"克里斯的声音无精打采。

"那谁在桥上？"我不知所措。

克里斯微微一笑。

"没人。因为天气太冷，桥也没有要合上的意思。"

确实如此。我忘记了桥只在太阳升起、温度变高之后才会合上。

"我从没有想过这里会这么冷。"我说，好像在为我刚才说话的语气道歉。

克里斯若有所思地点点头，说：

"我也没想到。"

我觉得很不自在，就像在凉风中被人劈头盖脸浇了桶冰水一样。

"这事儿以前没发生过?"

"没有。要知道,我们以前也没炸过桥。"

我双臂抱肩。一个愚蠢的姿势。好像这样可能会暖和一些。从前汤姆刚掉到岛上,被一群陌生的男孩和女孩围在中间时,就是这样蜷缩着的。

"克里斯,还有厚衣服吗?"

"问丽塔,她会给你找一件的。"

我点点头,走向最近的门口。我已经一脚跨在门槛上,但还是忍不住问道:

"你在抬头找什么?外星人吗?"

克里斯摇摇头,好像在回答一个很严肃的问题:

"我在找太阳。云层很薄,但根本看不到太阳。很奇怪,不是吗?"

午饭后下起了雨。这毛毛细雨来得悄无声息,慢慢悠悠,我们都没察觉到是何时开始的。一大早,我们就聚集在王座大厅,聊天,喝茶,尽量不去关注刺骨的寒冷。丽塔把城堡中能找到的所有厚衣服都分给了大家,这些都是曾经在冬季沦落到岛上的居民穿来的毛衣、夹克和风衣。我分到了一件非常好的厚夹克,黑色和银灰色面料,袖子和毛领可以拆下来,还有许多拉锁和口袋,看起来就像是一件宇航服。如果我在地球上穿着这件棉夹克,所有的男孩一定都会嫉妒得要命。这件夹克有点儿小,但显得更合身。我很快想到,打仗时可以拆下袖子,这样一来就能施展身手。可这种天气里能有什么战斗呢?桥间的开口不仅没有缩小,反而扩大了一米半。

趁女孩们出去的工夫,音乐疯子伊戈尔抓住机会讲了一个笑话，说的是夏洛克·福尔摩斯和他早餐前抽烟斗的坏习惯。效果非常好，我们笑得前仰后合，几乎晕厥。克里斯又给汤姆翻译了这个笑话，我们看着他迟来的笑，又开始笑个不停。这份快乐来得意外，我们笑到精疲力竭，笑到一言不发。大厅里又恢复了一片静寂，淅淅沥沥的雨声骤响。

丝丝细雨下个不停，肉眼几乎看不见。风揉碎了雨滴。轻飘飘、湿漉漉的微小雨粒像细珠一样落到大理石上。几分钟后，露台的瓷砖上好像凭空冒出了一摊一摊的小水洼。水洼中的水在颤抖，小雨滴落下来时泛起成片涟漪。

我们紧贴着冰冷的窗户，盯着室外的雨。托利克猛地拉开窗子，好像费了很大力气，难道已经受潮膨胀了？托利克穿着两件衬衫和一件羊毛夹克，缩成一团。克里斯轻声叹道：

"啊……"

越来越冷了，是秋天式的阴冷，让人很不舒服。从天空直到地平线，覆盖着一层一动不动的乌云。屋子里鸦雀无声。只听砰的一下，托利克恼怒地把窗户用力一关，窗户玻璃叮咣作响。

"也许这里的冬天就是这样吧？"伊利亚迟疑地问。他眯着眼睛，频繁地眨眼，目光从一个人移到另一个人。我觉得，不戴眼镜的伊利亚在昏暗中分不清音乐疯子伊戈尔与托利克，可能也分不清我和帖木儿……

"是啊，冬天。"帖木儿说，"过去的五十年是夏天，现在即将是五十年的冬天。"

"冬夏之间通常还有秋天，"克里斯说话的声音很小，"但没有一个星球上的秋天会来得如此突然。"

"外星人在惩罚我们。"

我们大概已经不太习惯这个声音了,所有人都始料未及。马廖克虽然一直都坐在我们中间,表现得和平常一样,但早已不再参与大家的讨论。他坐在角落里,一有人注意到他,他就浑身发抖。

"你想说什么?"克里斯尖刻地问道,"你知道些什么吗?"

"是的。"马廖克说话的声音不大,但很自信,"我曾经问过它们怎么处理拒绝服从的人。它们回答说,会用严寒惩罚他们。"

"你怎么不早说?"

马廖克又缩成了一团。

"我刚想起来的。它们没说这种惩罚和桥有关。我还以为,比这更严重的事情才会动用这种惩罚。"

克里斯突然笑了一下。

"马廖克,你就不能了解得更清楚些?去地下室,和它们谈谈。"

马廖克的脸色直接变白了。

"克里斯,它们会杀了我的。外星人已经知道我出卖了它们。那个需要触摸的面板是通电的。克里斯,别这样。"

我们的指挥官若有所思地看着马廖克。

"好吧,随你便。但我仍然不明白,这样的惩罚是为了什么?如果为了让不听话的人冻死,那就要让所有岛变冷。可这样一来,那些听话的人也会死去。为什么要这么麻烦呢?"

"干脆直接断了我们的粮食,直接饿死我们得了!"托利克大骂,"这比制造出一场大规模降温要容易多了。"

"没错。"克里斯点点头,"很遗憾,你没能了解细节。如果它们当真决定惩罚我们,事情绝对不止变冷这么简单。"

我感到非常不安,转向窗户,看了一眼持续不断下着的雨。

窗户下的小水洼不再因落下的水滴而泛起涟漪,水面已经覆上了薄薄的冰层。

"零。"不知为何,我说,"朋友们,已经零度了。"

我不想醒过来,好像在梦里就知道,醒了会面对痛苦和不愉快。我把自己裹在厚厚的被子里,抱住残余的梦,尝试继续维持睡眠状态。生活的本质不过是更糟糕的梦。屋子里寒气袭人,冷得刺骨,就像有数万条冰冷的纤维触须裹住了我无助的身体。

窗外正在下雪。我伸手从椅子上拿起衣服,钻回被窝里开始穿戴。之后,我还是感到一阵讨厌的微微战栗,就起床穿上夹克。也许天气并没有那么冷,我只是不习惯本来温暖的群岛气温骤降。

雪像昨天的雨一样,懒洋洋地,不急不缓地落下来,无休无止,毫不留情。如果这场雪真的是外星人下的,那就说明它们深谙人类心理。缓慢而持续的寒流,比迅猛而短暂的暴风雪或霜冻,要可怕得多。

我走到露台上,这里的雪已经深到脚踝。踩上去,雪立刻钻进了我的运动鞋,在鞋里融化。我尽量忽略这点,来回走动。

桥看起来窄得可怜。这要么是我的错觉,要么是低温真的让它缩小了。克里斯正在露台下面的海滩上散步。我观望了一会儿,也走下了露台。我们的指挥官正在做一些难以理解的事。他小心翼翼地用运动鞋的前端触水,又快速地缩回脚。他沿着海滩向前走,在新铺满的雪地上留下一串串鞋印。

"克里斯!"我招呼道。

他转过身,点点头,默默向我走来。他穿着一件加长的高领毛衣,双脚粘满湿漉漉的雪,双手冻得发红。克里斯看起来不再像一个成年人,而是与我们一样的少年,比我年龄略大,个头稍高,身材不够匀称,太过瘦削。

"我不懂,你到底在干什么?"我问,"检查这里的水适不适合游泳吗?"

"是的,"克里斯认真地说,"冰再结实一点,我们就游泳。你们俄罗斯人不是经常冬泳吗?"

我目瞪口呆地看着大海。靠近岸边的水确实结冰了。在冰窟窿里游泳,当然不错。冬泳是俄罗斯民间活动,俄罗斯人整个冬季都在严寒中享受日光浴。但真是见鬼了,海水怎么会结冰呢?海水是咸的呀?!

"克里斯,盐水不会那么容易结冰的!"我惊讶地走到岸边,掬起一捧混着冰碴的冰冷刺骨的水,送到嘴边。

"你说得没错。"克里斯道。

水里几乎尝不出咸味,连碘的气味也丧失了,就像我们岛上湖里的水。

"我们去城堡吧?我完全……"克里斯顿了一下,寻找合适的词。这些年来,他很少经历这样的低温,"全冻僵了。"他把话补充完整,声音中有些许疑虑。

"这都是些什么事儿?"我跟在后面,喃喃自语,"整片海都被淡化了,到底为了什么啊?"

"你还没懂吗?"

我警惕起来。

"没有。"

"大海全部冻结后,从一座岛到达另一座岛可以不需要任何桥梁。而这场寒潮的罪魁祸首,邻居们都心知肚明。我们都会被屠杀。"

克里斯费了很大力气才打开城堡的大门。

"然后气温便会恢复正常。"

起初,海水沿着岸边结冰,冰层环绕岛屿,白色环状冰纹不断增多。从上方看过去,就像因海浪冲刷堆叠起来的泡沫。

随后,岛与岛之间的海洋中开始出现浅蓝色冰块,体积相当小,但数量在逐渐增加。

"我们只能活一两天了!"音乐疯子伊戈尔大声说。他可能只想喃喃自语,这么好听的话可不像从他嘴里说出来的。但是,随身听耳机的全音量使他分辨不出自己说话声音的大小。一串串歌词传入我的耳中:

> 这座城市里冷风吹过,
> 严寒给大地铺上一层白霜……
> 一句平常的题词在燃烧:
> 人民和党团结一致……

这首歌我听过,是去年"龙:寒冷国度"演唱会上的《时间螺旋》,也是音乐疯子伊戈尔最喜欢的一首歌。

没有人注意音乐疯子伊戈尔的话,大家都在忙着讨论岛屿防御计划,贡献出了不少"天才"建议:帖木儿提出用剩下的炸药把冰炸毁制作滑雪板和滑冰鞋;英嘉建议争取速度优势;伊利亚计划率先攻击邻近的岛;奥莉娅则希望能沿冰面逃得远远的。我想象着帖木儿和英嘉在冰面上滑冰,在冰窟窿间左右躲闪,挥舞木剑,忍不住笑出了声。

"你的意见呢,狄姆卡?"托利克问道。

我耸耸肩。

"还没有想出来呢。我们没法逃得远远的。只要我们离开岛几公里,冰就会融化。对吧,马廖克?"

他急忙点点头。

"是的。肯定会融化。"

"这个建议就行不通了。炸冰,当然也不错,但几个小时后炸开的窟窿就会再次结冰。最好制作出大量手榴弹。"

"是炸药块吗?"帖木儿认真地问。

"是的。要加上短的导火索。"

"可以。"帖木儿转过身,"克里斯在哪里?丽塔,他去哪儿了?"

"他一直没有出现。"丽塔耸耸肩,"除了塔上,还能在哪儿?"

我这会儿才注意到克里斯不在我们中间。这太反常了,竟没有人发现他不在这里。我不知道其他人是怎么想的,但我感到一阵恐慌。

"我去叫他。"我一边从椅子上跳起来,一边说,"他难道要在那里纳凉吗?"

"就是纳凉,没错。"伊利亚心情很好。

丽塔看着我,眼神里闪过一丝不安。看来我们想到一块儿了。

"去找他吧,狄马。"她说,"已经七点半了,该吃晚饭了。"

大家都很兴奋,奥莉娅默不作声,一晃就去了厨房方向。我们还没有失去胃口。

"我很快,马上就回来。"我喃喃说着,走出门去。

走廊里有种非同寻常的朦胧感，昏暗中带着光亮。昏暗是因为厚厚的乌云遮住了天空，光亮是因为白雪盖住了地面。在这种奇怪的半明半暗中，甚至可以读书，但站在两步之外的人却模糊不清。

我手握剑柄，沿着走廊向上走去。难道克里斯真的在瞭望塔上？他在被寒风吹得冰凉的露天平台上做什么？

克里斯不在上面。瞭望塔平台上覆盖着一层厚厚的积雪。蓬松的雪柔软如杨树的白絮。我在门口来回转了一会儿，环顾四周。

这里可以将一切尽收眼底，整座岛雪白而洁净，似乎缩得更小了，变成了一个玩具，一个由白色塑料制成的托盘，托盘上面还有一座引人注目的中世纪城堡微缩模型。岛中央的湖结了冰，还没来得及落掉叶子的树木被积雪压弯了。我曾坠落的"着陆小山"上覆盖着浅蓝色的冰层，在黄昏中闪烁着微光。

大海也被冰覆盖了。某些地方的冰还很薄，深色的海水在冰下清晰可见。个别地方，冰面开裂出蜿蜒曲折的黑色裂缝。但到了破晓时分，只需微微寒气就能修补海洋冰层上的这些破口。

到那时，我们将面临最后一战。

我开始向下走。要是克里斯在我身旁该多好。

他房间的门没锁。我走进去，里面一片漆黑。我已经转身准备离开，却听到一个微弱低沉的声音。

"克里斯！"

没有人应答。我走到桌前，摸索着找到火柴和蜡烛。岛上一切重要的事情都发生在晚上。我得习惯这一点。白天的生活大都相同，而夜晚的舌头一松开，可怕的秘密就会暴露出来。

克里斯正躺在床上哭。

我坐在他身边,轻轻喊他:

"克里斯!指挥官!"

克里斯微微抬起头。

"啊,狄马……我们……勇敢的朋友……"

他双眼湿润,闪闪发光,眼神游移,在我的脸上扫来扫去,好像根本没办法停下来。

"别哭。"我的喉咙堵住了,于是咽了口唾沫说,"听着,克里斯,没人需要哭,女孩子也不必哭。也许会暖和起来的,到那时候,冰就……"

克里斯哈哈大笑起来。

"狄马,我愚蠢的小狄马!你是觉得我害怕了吗?"

我生气了。

"没错!"

"傻瓜。"他突然沉默了,然后接着说,"这太可笑了。我还住在那里的时候……我上学途中需要穿过一条马路。那条马路很宽的,来往车辆很多。而我爸爸、我那严厉的爸爸、惩罚我的次数比表扬我的次数要多得多的爸爸,却总是和我一起走,带我过马路。整整半年时间,直到我学会过那条最宽的马路。我不明白他为什么这么关心我,为什么这么担心。现在我明白了。"

就连他的笑声也使我大为震惊。

"克里斯,如果你认为我们都是你的孩子,谢谢,但我们会过马路。"

"你真是一个非常愚蠢的小家伙。"克里斯平静地说,"像你这样的孩子能把人熬白了头……"

他突然伸出手,把手指放在蜡烛的火焰上一掐,微小的火苗熄灭了,闷火的灯捻冒起了烟。

"狄马,我也会有自己的孩子的。我和丽塔的孩子。不,不对……本应该可以有的。但可能,永远不会有了。"

"啊?你们很快就会有孩子了吗?"我傻傻地问。

"有什么区别……"

"我……我祝贺你,克里斯。"

四周一片沉默。一瞬间,我觉得克里斯会马上跳起来打我。但他又笑了起来,发出一种奇怪的、非同寻常的笑声。

"狄姆卡,你很好,还是老样子。我不会把你当成孩子的。我倒是很乐意你做我的弟弟。"

"谢谢。"

克里斯开始含蓄地轻轻窃笑。

"我们本该是文质彬彬的学生、优秀的孩子,而它们却让我们彻底绝望,迫使我们自相残杀。真是毫无办法,毫无办法……"

"克里斯,你像喝醉了一样。"我小心翼翼地说。

"是吗?"他停顿了一下,"差不多是吧……我在家里几乎没喝过酒,只尝试喝过一次啤酒……和我哥哥一起。"

"克里斯!差不多是什么意思?"我抓住他的肩膀使劲地摇,"你把那些大麻扔掉了没有?克里斯!你把毒品放哪儿了?"

"别叫,"克里斯用近乎正常的声音说,"我差不多已经恢复过来了。没事了。"

"你可答应过……你和汤姆也说过,你已经把那些毒品都扔了。"我既伤心又痛苦,"你为什么要这样?"

"这些东西明天对我们会有用。能让我们在战斗时感受不到痛，也不知道什么是恐惧。"

"你知道那是什么东西吗？"

"不，我没有问汤姆。这不重要，可能是可卡因或者是快克。如果只吸进去一点点，不会失去意识，也不会产生幻觉，只会有愉悦的感觉，不会有任何恐惧感。"

他沉默了一会儿，又绝望地开口说：

"我们一直相互打斗。但我们应该去找群岛的主人，和它们谈谈。但它们都是懦夫，它们不会现身，只会分配食物，收拾剩菜。所有工作仅此而已。"

我想点头表示同意，但随即改变了主意。反正天已经黑了，克里斯不会看到我的动作。去找岛主？要是能这样就好了。英嘉早就提过这个事情，但它们从不现身，只收走废弃物。它们关心群岛的生态，每晚午夜收走废物……拿回自己家里。我们把所有垃圾都放在橱柜的货架上，那么……

"克里斯！"

我跳了起来。一个疯狂又荒唐但堪称绝妙的想法正冲击着我的大脑，呼之欲出。要是克里斯能理解就好了。如果他能相信就好了。

只要他不吝惜剩下的炸药。

破坏活动定在午夜

厨房里只有三个人,克里斯、帖木儿和我。其他人都坐在王座大厅。音乐疯子伊戈尔和托利克在门口值守。除了马廖克,我们中间还可能有其他间谍。我们不能冒这个险。最好让大家都可以互相看见。

"货架太窄了。"帖木儿一边清理橱柜一边轻声咒骂,"它们干吗非要把货架专门做成这样? 我该怎么爬进去找它们……或者我们把货架拆了?那我就能爬进去了。"

"把你拆成六块,你就能过去了。我们还是用炸药最好。"克里斯冷厉地说。

我觉得二十公斤的炸药比帖木儿的两把剑更有用。但我没说,这会冒犯到我们最好的战士……见鬼,我真是经验丰富的外交官!还得考虑能说什么,不能说什么。

"来吧,狄马。"

我像抱着个熟睡的孩子一样小心翼翼,从箱子里拿出一块炸药,递给帖木儿。小黄块被轻轻放在橱柜的底层板架上。在它旁边再放一块。再来一块,又一块,就这样一块一块放上去。

"这些炸药足够摆满三层架子的了。"帖木儿边干活边想象着,"只是,导火索怎么装?"

"丽塔说过,装食物的碗差不多总是翻倒的,有时甚至会被打碎。也就是说,瞬移传送是很粗暴、不精确的。我们的方法应该能有用。"克里斯非常确信,但我看不到他的脸。

蜡烛在距离我们五步之外。也不奇怪,毕竟克里斯手里正捧着一个装满剩余火药的罐头盒。

"好了。"帖木儿看都没看,伸出手。克里斯把罐头盒放在他手中。

帖木儿小心翼翼地把罐头盒放到堆放在上层板架的炸药块之间,问道:

"现在几点了?"

克里斯先看一眼左手,又看一眼右手。为了保险起见,他还拿了丽塔的手表。

"还有十分钟到十二点。"

"蜡烛。"

犹豫了片刻后,克里斯溜到桌子旁,拿回一支刚刚点燃的全新白色蜡烛,说:

"要不我来点火?如果你把它弄掉了……"

"蜡烛!"

克里斯没再说什么。他把跳动着火苗的蜡烛递给了帖木儿,然后走到我跟前。我们屏住呼吸,看着帖木儿缓慢而平稳的动作。

他小心翼翼地将蜡烛插入罐头盒上凸出的棕色火药堆中。蜡烛插入了一半,火焰闪烁,不断向下燃烧至深色的火药粒。帖木儿吓呆了。

火焰向上伸直,火舌舔了一下木板架。帖木儿慢慢松开手指,蜡烛微微颤抖,好像已经黏在了他的手上。帖木儿握得太用力了,手指已经陷入了蜡烛里。

帖木儿的手终于挣脱开来。蜡烛插得很结实,透明的热脂滴入火药堆中。

"蜡烛能烧半个小时吗?"帖木儿呼吸急促地问。

克里斯点点头。

"一半……十五分钟。够了。"

他停顿了一下,低声说:

"如果没有用,如果没有发生瞬间传输,我也不打算把它拿出来了。我的手已经在抖了。"

他又看了看表。

"差五分钟十二点。"

火焰越烧越低,蜡烛似乎塌了,完全没入了火药堆。凝结的硬脂酸在蜡烛周围漫延成一个不规则的圈。这实在不太妙,蜡烛最好摇摇晃晃,在摇晃中保持平衡,这样只要发生一点点颠簸就会倒在火药里。

"就剩一分钟了,一分钟。"克里斯看向我,似乎在寻求支持,"我们离开这里吗?"

我耸耸肩。如果不发生瞬移传输,炸药就会在这里引爆。只有在城堡之外才能活命。但我们已经来不及跑到外面去了。

十二点,午夜。

一抹黄色的火焰在火药正上方摇晃。我突然明白,如果我伸出手想要熄灭火焰,那么它会因为空气的波动而震颤并点燃火药;如果不发生瞬时传输,我们会死得比外星人希望的更快。

柜子里的火光熄灭了。过了一会儿,我们才看到炸药消失了。橱柜上取而代之的是几个大面包、几个盒子、一把糖果、半升瓶装牛奶和类似植物油的黄色透明液体。

"乌拉。"帖木儿低声惊呼。

克里斯走到橱柜旁,抓起糖果,递给我们。

"拿着。这是我们应得的,对不对?"

"外星垃圾填埋场发生了可怕的爆炸,"帖木儿一边打开包装纸一边说,"除了一对外星猫夫妇,没有人员伤亡。"

我嘿嘿笑了一下,心平气和地问:

"但不管怎么说,伤亡的是外星猫,不是我们,对吧?"

"当然。"帖木儿惊讶地看了我一眼,"你不必强调这一点。我从一开始就赞成这个破坏活动的想法。"

隔壁房间里的一声大叫中断了我们的谈话。我冲到门口,吃剩一半的糖果从嘴里掉出来,心里只有一个想法:玩儿大了。

透过午夜昏暗的窗户,黎明正耀眼而隆重地走来。

IV
骑士和外星人

一个人不再希望长大的那一刻,他就成了大人。

Рыцари Сорока Островов

卸了妆的群岛

丽塔臂肘撑在窗边站着,发出尖叫。只有丽塔看到了外面发生的事情。男孩们都还没来得及有所行动,只有托利克拔出了剑。

我一步并两步跳到离我最近的窗口。耀眼的阳光从结冰的窗户倾泻进来,洒满了整个王座大厅。我用胳膊肘顶碎了窗玻璃,再一顶,被厚厚的冰霜裹住的玻璃碎成了几大块,掉到了外面。

太阳正从西方升起。

克里斯的手紧紧捏住我的肩头。帖木儿不停地叫骂,在我看来,他已经明白了一些我们仍然不解的事情。

黎明自西方降临,太阳急匆匆地爬出地平线。天空中低矮的云层像一条黑色的细带子一闪而过。随后,蓬松的白云像受惊的群鸟,也以极快的速度掠过。数道光线从天空倾泻而下,空气中弥漫的雾气瞬间散开。

我跳到露台上,其他人也跟着我走了出来。有个人偎依在了我的肩膀上,仅仅靠感觉,我就知道这个人是英嘉。

圆圆的太阳垂挂在空中微微晃动,颜色不停变换。

这可能是群岛历史上最美丽的景象。被白雪覆盖的平原之上、被雪深埋的城堡上空、被褴褛棉衣包裹着的男孩们眼前,一颗从未见过的、几乎不可能存在的星球正在熊熊燃烧。这颗烟紫色的星球变得越来越大，占据了半边天空，像即将燃尽的火球。紧接着，它又瞬间收缩，闪耀出炫目的光，刺眼的蓝白色火焰在四周燃烧。白雪融化变脏，又再次结冰，形成一层多孔冰壳。

我没有感到恐惧。我看着天空中梦幻般的光线，觉得这景象似曾相识——深夜里，在暴风雨肆虐的大海上，当我击沉疯子船长的三桅快船时。

太阳恢复了正常外观。天空开始变得越来越蓝，像在高山上那般清澈透明。几朵还没来得及散去的云彩融化在这片蓝色里，消失得无影无踪。之后，像是有彩笔在天空中快速画出十字交叉的痕迹，两道五颜六色的彩虹横跨苍穹。太阳停在彩虹的相交点上，酷似一个巨大的瞄准器中无助的靶子。

我意识到，一些完全意想不到的事情可能要发生了。我们的破坏活动比最大胆预测出的结果还要成功。

天空被照得几乎成了白色。太阳褪色了，慢慢消失在发光的空气、闪烁的彩虹带之中。我甚至觉得空气本身也开始发光，熟悉的蓝色光斑落到雪地上。但我错了。我们城堡的墙上覆着一层薄冰和压实的积雪，但表面有淡蓝色的火焰在燃烧。

城堡闪闪发光的镀金层正在脱落。

城堡的粉红色在慢慢褪去。

城墙的大理石镶板也在消失。

现在，三十六号岛的猩红色盾牌城堡变得真实了。墙壁由灰色、颗粒状的方块建材堆成，看起来像是落满尘土的聚苯乙烯泡沫塑料。它不再是一座中世纪的堡垒，而是一个废弃几年尚未完成的施工现场。

满是雨雪和泥泞的墙下，站着我们岛的男孩和女孩——

四十岛骑士。

我看向自己的剑,等着它也发生变化。不知是出于希望还是出于担心。可剑暂时还是一把木制玩具,就像热血童话中所描述的那样。

即使仅靠触摸,我还是感到了木制外表下的钢。

"喂,混蛋,你们在哪里?"帖木儿低声喊道,"出来吧!"

我们不顾严寒,站在虚拟天空下货真价实的雪地里等待着。

太阳消失了,十字彩虹也黯淡了下来。空旷而清冷的天空中闪烁着均匀的蔚蓝色火焰,像一个烧坏的灯泡。生命的幕布从天空撤下,又像用消防喷嘴冲走尚未变干的水彩画上的颜料。

"它们在飞,"托利克突然说,"伙伴们,它们在飞……"

天顶闪烁着银色的小火花。这些小火花可能就是伊利亚曾经在小圆镜里看到过的。小火花在不断变大,形成一个圆圈。是正在下降的飞碟吗?

我突然松了一口气。一切都要结束了吗?好吧,随便吧。我已经厌倦了你们的规则、群岛和城堡。我需要一个结局,随便什么结局,回地球、死亡、当俘虏……

头顶上的银色圆圈一直在变大。"飞碟"确实在向岛上降落,直奔我们。或许也不是。飞碟方向一偏,好像准备降落在群岛中央。

银色圆盘在空中变得如此巨大,让人不由自主地缩紧了脖子。我突然发现,圆盘的直径虽然在不断增大,但并没有靠近我们,并不是由于向下俯冲才显得更大。

金属圆盘挤占了从穹顶到地平线的天空。这根本就不是圆盘了,而是整个把我们遮住的苍穹。从前挂在天上的蔚蓝色薄膜自圆顶上向下滑落,露出不易察觉的横梁、正方形和菱形板材叠放而成的底板以及在横梁间发光的橙色照明灯。这就是我们的天空。

严密覆盖群岛上方的钢制天空最高不过两三公里。

在我们岛上方，灰色的穹顶急剧收缩成圆形，接着沉入大海。我转过头，看着天空的蔚蓝色边框最后一次闪烁，渐渐消失在地平线上。地平线也瞬间变得近而真实。

我们距离地平线两公里。地平线由粗大的金属柱子建成，其间铺设了银灰色板架。天空中布满了孔洞，有大有小。也许是因为衬里不够，或者那里曾经安装过什么设备。后者的可能性更大，蔚蓝色薄膜消失时，有碎片被吸进了一些孔中。

"在罩子底下……一生都在罩子底下，所有的岛都在罩子底下。"克里斯环顾四周，低声说。奥莉娅直挺挺地栽倒在雪地上，把脸藏了起来，不愿直视四周。马廖克紧抓住帖木儿不放，一直都在重复问一个问题，但帖木儿根本听不清楚他在问什么。汤姆在原地转来转去，脸上更多的是惊喜而不是恐惧。

照明灯像彩画般杂乱无章地缀满天空，空气慢慢炽热起来，群岛上洒满暗橘色的光。橘黄色的亮点落在雪地上。影子消失了。它们一定无处可逃，因为光无处不在。

我看了一眼大家。暂时还没有人说话，这不太好。但也没有人歇斯底里。

最先开口说话的人是克里斯：

"地平线现在距离我们非常近。如果跑过去，也就十分钟。"

我们的指挥官看向"地平线"——柱子的交错处、孔洞的边缘，这些地方都非常容易钻过去。

"半小时，如果有半个小时的时间……"

"那里一定是有什么装置可以通往外星人的地盘，"帖木儿一针见血地指出,"或者,我们乘坐'威猛号'撞上去……撞上五次,肯定能撞破。"

"当然。"克里斯表示赞同,"现在它们的技术不起作用了。但也许还有保护装置。"

"我们必须碰碰运气,冒险一试。"音乐疯子伊戈尔说得非常轻松。他小心地摘下随身听,直接放进雪地里,面带微笑:

"我一直想知道为什么它在阳光下不能充电,就像在灯泡下一样。我甚至以为是电池坏了,充不进电了。"

"大家都同意了?"克里斯打断了他。

"还用问吗?"帖木儿冷笑着说。他习惯性地把双手放到脑后,调整好双剑,"必须跑过去,跑过去!"

"多考虑一下也有好处,如果你擅长的话。"克里斯反讥道,"姑娘们,给你们一个特殊任务。"

"我们和你们一起去!"英嘉似乎发火了。丽塔和奥莉娅嘀咕了些什么,什么都没说出口,满眼怨恨地看了一眼克里斯。

"那我们就都完蛋了。"克里斯冷静地解释道,"我们需要邻岛的帮助,需要四十岛的所有战士,否则我们就会失败。你们务必把援兵带来。"

"可他们是敌人!他们不会帮助我们的!"丽塔喊道。

"安静。"克里斯走向她,抓住她的肩膀,"你们必须跟他们解释清楚,他们毕竟不是瞎子!敌人,在那儿!在罩子外面,在地平线外和天空之上!"

克里斯找到英嘉,向她点点头,又说道:

"你们必须向他们解释清楚。把援军带来。"

女孩子们都沉默了。而克里斯似乎认为这次谈话已经结束,转向了男孩们:"大家都把剑带上了吗?"

登陆天涯海角

我以为雪会妨碍到我们,但在大海结冰形成的"平原"上,雪被风刮走了。而在冰裂开的地方,浮冰层层堆叠,竟形成了真正的冰山。我们这支小团队向地平线挺进,在冰山间逆着风曲折前行,不断有人滑倒。

路程还不到一半,我们就已经来到了穹顶的正下方。天空向我们张开巨大、凶猛、贪婪的嘴。金属天花板高约两百米。可以清楚地看到,照明灯原来是透明的橙红色圆球。板架不是整个一块儿,而是网状的,上面布满直径半米的网孔。一些网孔中似乎是空的,黑黢黢的;另一些网孔中则伸出奇怪的天线和闪闪发光、类似毛玻璃制品的圆柱体。

我们向地平线跑去。

队伍紧紧靠在一起,抱团前进。我被人挤来挤去,跌跌撞撞摔倒了五六次。

我们浑身上下灌满了雪,运动鞋里、牛仔裤里、夹克衫下面全是雪。雪融化之后,浑身都湿透了,好像在雨中奔跑。好在运动让我们不至于冻僵。

空气中闪烁着橘黄色的光点,这是我们奔跑时扬起的雪尘在照明灯下的反光。

距离从冰面垂直升向空中的金属墙只剩下五十米了。穹顶四周先竖直向上,然后开始骤然弯曲,在我们岛的上空爬升至不可思议的高度。穹顶的底座被积雪覆盖，隆起一个个雪堆。我们沿着这些雪堆爬上爬下，慢慢接近筛格式的金属墙。

第一个碰到墙的是托利克。他没有减速，而是双手向前，向墙面扑了过去。我还在担心，万一根本不存在任何墙体；万一我们面前只是另一个海市蜃楼；万一墙后面同样是绵亘远方的雪原……

又或者，墙体是由一厘米厚的金属条编织成的通电装置，致命的白色火花会喷射出来，迎接托利克。

但是这些都没有发生。托利克撞到了墙上，他抓住金属条想要停下来，但没有刹住，脸撞在了天空的立柱上。

我气喘吁吁来到他面前，腿因为跑得太快而一瘸一拐的。托利克转向我。他的脸撞破了，鲜血从擦伤处流了出来。但他愉快地笑了笑，说：

"我们到了。谁说没有人能到达地平线？事实证明，他们在撒谎。"

墙体似乎不是人工凿出来的，而是自然界的东西，像山脉或极地冰山。这堵墙规模宏大，给人一种压迫感，迫使人不由自主地低眉垂目。

克里斯焦急地看着我们。他明白，目前的形势与他所有的处事原则都相悖，没什么可思考的，趁我们还剩下一些鲁莽和勇气，趁我们还没被人力无法企及的巨型穹顶吓倒，必须马上行动。

"我们分为三组。"克里斯断断续续地说，"第一组，帖木儿、托利克、伊利亚；第二组，音乐疯子伊戈尔、马廖克、狄马；第三组……我和汤姆。一小时后，我们在这里会面。帖木儿，拿着这个。"

他把丽塔的手表递给了帖木儿。

"我们到底要做什么?"音乐疯子伊戈尔皱着眉头问道。

克里斯挥了一下手,指向我们上方五米左右处黑色的隧道洞口。

"研究一下这些可爱的通道,了解一下住在里面的'东西'。"

我微微发抖。不知何故,我一看见筛格墙上的黑洞,就想起巨大的蚁穴,好像再过一会儿,大得可怕的虫子就会从洞里爬出来。

"出发。"克里斯简短地命令道,随即开始爬墙。我稍停了一下,解下夹克的袖子,扔在雪地上。如果有"谁"在洞里,那么战斗将无可避免。

如果把这面筛格墙当成梯子,它算是世界上最宽的了,攀爬起来很轻松。半分钟后,我、马廖克和音乐疯子伊戈尔已经站在一个狭窄的隧道里。隧道也像整个穹顶一样,由金属网制成,但网孔要小得多,可以在上面自由行走,不用害怕脚会陷下去。只有橘黄色的光线从外面照射进来,但隧道深处一片漆黑。

"我走第一个。"马廖克出人意料地说。

我们走了一段时间,发现隧道沿水平方向延伸,离圆顶的内表面越来越远,接着几乎拐了一个直角弯,向上伸展。

四周很黑,筛格金属墙后一片寂静。只有偶尔经过一些昏暗中难以辨别的仪器时,才可以听到轻微的嗡嗡声;又有几次,我们听到了潺潺的流水声;还有一声清脆的叮当响,就像把玻璃碎片倒进金属盒子里的声音。

"已经过去二十分钟了。"音乐疯子伊戈尔低声说。

"你怎么知道的?"我跟在他后面,饶有兴趣地问。

音乐疯子伊戈尔有些不好意思。

"我……嗯,在心里哼歌。"

"你在哼歌?"

"是的。我听录音的时候总会这样。现在第四首歌已经哼完了,每首都大约五分钟长。"

"伊戈尔,你能大声唱出来吗?"我真诚且满怀希望地问。

"还是不要了!"音乐疯子伊戈尔害怕了,"我嗓音不好……没什么好听的。"

我笑了笑。我们的脚碰在金属筛格上,两百米以外都可以听得见撞击声。

"你觉得这些通道是干什么用的?"

音乐疯子伊戈尔沉默了一会儿。

"用于维修吧。这里到处都有机械,那些机械是为群岛制造……"他停顿了一下,继续说,"是为群岛制造天空的。所以这些机械应该时不时就需要检修。"

"是啊,有意思,我们寄走了炸药,它们这里就发生了故障?"

"有意思……"

我们的鞋底踩在金属筛格上,发出哐当哐当的声音,通道发生弯曲,又把我们带回原来的方向。音乐疯子伊戈尔险些摔倒,骂了一句,停下来。我撞到他肩膀上,愣住了。

"前面有光。"马廖克用几乎听不见的声音说。

在通道的网状天花板上,出现了橘黄色的光斑。

"就是说,我们已经回到了圆顶的内表面。"音乐疯子伊戈尔也同样低声说,"但通到了另一个点,有照明灯的地方。"

我没反驳,眼睛盯着橘黄色的光斑。这些光斑一会儿变暗,一会儿变亮,就好像有人在聚光灯和我们之间行走,不时遮挡住光线。

那是一个庞然大物,有六条腿,长着角质的壳。

"你们让开。"我拔剑出鞘,挤到前面,"从现在开始,我走第一个。"

音乐疯子伊戈尔没有和我争辩。我觉得他也注意到了照明灯折反光的闪烁。

昏暗的光线中,勉强能够分辨出通道的拐弯处,我摸索着走在最前面。筛格隧道里越来越亮,我已经可以看清音乐疯子伊戈尔和马廖克的面部轮廓,也能看清一个小圆形平台的边上点着一颗圆球照明灯。

还有,平台上站着的两个"人"。

剑柄上结满了冰。我又向前几步,停了下来,仔细观察这对生物,心中混杂着恐惧和厌恶。

它们很矮,约一米半或稍微高点儿。身形壮实,也可以说是很胖,沿平台移动的样子虽然不像芭蕾舞演员那般优雅,但能够灵活地蹦跳。它们的腿很细,胸廓突出,像小桶一样。背部突出。不是驼背,就是肩上背着背包。它们身上紧紧包裹着发光材质的深棕色斗篷,脑袋藏在宽大的兜帽里,遮住了脸。

"我现在要是吐了,"音乐疯子伊戈尔小声说,"可不是因为吃了不新鲜的东西。"

平台上的家伙们仍在蹦蹦跶跶地跳着。直径近一米的球形照明灯旁,放着一堆不成形的东西,一动不动。这一对生物好像都在围着它忙来忙去,间或从深棕色斗篷下伸出异常粗壮的长手,触摸这堆不成形的东西,然后又缩回去。

"它们是在修理什么吗?"音乐疯子伊戈尔推测道。

"难道就这样修理?"我怀疑地说。

我们的说话声太大,这些家伙没做完动作就停了下来,慢慢转向我们所在的方向。它们未必看得到我们,因为它们在明处,我们在暗处。但它们肯定听到了,因为音乐疯子伊戈尔拿剑时,碰到了我的剑刃。

只见那两个家伙同时跳向了空中。

"去会会它们吧。"我说着,迈步走上了平台。

向　导

　　通往平台的通道共有两三条。我们所站的位置恰好堵住了"跳跳人"所有的逃生路线。它们也发现了这一点，所以并没有尝试逃跑，而是退到了平台边缘。照明灯的光扫过它们的脸，兜帽下的眼睛闪了一下。它们和我们一样，都有两只眼睛。

　　"你们好。"音乐疯子伊戈尔和气地说，"就是你们绑架了我们，对吧？我们在岛上觉得无聊，来你们这边做做客。"

　　"送我们回家。"马廖克突然喊道，"听到了吗？"

　　我侧身看向马廖克。他浑身颤抖，额头上渗出了汗珠。即使在橘黄色的光线下，他的脸色也十分苍白。

　　"你们以为我怕你们吗？"马廖克又说话了，"你们以为，我曾经做过你们的间谍，就会害怕吗？你们这些懦夫！"

　　他慢慢走向一动不动的外星人。其中一个外星人摇了摇遮在兜帽下的脑袋，发出尖细的嘶鸣声。马廖克哆嗦了一下，但还在向前走着。他的身高和外星人差不多，不过体型是外星人的三分之一。

　　"小心！"我向他喊道。

　　"它们是懦夫，它们害怕我们。"马廖克的声音变得尖细失常，"把斗篷脱了！别做缩头乌龟！"

　　马廖克一只手伸向离他最近的家伙，另一只手上握着剑。这个外星人没有带任何武器，但手臂弯曲的程度是任何人类都不可能做到的。

一只细爪子滑过马廖克的脸,很快又缩回到斗篷里。但我还是看到了它弯曲的爪子,手指很柔软。

马廖克摔倒了。我扑向外星人。

外星人想要跳开,准确地说是已经跳开了。它做了一个人类不可能做到的跳跃动作,落在了音乐疯子伊戈尔的剑上。我们不约而同采取行动,用上了岛上训练的技能,而保护搭档的安全一直是战斗中不变的原则。音乐疯子伊戈尔滑倒了,想把剑从外星人庞大笨重的身体中拔出来。另一个外星人跳了起来,拔出匕首,扑向我。我用剑头对准它兜帽上的黑洞,把它逼到了一个角落。它踩着小碎步不断后退。

"砍它。"音乐疯子伊戈尔用憎恶的声音说,"狄姆卡,砍它。"

"马廖克怎么样了?"我从牙缝里挤出这句话。

"一直在流血。他伤到了颈动脉。"

我举起了剑。虽然我的对手拥有非人的敏捷身手,但如果你手握一把一米长的剑,至少有与其一战的机会。

兜帽左右摇晃,尖细的嘶鸣声从中传来:

"请再考虑考虑,你们的决定是错误的。"

手中的剑突然变得很重,像是用铅铸的。我结结巴巴地问道:

"你们……你……你会?说话?"

"我对语言很有研究。你们的同伴不是我杀的。"

斗篷左右分开,从里面伸出一只细细的手。不,不是手,是一只爪子。爪子上包裹着干燥、布满皱纹的皮肤,长长的手指很灵活。它指着一旁被音乐疯子伊戈尔杀死、一动不动的外星人尸体,说:

"它是个机械师。没有能力改变行为反应,所以死了。适应水平太低了。"

"那你有这个能力吗?"我问它,仇恨使我喘不过气来。

我退后几步,俯身看向马廖克。

他脸上有一道被撕裂的深深伤口。颈部还有两处窄小的伤口,像是被匕首刺伤的,分布在左右两侧。造成这种伤口的只可能是外星人手上的两根手指。马廖克的血穿过筛格状的地板往下流,但出血量并不多。

"把兜帽摘了,卑鄙的东西!"我喊道。马廖克最后的几句话,突然变得对我非常重要,"摘了!"

"不要生气。"外星人平静地说,"我脱。"

它开始张开双臂脱斗篷,厚衣料沙沙作响。音乐疯子伊戈尔倒吸了一口凉气,蹲下来,使出了吃奶的劲儿,终于把剑从死者身上拔了出来。

外星人的长相和人类还是有一些差别的。它的腿很细,筋肌结节缠绕在一起。膝盖竟然是向后弯曲的!身体上覆盖着一团团蓬乱的毛发。脑袋很小,直接从肩膀上突出来。脑袋上长着同样蓬乱的毛发。后来我突然发现,这些不是毛发。

而是羽毛。

外星人的眼睛圆圆的,覆盖着颤抖的凝胶状薄膜,目光紧盯着我的一举一动。它脸上正中央的垂直缝隙裂开有几厘米,羽毛下方凸起的角状薄片上下抽动。这不是威胁,经过进化残留的那么一点可怜的喙口,实在没有什么攻击性。"演说家"开始发言:

"我已经满足了你的要求。现在可以把斗篷穿上了吗?太冷了。"

我点点头,已经没有力气说话了。鸟人噩梦般的外表耗尽了我剩余的力量。幸好这个外星人没有发现这一点。外星人,鸟人……它们是鸟吗?

"你会飞吗?"我问。

"不会。我们已经丧失飞行能力了。"

"伊戈尔,"我说着话,但并没有把目光从外星人身上移开,"叫大家过来,他们应该就在下面。"

音乐疯子伊戈尔这才缓过神来,走到隧道通往冰冻海面的洞口处,站在照明灯旁,俯下身子,挥手大叫:

"伙伴们,这边!"

"他们离我们还有多远,'音乐疯子'?"

"就在我们下方,差不多二十米远。一会儿就能爬上来。"

我一直盯着那个外星人。它又裹上了斗篷,一定是感觉到了我眼神中的杀气。它颤抖了一下说:

"我会对你们有用的。对你们有好处,对我也有好处。我可以成为你们在飞船上的向导,帮你们找到其他外星人。你们想要保全性命,就需要一个知情人。"

"飞船上的向导?"

"是的。你们占领了试验场,摧毁了能源中心,但技术人员可以启动备用能源。虽然备用能源可持续的时间不会太久,但你们还是会被消灭的。"

我指向隧道洞口,从那儿可以看见在雪地里斑斑点点发暗的群岛,问:

"那些就是试验场吗?"

"是的。"

"那飞船在哪儿呢?"

那个外星人抬手绕自己一圈。

"这就是飞船。船上有十六位智能生物，过去有十六位，现在是十四位，加上我十五位。没有我，你们是找不到它们的。我建议我们达成一个协议。"

一阵沙沙声传来，克里斯爬进了隧道，灯光刺得他直皱眉头。他看到站在我旁边的外星人，停下来，把手放在了剑柄上。

"来认识一下吧，克里斯。"我低声说，"这就是把我们关在岛上的十六个混蛋之一。现在它准备改变立场，做我们的向导，当个叛徒。"

兜帽转向我，我听到一个非人类的冰冷声音：

"叛徒是人类头脑中的概念，而我们称之为行为转变。人类的头脑有个奇怪特性，就是拒绝行为转变。"

但克里斯已经不再听它说话了，他慢慢走向马廖克，好像在等着外星人结束它那套假惺惺的说辞。

"我很抱歉，克里斯，但我们真的不能杀死这个……"我说。

兜帽摇晃了一下。

"您很明白事理，您是这些人的指挥官吗？"

克里斯跪在马廖克旁边，转向外星人，沉默了一会儿，说：

"是的，他是我们的指挥官。"

我们所有人都聚在了平台上，围着一死一活两个外星人。这里一下子变得拥挤了。音乐疯子伊戈尔开始讲述刚刚发生的事情。我走到平台边缘。外星人用警觉的眼神看着我，好像害怕我把它留在这群激动、充满仇恨的男孩中间。它寄希望于我——这些人的指挥官，能够保护它。我，是这些人的指挥官吗？

我只要看到克里斯的眼神就明白了,他并不是在开玩笑。他把他的指挥权就这么轻易地交给了我,就像转交了一个他不需要的、难以承受、但另一个人却可以承受的负担。我,是指挥官吗?

一瞬间,我感到非常孤独,在岛上的这些日子里从未有过的孤独。管理者总是比他的下属更孤独。也许因为自觉处于最高的位置。

意识到不仅有人在你身边、在你之下,还有人在你之上——这点很重要。知道有人能够替你负重前行,是非常值得开心的一件事。

我现在是群岛的指挥官了。

我没有时间充分感受这种身份变化,也没有时间转恐惧为享受。透过笼罩在群岛上的昏暗橙色,我感觉到有人正往这里赶来。人很多,差不多有二十个。我明白,至少有两座岛的孩子赶来了。也就是说,丽塔、英嘉和奥莉娅说服了我们曾经的敌人。

我从平台上爬下来,回到雪地上,又帮助英嘉爬上去,一路不停地念叨:"我们会赢的,一定会的。我们会赢的……"

外星人的手被克里斯和帖木儿绑了起来。他们绑得很紧,外星人弓着背,尖叫着:"你们根本没必要这样……"我没有干涉他们,只是站在一旁看着,问道:

"你的朋友们有枪吗?"

外星人的双手被拧在身后,丧失了所有与人类的相像之处,但声音并没有改变,还是那样呆滞又平静:

"我们每个人都有武器,可反应堆被破坏了,没法给发射器充电了。"

短暂的停顿后，外星人补充说：

"值班飞行员有一个随时都可以开火的发射器，里面只有十发弹药。你们可以让你们中最没用的人去消耗它们的……"

帖木儿使劲打了一下外星人的脑袋，又用同样的方式打了它的脸。外星人的翅膀挣扎了一下，站住说：

"你没必要这样。"

"别理它，帖木儿。"我简单明了地说。我看见邻岛男孩困惑的表情，问外星人：

"你知道反应堆被摧毁了？"

"是的。废料处理室发生了爆炸，热载体的第一回路和第二回路被破坏了，反应堆紧急关闭。主体装置中的聚变反应和辅助装置中的衰变反应都停止了，时间发生器失衡。保护装置激活后，一组动力工程师被隔离在了超极限辐射区域。"

它又停了一会儿，接着说：

"破坏活动是经过精心设计的，超乎我们的想象。我决定站到你们这边也是经过深思熟虑的。重启反应堆并在最短的时间周期内为武器充电，是不可能的。你们的攻击装置具有自供动力源。所以，赢家是你们。"

我瞧了一眼剑。这是攻击装置？你们就这样称呼这么一个冒牌货？这些随主人意念，时而变成武器时而变成木头的东西？好吧，今天就靠它们大干一场。

"上前带路。"我命令外星人，说，"你记住，如果你敢骗我们，我们就第一个拿你开刀，向导朋友……"

无权获胜的胜者

它没有想要欺骗我们。在它的逻辑中,没有欺骗和背叛概念。这些完全被一个好听的说法——"改变行为"所替代了。

向导改变了它的行为,走向了强者,站在了人类这边。

我们钻出了包裹着试验场圆顶、蜘蛛网般的网状筛格隧道。先前昏暗不明的金属通道变成了塑料内衬壁隧道,应急灯闪烁着淡淡的橙色光芒。

在一个天花板如镜子般闪闪发光的圆形大厅里,我们遇到了三个外星人。它们没有穿斗篷,但腰带上挂着某种金属物件("武器,未充电。"向导解释说)。三个外星人围着不成形的、像破烂货一样的一堆仪器忙个不停,用像鸟一样的细爪子触碰这些机器。它们的爪子看起来很粗壮,曾长满羽毛的皮肤上有结实的褶皱。

伙伴们看着它们令人着迷的舞蹈,不由自主产生了对智慧生物的尊重。但是,当其中一位"舞者"的爪子一闪,音乐疯子伊戈尔忍不住大喊:

"杀人犯……"

所有人都向前冲去。我差一点儿没能抓住英嘉的肩膀,挡在她与抢着要战斗的人群之间,低声说:

"站住,你没必要这样做。"

英嘉死死地盯着我的眼睛说:

"为什么？我不比其他人差！"

"你甚至更强。但是，英嘉，不要去杀人！"

"为什么？"她刨根问底。

"因为……我……因为你是女孩。不应该打打杀杀。"

她站在旁边，似乎在等我再说些别的。她没听到想听的，于是挣脱开我，嘲笑着说：

"好啊，我就站在后面，看着你们所有人被杀光。"

她突然退后一步，大喊道：

"但是，如果你出了什么事……我不会原谅你的！听到了吗？"

我愣住了，不知道该怎么回答，也不知道是否需要回答。这时候向导说话了，它就像个一动不动的影子，站在几步之外。

"我们实在无法理解这种反应。这是人类智慧的一个奇怪属性。将自我保护这种基本反应行为迁移到明显无关紧要的个体身上。如果从繁殖的角度解释这种反应……"

"闭嘴！"我喊了一声。向导发出呼哧呼哧的声音，把还没说完的话咽了回去。而我则看向战场。男孩们分成三组，一动不动地站着。

结束了。一名来自邻岛的陌生男孩坐在地板上，丽塔在为他包扎手臂。

"还剩十一个……"我低声说，"喂，向导，它们刚才在干什么？"

"重新调配模拟机制。很失败。它们已经工作整整两个周期了，没时间了。"

"带路吧。"我命令道。

我们正在穿行的通道——它的弯曲角度是地球上最前卫的建筑师都不敢设计的。我们路过的机器，有的像锅，里面装着慢慢咕嘟咕嘟沸腾的白色液体；有的让人联想到被绑住的带刺铁丝团。接着，我们又遇到了两个外星人。

最让人震惊的是向导的反应。它裹着斗篷，跟着我们走，不时解释接下来该怎么走，举止毫无可疑之处。

它的行为比膝盖向后弯曲更让它看起来是个异类。

我们只在被向导称为控制中心的门口有所耽搁。椭圆形的入口被金属隔板封闭。这个门很像放置在相机镜头上的膜片，我们打不开，所以就开始用助跑的方式想要把门撞开。

这种办法多半不会奏效，但值班的外星人听到重击隔板的咚咚声，慌了神。

托利克和一名来自邻岛的高个子男孩罗曼恰好同时撞在了紧闭的金属隔板的接触片上。隔板发生弯曲，一股巨大的冲击力从内部把门打开了。

托利克和罗曼没来得及躲开，摔倒了，站在门边的人也被撞到了一边。我猛地一拉向导被绑的双手，把它放倒在地上，用剑压在它的喉咙上。托利克一动不动躺在隔板弯曲的、皱巴巴的接触片下。金属门板里面是一片紫红色的暗光。我过了一会儿才明白，金属门板被弹药的射击烧红了。罗曼笨拙地拖着脚，爬离了门口。

又是一发炮弹，穿过已经破碎的金属隔板，冲着我们飞来。走廊里一个炫目的白色球被击中爆裂开来，在墙上留下了一米的破洞，边缘呈烧焦的樱桃红色。弹道上的空气发出了短促的微光。

周围非常安静。我看向克里斯,他正朝着托利克爬过去,尽量不把自己暴露在门洞的破口处。音乐疯子伊戈尔站在破门旁,扳弩瞄准。

一个外星人小心翼翼地从破洞口向外窥视,但显然没有料到我们还有这一手。对它来说,我们的剑具有很大的作战优势。

这个家伙比我们的俘虏稍高,身上有稀疏的白色羽毛,细细的爪子紧握着一个像水晶一样的透明球,连在短手枪枪柄上。我猜想,他确实没料到我们有弩。毕竟弓弩是我们自己制造的,外星人只给了我们剑。

音乐疯子伊戈尔射出的箭击中了它的头部。它死得太快,未必有时间意识到自己的失误。

控制中心里还有三名外星人,我们没有磨蹭,很快顺手解决了它们。很显然,我们已经有了与"鸟人"作战的技能。

控制中心大厅的空间不大,有几个和地球装置类似的操纵台,天花板上装着我们之前看到过的橘黄色照明灯。伙伴们搜索大厅时,我和丽塔、英嘉忙着救助托利克。

托利克没有受重伤,只是被爆炸波震伤了。罗曼情况相对更糟一些,邻岛的一个男孩查看后,低声对我说:"脊椎断了。"

俘虏漠然地看着我们忙来忙去。我在脑海中快速计算战果,问它:

"你们还剩几个人?"

"五个。"向导毫不犹豫地回答。

"它们在哪儿?"

"你们得自己找找。这飞船很大,但没有能躲藏的地方。"

大家都在看着我,显然在等指挥官做决定。我抿了一下嘴唇,站起身,对上克里斯鼓励的眼神。我开口说:

我们正在穿行的通道——它的弯曲角度是地球上最前卫的建筑师都不敢设计的。我们路过的机器，有的像锅，里面装着慢慢咕嘟咕嘟沸腾的白色液体；有的让人联想到被绑住的带刺铁丝团。接着，我们又遇到了两个外星人。

最让人震惊的是向导的反应。它裹着斗篷，跟着我们走，不时解释接下来该怎么走，举止毫无可疑之处。

它的行为比膝盖向后弯曲更让它看起来是个异类。

我们只在被向导称为控制中心的门口有所耽搁。椭圆形的入口被金属隔板封闭。这个门很像放置在相机镜头上的膜片，我们打不开，所以就开始用助跑的方式想要把门撞开。

这种办法多半不会奏效，但值班的外星人听到重击隔板的咚咚声，慌了神。

托利克和一名来自邻岛的高个子男孩罗曼恰好同时撞在了紧闭的金属隔板的接触片上。隔板发生弯曲，一股巨大的冲击力从内部把门打开了。

托利克和罗曼没来得及躲开，摔倒了，站在门边的人也被撞到了一边。我猛地一拉向导被绑的双手，把它放倒在地上，用剑压在它的喉咙上。托利克一动不动躺在隔板弯曲的、皱巴巴的接触片下。金属门板里面是一片紫红色的暗光。我过了一会儿才明白，金属门板被弹药的射击烧红了。罗曼笨拙地拖着脚，爬离了门口。

又是一发炮弹，穿过已经破碎的金属隔板，冲着我们飞来。走廊里一个炫目的白色球被击中爆裂开来，在墙上留下了一米的破洞，边缘呈烧焦的樱桃红色。弹道上的空气发出了短促的微光。

周围非常安静。我看向克里斯,他正朝着托利克爬过去,尽量不把自己暴露在门洞的破口处。音乐疯子伊戈尔站在破门旁,扳弩瞄准。

一个外星人小心翼翼地从破洞口向外窥视,但显然没有料到我们还有这一手。对它来说,我们的剑具有很大的作战优势。

这个家伙比我们的俘虏稍高,身上有稀疏的白色羽毛,细细的爪子紧握着一个像水晶一样的透明球,连在短手枪枪柄上。我猜想,他确实没料到我们有弩。毕竟弓弩是我们自己制造的,外星人只给了我们剑。

音乐疯子伊戈尔射出的箭击中了它的头部。它死得太快,未必有时间意识到自己的失误。

控制中心里还有三名外星人,我们没有磨蹭,很快顺手解决了它们。很显然,我们已经有了与"鸟人"作战的技能。

控制中心大厅的空间不大,有几个和地球装置类似的操纵台,天花板上装着我们之前看到过的橘黄色照明灯。伙伴们搜索大厅时,我和丽塔、英嘉忙着救助托利克。

托利克没有受重伤,只是被爆炸波震伤了。罗曼情况相对更糟一些,邻岛的一个男孩查看后,低声对我说:"脊椎断了。"

俘虏漠然地看着我们忙来忙去。我在脑海中快速计算战果,问它:

"你们还剩几个人?"

"五个。"向导毫不犹豫地回答。

"它们在哪儿?"

"你们得自己找找。这飞船很大,但没有能躲藏的地方。"

大家都在看着我,显然在等指挥官做决定。我抿了一下嘴唇,站起身,对上克里斯鼓励的眼神。我开口说:

"这样，计划如下，我们分组……每组三人……"

克里斯微笑着点点头。

"我们搜查飞船，消灭外星人。两小时后都到这个大厅集合，如有必要也可更早。另外，这里要留下三个男孩，伤员和女孩也留下。有人反对吗？"

没有人反对。邻岛的指挥官很快将男孩分成三人一组。我看向英嘉，发现她面带委屈，时不时地瞥着我。我又补充说：

"我和克里斯、帖木儿留在这里。无论如何，不能扔下控制中心和我们这位话多的朋友不管。"

几分钟后，各队从控制中心分散到各处，几个通道里传来远去的脚步声。隔板爆炸后的焦煳味儿从主入口吹来，罗曼不时地轻轻哼几声。在经历了连续战斗之后，大家终于进入短暂的休息状态。留下来的人立刻将目光转到向导身上。它脸上的小羽毛竖立着，双眼一眨不眨，缩成扁平椭圆形。向导把被捆住的双手举在空中，似乎在表明自己并不想挣脱逃走。

"听着，你能把这一切都给我们解释一下吗？你们是谁？为什么要绑架我们？我们到底在哪儿？简明扼要地说。"

"还有，如何能回到地球。"英嘉低声补充道。

外星人环顾四周，灵巧地坐到身旁的椅子上。它们的椅子看起来与地球上的别无二致。我也坐到一把椅子上。丽塔和英嘉占了第三把，也是最后一把。克里斯坐在我椅子的扶手上，帖木儿仍然保持站立。

"我可以尽量简单地讲讲。"

它说话的时候好像在念一首背得滚瓜烂熟的诗，不磕绊，没有迟疑，甚至宛如在用悠扬的语调唱歌。

"在星际旅行中……"

它的声音至今仍回响在耳畔。只要一闭上眼睛,脑海中就出现一个坐在椅子上的鸟人。它还没有进化成手臂的翅膀被绑在一起,双腿伸直交叉,膝盖弯曲的方式与人类不同。猫头鹰一样的脸上,窄小的喙有节奏地微动着,嘴里说着人话:

"搜索船……"

逃的权利

星际旅行时，洛坦星的文明探索飞船能量耗尽，与洛坦星的通信中断，失去了返回母星的权利。根据洛坦星的规定，三次星际飞行后不能空手而归，必须发现新行星、获得新知识。

这艘飞船离开洛坦星，进入太空深处。跃迁进超维空间，观察、研究，然后再次跃迁。它们越飞越远，直到与洛坦星失去联系；越飞越远，直到耗尽返航的能量。

没有返回权就擅自回洛坦星，等待它们的只有死亡。

希望渺茫，能量也所剩无几，但飞船的倒数第二次跃迁很幸运。

在一个标准的黄色恒星附近，一个温暖有氧气的星球上，它们发现了未知类型的文明。该文明符合殖民地的所有条件——发展模式已经进入死胡同，伦理道德怪异且不合逻辑，但处于技术广泛应用的阶段。

万事俱备，只差一步——它们无法与洛坦星取得联系。文明搜索飞船可以摧毁一个落后的文明，但不能殖民它。

船员们一次又一次发出信号，可没有得到任何回应。但这些在洛坦星微弱的橙色光线下变得聪明的生物最擅长等待。

飞船耗尽仅剩的最后一点燃料之后，它们找到了一个地方作为研究基地，并将其与未来要殖民的星球通过超级隧道连接。虽然距离很短，但为了维持超级传送器运转，几乎用尽了反应堆的全部能量。但现在完全安全的飞船航组成员能够随时出现在这颗星球上。这颗行星上的居民称自己的星球为地球，称自己为人类。要想征服这颗星球，就必须了解人类。

船员们在飞船旁边建造了一个试验场。这座常规结构建筑由网状金属组和陶瓷塑料建成，可用于长期试验。按地球时间计算，建造穹顶花费了好几年，消耗掉了从地球运送来的数千吨金属。模拟仪器把试验场设计成了类似地球上的小群岛。当时还没有城堡和桥梁，只有群岛。建立群岛也不容易。

但是，洛坦星的智能生物擅长此项工作。

它们穿上模拟宇航服，以人的形态在地球上走动，利用生物拷贝器来绑架地球人，以防引起人类的恐慌和不安。

对地球人的试验从基本测试开始。自我保护、恐惧、仇恨——这些标准应激反应中，哪些能够迫使地球人服从？什么又会让人类抗拒？

试验很快朝意想不到的方向发展。

人类有一整套奇怪的、异常的反应——爱、友谊、同理心……人类想出了这些名称，并赋予它们难以理解的解释。但是来自洛坦星的智慧生物，看到了这些乱七八糟词汇下所隐藏的本质。

有些事情会使人们转移他们的基本反应。关心熟人的生活、祝愿亲人成功、憎恨那些伤害他人的人，即使施害者是陌生人。

可以为这些行为提出许多假设。比如根据繁衍本能或是认同现象解释它们。这并没有改变行为的本质。人类不符合标准模式。

这意味着需要重新制订殖民计划。

洛坦星的智能生物开始了这项工作。这些甚至不明白友谊的人开始试图理解爱情。

星霜屡移，它们仍锲而不舍地向浩渺的太空发送信号，尽力寻找暗淡的橘黄色星球。而在计算机的储存器中，保留了试验对象——地球人的反应。

洛坦星的智能生物意识到它们正在失败。地球人没有共同的行为模式。一个人会牺牲自己去拯救别人的孩子；另一个人却可以轻易伤害自己的孩子，甚至致其死亡。这不仅是违背洛坦星文明的非正常反应，甚至也违反了所有生物繁殖的一般反应。这样一来，根本无法预测每个人类在遭受外来入侵时将如何表现。无法测算怎样做是更合理的，是绑架他心爱的人？还是承诺给他在被奴役的星球上一个高职位？殖民化变成了买彩票，变成了没有规则的游戏。

来自洛坦星的智能生物喜欢明确的规则。它们开始摸索，并且真的找到了某种规则。

地球上有这样一些人，他们的行为可以决定地球的命运。这些人包括国家元首、党的领袖、宗教的捍卫者、科学家、记者、作家，他们能得到这个奇怪星球居民的尊重和信任。

洛坦星的入侵飞船本该在探索飞船与洛坦星确立通信的三十个地球年后到来。这意味着船员必须每时每刻都掌握地球未来统治者的心理图谱，也就是掌握三四十年后地球掌权人的心理图谱，掌握那些注定要在尚未写出的剧本中出演重要角色的孩子的心理图谱。

这项任务并不太困难。历史不喜欢傻瓜，洛坦星星际飞船上的船员拥有测量智力水平的仪器。

不是每个天才都会成名。但洛坦星的外星人将智力理解为脑力和心智的总和，正是脑力和心智能够决定它们的载体是否能在社会中获得很高的地位。以这种方式测量出的智力，能充分保障一个人未来的职业生涯。

当然，不可能将所有因素都考虑周全。一些青少年很容易在事故中丧生，某些遭遇也可能骤然改变这些天生的领导者。

但洛坦星人还是做了储备选拔工作，每年大约有一千名青少年通过群岛选拔。洛坦星人给他们创造条件，发现他们不同层面的个性：恐惧与勇气、爱与恨……一些孩子拒绝与洛坦星的智能生物合作；另一些孩子则成为间谍；有人在岛上建立独裁统治，一些人却悄悄反抗……

群岛游戏开始了。游戏的目标诱人，且富有理想性。游戏的部分规则是必要的，这样一来，游戏就不仅仅是肌肉互搏，而是理性和意志的交锋。至于禁止仰望日落，有两个解释：第一，当模拟器从白天模式切换到夜间模式时，试验场穹顶的瞬间变化是清晰可见的；第二，诱使我们打破禁令。在任何时候，在所有星球上，打破安宁的人都是那些不畏惧规则的人。

玩家的体能受到武器的制衡，仿真剑只随主人的意愿变得锋利。用这样的剑，意志坚强的体弱者可以打败身体健壮的意志薄弱者。

几十年过去了，它们一直没能与洛坦星取得联系，但游戏仍在进行，四十岛上的青少年仍在持续死亡。

回家的权利

我们沉默了。向导坐在椅子上,没有动,只是将自己的鸟脸向后仰。它是在休息吗?

"这么说,我们都是未来的名人?"帖木儿问。

英嘉看着他,想了想,略带悲伤地说:"伟大的帖木儿将军。"

"是伟大的画家!"他打断英嘉的话,说,"我喜欢画画,非常喜欢。"

"你们实在是太可恶了……混蛋。"托利克突然开口。他坐在我椅子旁边的地板上,此刻已经清醒过来了,"拉倒吧,你们就是想征服我们。胡说八道,愚蠢!地球上的大人们才打仗,你们却迫使孩子们互相残杀!"

这话听起来有些别扭,特别是从托利克嘴里说出来。我们从未觉得自己是孩子,我们一直渴望成为大人。一个人不再希望长大的那一刻,他就成了大人。

"孩子们也打仗,"向导平静地回答,"一直都有,任何时候都有。孩子们打仗,占领阳光下的一席之地。孩子之间的互相残杀不一定是身体上的,往往是精神上的。生活会给他们武器,时间会为他们制订规则,并教导他们去破坏。我们只是扮演了生活和时间的角色。这不是什么好角色。我们的规则更严格,也更公平。我们选择适合我们的人,而你们的统治者一直以来选择他们需要的人。一直都是这样。"

"但我们在地球上可不杀人!"托利克喊道,"我们没有剑!"

"你们有剑。甚至是真实的剑。言语和行为就是你们手上带利刃的剑。要知道它们也能像剑刃一样杀人。"

"向导,"我从椅子上站起来,轻声说,"你比你想表现出来的还要聪明。"

外星人也站了起来,脸上的羽毛颤抖着。

"你也是,人类指挥官。你会爱会恨,这是你的力量。而我只是个专家,一位研究语言和人类的专家,擅于改变行为。"

"通往地球的超级传送器在哪儿,金翅雀?"我愤怒地问道,"在哪儿?"

"超级传送器在停止供电后会停止工作。"它慢悠悠地回答。

仇恨让我变得更聪明了。

"距离熄灭还有多长时间,混蛋?"

"半个周期。"

我迅速把剑抵在向导的喉咙上,几根褐色羽毛掉到了地上。

"转换成我们的时间!"

"六到八个小时。"

"在哪里?"

"在墙后面。"在我看来,向导的语气中充满嘲弄,"控制台发送指令,墙就能升起来了。可惜控制台已经断电了。"

我束手无策地看向大家,帖木儿手里还拿着洛坦星值班员的发射器。

"没有炸药,我们就用这个。"他说,"我该摁哪里?"

墙壁崩塌的情况比入口处的隔板更加严重。也许帖木儿放的炸药太多了。

金属墙后面是一个非常小的房间。靠墙的架子上,杂乱无章地放着衣服和手提箱、细绳捆在一起的书、便携式录音机,还有几台装在皮套里的相机。

房间正中,是一面无支撑飘浮在半空中的圆镜子,闪着蓝绿色光,直径约一米。

我踏着烫人的炽热金属板走进房间,走向那个正在发光的圆圈。

这不是一面镜子,而是颤抖的薄膜,是震动的空气,又像是彩色尘埃会聚成的云彩。起伏荡漾的圆圈里,暗绿的松树枝摇曳多姿,泛黄的秋草杂乱无章地挺立着。这扇不易察觉的屏障后面,有一面陡峭的斜坡通向公路。太阳正在落山,夕阳反射在一个透明的瓶子碎片上。

"是这个吗?"我低声问。

"就是这个。"

向导被克里斯和帖木儿拖进来站在我旁边。

"怎么用?"

"只要进去就可以了。"

进去!只需要进去就能回到地球!我笑出了声,用手指触摸闪烁的薄膜,感受到一股来自地球的寒风。这股风散发着秋日的气息。它近在眼前,好像就在超级传送器后面。风不愿闯入沉闷的船舱,它在等着我们。我们就要回去了。

"狄马,圆圈在缩小。"克里斯碰了一下我的肩膀。

我哆嗦了一下。是的,圆圈已经缩小了五厘米,再过半个小时,它就会消失,再过十分钟……我们就不可能再钻进去了。

"怎样让它停下来?要怎么做?快说!"我紧抓着向导满是

柔软光滑羽毛的肩膀,用力摇晃。

"反应堆被摧毁,超级传送将会结束。"它冷漠地说。

我放开外星人,转向伙伴们,对上英嘉的目光。我向她点了点头,她颤抖了一下。

"狄马,让其他人先进,我殿后。"

"现在不是谦让的时候。"我央求她,接着对她大喊,"钻!快点儿,傻丫头!"

帖木儿抓住英嘉的腰,以出人意料的力量把她举到半米高的颤动小圆圈跟前。

克里斯在一旁帮他,并小声说:"最好双脚在前,这样不会伤到自己。"

"双脚?"帖木儿皱起了眉头。

"胡说八道。"

我看着向导说道:"我们这样做对吗?如果她出了什么事,我一定让你生不如死!"

"没问题的。"它冷淡地说,"我都明白……"

当英嘉双腿进入闪闪发光的蓝色圆圈时,她大喊了一声。克里斯和帖木儿都停住了。

"放手。"我看着英嘉的眼睛说。

她消失了。

"来吧。"我对丽塔说。

但丽塔并不着急,她用询问的目光看着克里斯,"你走吗?"

克里斯突然摇了摇头。

"不,如果我们走了,谁跟其他人解释清楚事情的来龙去脉?而且还要有人看着……这个长羽毛的家伙。我留下来。"

丽塔不知为何笑了一下,说:"我的指挥官,我与你同在……我们与你同在。"

我束手无策地看向他们,低声说:"克里斯……"

他微笑着说:"狄马,我怎么能丢下大家呢?既然你要离开,我就是大家的指挥官。"

"我离开?"

"没错。"

"那……帖木儿呢?"

帖木儿歉疚地摊开双手。

"狄姆卡,两个帖木儿在一个地球上太多了。我还没弄明白这个。"他挥舞了一下发射器,"还有,这艘船很有趣。拿着这个,做纪念。"

他从肩膀上解下了绑着他武士剑的挂带。

"纪念品。"

我哽咽了,眼泪扑簌簌往下掉,一句话都说不出来。我摘下自己的剑,递给帖木儿。这时托利克抓住我的手,大喊道:

"白痴,圆圈已经非常小了!"

圆圈直径只有四十厘米了,也许更小,就像铁笼子里一个闪光的斑点。

克里斯、帖木儿、托利克一起抬起我,把我扔进传送器狭窄的入口。我先是感到一阵凉风拂过我的额头,接着看到一面长满草的斜坡,我觉得头晕目眩。现在,我正被吸向地球,好像有一双强有力的手把我向上推出群岛的世界,向下拉回地球。

我想要减速,但徒劳无功,径直沿着陡峭的山坡滚了下去。就这样,在下坠中,我离开了四十岛的世界。

翻滚过程中,一棵树让我停了下来。唯一不巧的是,我的头撞在了树干上。

当我醒过来的时候，就像从东桥值班回来一样，全身疼痛。一只冰凉温柔的手，一直在抚摩着我的脸。

"英嘉，"我没有睁开眼睛，低声说，"对不起，我向你大喊大叫了……"

"我明白。"过了一会儿，她说。

我们身处一面斜坡的中央，在一座小山顶部和空旷的马路之间。英嘉靠着那棵倒霉的松树坐着，把我的头抱在她的腿上。

"英嘉，"我看着她的脸，轻松愉快地低声说，"我们没有问过那是什么星球。月亮、火星……或者邻近的星系……又或者只是特意选出来的试验场。"

她点点头。我望向天空，试着找到超级传送器的光斑，但没找到。也许只能从里面才能看到。

"你认为它们会恢复超级传送器吗？"我问。

英嘉耸了耸肩。

"我不知道。狄马，我们没有做错吧？"

"你是指哪方面？"

"就是……他们留在那里了。"

我盯着空荡荡的高速公路，说：

"英嘉，他们习惯那里了，群岛已经是他们的世界了。"

"也是我们的世界。"

"一点点。"

"可现在我们在地球上……"英嘉的话还没说完。斜坡高处不知从哪里凭空冒出来一把木剑，没有任何支撑，摇摇晃晃坠落在草地上。

"现在我们在地球上。"我重复道，站起身走上山坡，把剑捡了起来。

家

回到城市已经是晚上了。我们沿着山路向下走，经过的几座花园明显是南方才会有的，树上挂满了巨大的红苹果。我没有抵抗住诱惑，摘了两个。

我们走在晒了一天、暖烘烘的柏油马路上，啃着甜得不得了的苹果，时不时无缘无故地大笑。不过，不能说是无缘无故，我们可是回到地球上了。即使不在自己的城市，毕竟是回到了地球。回家了，我们回家了。而见父母、见我们的复制人——这都是以后的事儿了。

我们从远处望见了市郊。一片居民区里坐落着几栋九层和十二层的楼房，灯光悠悠地照亮了方格子窗户。我们不知该怎么办，是敲第一户人家的门、找一个派出所，还是把我们的事情告诉给科学家。但这些事无关紧要。

重要的是，我们到家了。

在其中一座建筑物前，一个无人的狭窄小院子里，我看到一处照料得很好的圆形花坛。英嘉稍稍走在我前面一些，没有注意到我。

诱惑实在是太大了。我匆匆摘了几朵花，淡白色的秋菊，因靠近公路而黯然失色，但在我看来，这是世界上最美丽的花儿。我追上英嘉，拉住她的手说：

"英嘉，因为那里——群岛上没有花。这，总之……你拿着。"

我们停下来，羞怯地手牵着手，一起紧紧握着这一束花。我能感觉到她纤细温暖的手指触碰着我的掌心。

"英嘉，我从来没有送过花……"

我们看着对方的眼睛。就算在暮色中，我也可以看到她瞳孔中的自己。我们靠得非常近，脸贴着脸。

"狄姆卡，我从来没有吻过任何人……"

我甚至没有感觉到她的嘴唇。我如堕入云雾，跌进无底深渊，头昏目眩，丝丝颤抖穿身而过。她头发的味道、苹果的清香、唇齿间轻柔的甜蜜触碰，所有这一切汇成汹涌澎湃的环流。

"狄马……"

"英嘉……"

我们彼此快速分开，如同口渴的将死之人害怕呛水，扔掉喝了一半的水壶。

英嘉惊惶失措地转过身，对单元门旁的小长椅点点头，问道：

"我们坐下吗？"

我们没有找地方再次接吻，明亮灯光下的长椅上不适合做这种事情。我们需要从第一次接吻中冷静下来。

夜晚降临，周围寂静无声。马路上偶尔有汽车呼啸而过，但声音柔和，饱含歉意，此刻就连汽车也不想打扰我们。

我们默默地看着对方，似乎第一次相见，或者是最后一次相见。

人行道上传来一阵脚步声和急躁的交谈声，中间还夹杂着刺耳的笑声。我侧目看去，只见一群男孩朝单元门走去。他们大约十三到十五岁，其中一个年龄稍长，余下的小一些。这是一群嬉闹、勾肩搭背的快乐少年。我稍转过身去，细看他们，心中升起一股模糊不清的温柔。我觉得自己比这些家伙大五岁、十岁,甚至四十岁,大了四十座岛。

男孩们走近我们,停止了交谈。好奇、嘲笑的目光从我们身上掠过。当然,以我们现在的样子……我打起精神,用长椅挡住挂在背上的木剑。

其中一个男孩突然站住,一下子坐到长椅上,英嘉的旁边。这伙人刚才还在向单元门口走,却突然一言不发地围住了长椅,几个孩子嘴里还嚼着口香糖。一个男孩慢慢从衬衫口袋里掏出皱巴巴、从包装里漏出来的香烟,转向我,懒洋洋地问道:

"有火吗?"

"我不抽烟。"我不由自主地微笑了一下,回答道。

男孩惊讶得脸色都变了。他看了一眼旁边的男孩。

"他说什么?"

"他说他不抽烟,瓦廖克。"那人乖乖地重复道。

瓦廖克更加惊讶地看着我,说:

"听着,如果你不抽烟,为什么需要这么辣的小妞?"

这伙人都粗野地哈哈大笑起来。我感到窒息,喘不过气来。哦,为什么?为什么?

"把手拿开!"英嘉尖叫道。

我向前冲过去,却感到有人抓住了我的肩膀。

"把手拿开!"英嘉又说道。

她旁边的人只是得意地笑了一下,并没有把手从英嘉的膝盖上拿开。下一秒,英嘉微微欠身,转了个方向。随着一声低吼,那孩子倒在了地上。

"是啊,这个辣妹不适合你。"瓦廖克若有所思地说,"离开这里,我们会照顾她的。"

"孩子们，你们现在最好自行离开。"我说。

所有人都怔住了，包括那个抓着我的人。

"你叫我们什么？"瓦廖克用不成调的声音问。没有人给他再重复一遍。所有人都在看着我。

"我真不明白你在开什么玩笑。"瓦廖克说着走近我，"你们现在骑上扫帚也跑不了了。"

"对他来说都一样。"有人在我身后讽刺地说，"他是个忍者，还带着一把剑。不过这剑是纸板做的，这家伙怕被警察抓起来。"

有人用手指在剑上弹了一下，薄薄的、似胶合板的剑刃发出沉闷的声音。而瓦廖克把手伸进口袋里，再掏出来时，手上裹了一条粗大的金属链。

"你这家伙精神不正常，你要怎么向我们道歉？也许，你很快就要成为肉骨头了。"

"别缠着我们。"我说，"别这样。"

有两个人再次靠近英嘉，其他人则聚集在我身后。瓦廖克一伸手，展开半米长的铁链，甩了过来。

"我们开始吧。"

"英嘉，看后面！"

我转身随手除去了她的一个对手。第二个立刻躲进暗处，但瓦廖克只咧嘴笑了一下，扬起他手中的武器。沉重的铁链划出一道弧线擦过我的脸。我微微弯下身子，铁链尖啸着划破天空。

"狄马，有三个人！"

我向后转身的瞬间，英嘉已经放倒了第一个攻击者，正在对付第二个人。我跳起来，打倒最后一个，转身向瓦廖克：

"够了吗？"

他咒骂着，带着愤恨惊慌失措地扑向我。

"朋友们，南桥……"

"科斯佳已经在城堡里了。因为受伤……"

"放下武器！"

"我自己来，我想回家……"

一击，又一击，还有……我甚至来不及躲闪，只劈头盖脸地进攻。

"你们两个本该被杀死的……"

"我们不收俘虏……"

"永远，在任何时候……"

我紧握剑柄，感到剑柄的钢制刻纹陷入了我的皮肤。我猛地拔剑，挂带发出噼啪的响声，绷得紧紧的皮扣崩开了。

剑刃像切断腐烂的线一样砍断了钢链。旋转的碎片闪了一下，飞向了暗处。接着就是一阵尖叫声。我扬起剑，这是一个习惯性、长久以来形成的机械动作。瓦廖克想要蹲下躲避剑击，但他没蹲稳，跪着摔倒了，一只膝盖撞到了脸上，直挺挺栽倒在柏油路上，张开手想要护住自己。

我双手持剑，举到瓦廖克抽搐抖动的身体上方，听到他发出如待宰的小猪般歇斯底里的尖叫。紧接着，英嘉的大喊声盖过了瓦廖克声音：

"不要！"

路灯的蓝光在剑刃上跳动着。小混混们四下逃窜。我轻轻碰了一下剑刃，用低到连我自己都听不见的声音对它说：

"你这混蛋，在这里也能……"

我紧握剑刃，抬起膝盖猛地一折，刀片咯吱一声断了。

"混蛋……"

我折断了剑刃,伤痕累累的手并未感到任何疼痛。

"混蛋……"

碎片无声地落到脏兮兮的地上。

"你在这里也不会放过我的。永远,对吧?永远?"

剑柄的碎片从我紧握的指缝中窜出来。我的手砸在粗糙的石墙上,剑柄从我手中飞了出去。我木然地向一旁走去,扶着刚才坐过的长椅,停下来,大口吞咽着炎热潮湿的空气。

"别这样,狄姆卡。别哭,你很坚强,要知道,你在那儿都不怕的。狄马……别哭……"

英嘉依偎着我,也在哭。

"一切都会过去的,真的……别哭。冷静点儿……"

我低下头,把脸埋在她的头发里,轻轻地笑了。我的身体在发抖,笑声随着剧烈的抽动从肺部溢出来。

"英嘉……真好笑。英嘉……我这会儿不能抱你,我的手上都是木刺,英嘉……"

致 谢

作者感谢英嘉、狄马、帖木儿、伊利亚和谢尔让。他们真实存在着,和作者一同创作了这本小说。

作者相信,在童年时期,每一座院子都是一座岛,每一条街道都是一座通向未知世界的桥梁,但杀戮游戏终会有结束的一天。

感谢所有真正理解了这本书的读者。